エディプスとドイツ近代小説

ドイツ的言説にみる神話志向

斎藤　成夫

目次

序

以下で叙述されるテーマにとりくみはじめたころ、私の問題意識は近代長篇小説（Roman）のドイツ的ありようというものであった。なぜドイツかという問題はさておいて、私が近代小説にとりくもうと思ったのは、フリードリヒ・シュレーゲルではないが、現代において小説というものがもっとも一般的文学ジャンルとして定着しているからであった。それではなぜ長篇か。たしかに現代において小説が特権的地位をしめているとしても、現代文学をリードしているのはむしろ短篇、というよりもカフカからブランショにいたるジャンル論といったものを挑発するような破壊的「形式」をとった散文ではないか。実をいうと私が長篇にとりくもうと思ったのも、これもまたシュレーゲルと同様の思いからであった。

周知のとおりシュレーゲルが「ロマン的文学は進歩的普遍文学である。その使命は文学の個々のジャンルすべてを統合し、文学を哲学や修辞学と関係づけるだけではない。それは詩と散文、創造と批評、創作詩と自然詩を混合し、融解して、文学を日常化・社会化し、日常と社会を詩的なものにし、機知を詩化し、芸術の形式をあらゆる種類の緊密な素材でいっぱいにみたし、ユーモアの振幅で霊化する」とした結果(1)、ロマン派においてすべてのジャンルを包含するものとしての長篇小説は近代文学を代表するジャンルとなった。

しかもドイツにおいてはもちろんシュレーゲルによるゲーテの『ヴィルヘルム・マイスターの修業時代』讃美の

余韻もあって、[2]「教養小説」という文学史における基幹的ジャンルまで「存在した」。ドイツ文学史において長篇小説は唯一とはいわないが特権的ジャンルの一つである。これが「近代」とよばれる時代においてなぜこうした地位を獲得するにいたったのか、それが私の問題設定の出発点であった。

いざ長篇小説の研究をすすめていくと、あるどうしても気になる傾向につきあたった。それは「神話性」ということである。ドイツ語長篇小説は神話を志向する。というよりも、むしろ現代における神話を叙述するために長篇小説というジャンルを選んだのではないか。そしてそれはエディプス神話（Ödipus-Mythos）へのつよい執着としてもっとも顕著なかたちであらわれてくる。

やはりシュレーゲルは「文学に関する会話」における「神話に関する話」で以下のように述べている。

君たちは私が言いたいことをとりわけ知っているにちがいない。君たちはみずから詩作するから、活動のための確固たる支えが欠けていることを詩作の際に感じているにちがいない、母なる大地、天、息吹といったものが。

内面からこれらすべてを現代の詩人は生みださなければならない、そして多くの者がそれをみごとにやってのけた、しかし今にいたるまで単独で、あらゆる作品をまったくの無からの新たな創造のように。

ただちに結論にいこう。私が言いたいのは、我々の文学には昔の人にとっての神話にあたるような中心点が欠けているということであり、現代の詩芸術が古代のそれに劣っているということの本質はすべて、以下のことばで要約できよう。我々には神話がない。しかしこうもつけくわえよう、我々はそれを所有する時期にある、あるいはむしろ我々がそれを生みだすために、真剣に協同すべき時がくるだろうと。[3]

ここには啓蒙以降、いわゆる近代とよばれる時代の始まりの状況が生々しく集約されている。この時期はクロプシュトック、レッシング、ヴィーラントをへて、ゲーテ、シラーと、ドイツにおいてもようやく近代文学が本格的に始まった時期にあたる。近代以降ドイツ文学史をうごかしてきたのは、いつの時代も強烈な個性をもった批評家たちであった。啓蒙期のボードマー、ブライティンガー、シュトルム・ウント・ドラング期のヘルダー、そしてロマン派のフリードリヒ・シュレーゲル、さらに世紀転換期から戦前にかけてのカール・クラウスとベンヤミン。この哲学者とも文学者ともつかない「批評家」たちが登場しはじめたのも、実はこの近代の始まりの時期である。ながい停滞期を経て一気にピークをむかえたこの時代、信仰の対象はまさに神から理性にかわった。しかし人間は常に神話を志向するものである、従来の信仰にかわる新たな時代にふさわしい神話を。神話にかわってその機能を小説にもたせようとした、それが私の仮説というか立場である。同様のこと——すなわちジャンルの総合と近代神話の創出——を音楽の世界において試みたのがヴァーグナーの「楽劇」であり、それはホフマンスタールとR・シュトラウスの奇跡的な出会いによって一つの完成をみる。

以下はドイツ的近代神話創出の経緯をたどろうという試みである。その際問題の中心になるのは小説とエディプス神話であるが、神話は様々なかたちで現出する。その関連で他のジャンル・様式にもふみこみ、それは多面的に考察されることになるだろう。

（1） Friedrich Schlegel, *Athenaeums-Fragment* Nr. 116, S. 182, in: ders., *Kritische Ausgabe*, hrsg. von Ernst Behler, unter Mitwirkung von Jean-Jacques Anstett und Hans Eichner (KA), Bd. II, München, Paderborn, Wien, Zürich 1967, S. 182 f.

(2) Vgl. Friedrich Schlegel, *Über Goethes Meister*, in: KA II, S. 126–147.

(3) Friedrich Schlegel, *Gespräch über die Poesie*, S. 312, in: KA II, S. 284–351 [S. 311–29: *Rede über die Mythologie*].

第一部　エディプス——神話と精神分析

第一章　欲望としてのロマン派小説
――Ｅ・Ｔ・Ａ・ホフマン――

『砂男』／フロイト――精神分析のディスクール

Ｅ・Ｔ・Ａ・ホフマンの短篇小説『砂男』の解釈者たちを悩ませてきた、あるいは魅了してきたのは、その意味同定のむつかしさ、あるいはそれを拒絶する身ぶりである。まずパースペクティヴの変化。この書簡体小説を読みはじめた読者は、ナタナエルとかいうなじみのない人物の（常識的に考えれば）妄想にいきなりつきあわされることになる。そして手紙の書き手がナタナエル、恋人のクララ、ふたたびナタナエルと交替したのち、突然作家と称する語り手が登場し、みずからの作品の解説を始める。その後物語は三人称形式で進行してゆくが、読者はここまでのパースペクティヴの変化にすくなからず影響をこうむることになる。すなわち主人公と語り手のパースペクティヴの融解、このうさんくさい語り手をどこまで信じたらいいのか、さらには語り手の真面目な調子を真にうけてもいいのか、といった問題に直面することになる。このパースペクティヴの不確実性はシニフィエの審級の問題に直結する。すなわち物語内容の信頼性の問題である。ナタナエルが語る物語は彼の妄想なのか、それとも虚構上の現実なのか？　その後語り手が語るナタナエルの身にふりかかったでき事は現実なのか、それともやはりナタナエルの狂気がえがいた妄想なのか？　さらにもっとも頻繁にとりあげられる問題——コッペリウスとコッポラは同一人物なのか、そしてクララの性格評価の問題——クララは「明晰」なのか、それとも「冷淡」なのか。さて物語を整理すると以下のようになる。

　ナタナエルの幼少期、コッペリウスと彼になんらかのよわみをにぎられた——これがわからないために、読者は苛だつ——ナタナエルの父親は、錬金術の実験で自動人形を造ろうとしていた。実験の失敗（あるいはコッペリウスの故意）による爆発で、父親が死ぬ。その後大学生になったナタナエルのまえに、「コッポラ」と名のる男が現れる。ところでナタナエルは新任のスパランツァーニという物理学者のもとで学ぶことになる。スパランツァーニ宅を訪問したナタナエルは、教授の娘オリンピアを偶然目にする。さてナタナエルの帰省中に下宿がたまたま火事になり、彼の荷物は友人たちによってなぜかスパランツァーニの住居の向かいの下宿に運ばれている。この下宿からはスパランツァーニ宅がまる見えで、そこには窓辺に座っているオリンピアの姿がしばしば見られ、ナタナエルの方を一心不乱に見ている。ナタナエルはコッポラに売りつけられた望遠鏡によって、オリンピアのとりこになる。スパランツァーニ宅でパーティーが催されることになり、たまたまナタナエルもよばれる。社交界にデビューしたオリンピアは、「憧れにみちた」眼ざしをナタナエルに向けながら、[1] 愛のアリアを歌う。ダンスが始まると、なぜかオリンピアがとなりにいて、一緒にダンスを踊ることになるが、「驚いたことに」（39）彼女は他の誘いには応じない。その様子をスパランツァーニは「妙に」（40）満足そうに見ている。その後オリンピアと恋仲になったナタナエルがスパランツァーニ宅を訪ねると、コッポラとスパランツァーニがオリンピアの取りあいをしている。オリンピアの目玉はえぐり出され、スパランツァーニは「コッペリウス」（45／傍点斎藤）と叫びながら、その目玉を投げつける。

オリンピアが人形であることを知ったナタナエルは発狂する。婚約者クララの介抱で正気をとりもどしたナタナエルは、散歩の途上彼女と塔に登る。持っていたコッポラの望遠鏡をのぞいたナタナエルはふたたび発狂し、クララを突きおとそうとする。彼は見物人のなかにコッペリウスがいあわせているのをみとめると、みずから飛びおりる。

　私はここで作品の特定の傾向を意図的に強調して語りなおしたが、以上のことは物語を常識的に読んでいけば、客観的事実として確認できることであろう。ホフマンはそれをなぜか隠そうとしていて、その結果『砂男』の解釈者においても事実を抑圧しているほうが多数派である。[2] しかしこうしてみるとコッペリウスがコッポラであること、スパランツァーニとコッペリウスが共謀して、ナタナエルをおとしいれたことはまちがいなさそうだ。すなわちナタナエルの「妄想」は、実は事実である。彼は幼少時より蛇に見こまれた蛙のように、彼が言うところの「暗い力」(22, 23, 29)、「魔性の原理」(29, 30)、ようするにコッペリウスの「陰謀」に翻弄されていた。

　さてナタナエルの恋人クララがこの作品のなかでもっとも評価のわかれる人物であるということは、『砂男』の批評史がものがたっている。このことに関しては例の「怪しい」語り手もおおいに言及している。曰く「それゆえクララのことを冷淡だとか、おもしろみがないなどとけなす人も多い。一方人生を明晰にとらえる人には、賢くて、よく気くばりをする無邪気な娘としてとても人気があった」(28)等々。また関係が拗れてからは、ナタナエルのクララに対する感情として、「つめたく鈍い」(30)といった形容が頻出する。ところで既述のとおり、ナタナエルの「妄想」が事実であるとすれば、読みちがいをしたのは「狂人」ナタナエルではなく、「明晰」(klar)なクララ(Clara. 笑えるしゃれ！)のほうということになる。そしてナタナエルの主張をまったく相手にしないクララは、「明晰」ではなく、「冷淡」な女ということになる。つまりテクストはクララに対して否定的な立場をとっていて、「この忌々しいからくり人形め！」(32)というナタナエルの見解に与している。したがってクララのその後の小市民的幸福を暗示する妙にしっくりこない終わり方は、あれほど震撼させるでき事があったにもかかわらず、ナタナエルのことなどあっさり忘れて、そそくさと新たな相手にのり換えたクララへの皮肉ということになる。

「作家の意図」――この批評の対象として昨今非常に評判のわるいもの。この悪評の原因は言語とは意図をつたえるにはあまりにも不完全な道具であるということ、作品の作用とはしょせん受容の問題であるということ、すなわち作家がいくら意図しても、できあがった作品は必ずそれをうらぎってしまうものだということが、経験的にわかってきたことによる。ところでこの些末なものになり下がってしまった「意図」ではあるが、だからといって作家が意図していないことにはならない。それは解釈の道具として役にたたなくなっただけのことである。作家は常になんらかの「意図」をもって書く。意図がわからないように書こうというのも意図である。特定の意図がないことをしめそうというのは、もちろん意図である。

実をいうと、私は当初『砂男』をそうした小説の一つ、特定の意図がないことをしめすとはいわないが、暗示しようとしているタイプの小説だと考えていた。つまりホフマンはことさら様々な解釈ができるように構想したと考えた。ようするにこの作品を「世界の多義性」――この世には人知の及ばないことが数多くある――ということ、世界とはしょせん解釈であるということをしめそうとした小説だと考えていた。そしてここに生起する様々なでき事の真相に関して、おそらくホフマンは特定のこたえをもちあわせていないと思っていた。

しかし実際には前述のとおり、ホフマンは特定のこたえをもちあわせている。ホフマンはかなり明確に物語内容を特定している。すなわちコッポラはコッペリウスで、クララは浅薄な女だということだ。このことはこの小説の性格を方向づけるうえで決定的なことである。それではなぜあきらかに故意にどちらともとれるような書き方をするのか？　事件の概要はわかっても、その本質のほうは依然として謎のままである、というよりもふかまってゆく。ナタナエル親子はなぜ二代にわたって呪われたのか、そもそも父親がにぎられていたよわみとは何だったのか、二人は何のために実験をやっていたのか？　そしてなぜ現象を皮相的にうけとる人物（クララ）が、わざわざナタナエルに対置されているのか？　クララに対するナタナエルの属性とは何なのか？

実はホフマンは初稿では前述の構図をすこしは明快に書いている。(3)　つまりコッポラはコッペリウスで、クララは浅薄な女だということを。しかし第二稿で物語はさらにわかりにくく書きかえられている。この小説は先に私があげた前者の小説のようである。すなわちわざと意図がわかりにくく書かれた小説。それではなぜそうするのか？

＊

「無気味なもの」――この小説を読んでいると、このような感情におそわれるのは事実である。『砂男』の批評史はこの「無気味なもの」の正体をめぐって形成されてきたといってもよい。この「無気味な」感じはどこからくるのか？

むろんこの「無気味なもの」とはフロイトの、例の有名な論文の表題である。(4)　この評判のわるかった小説は、それをとりあげたこの論文によって新たないのちをふきこまれたといってもよい。こうした状況をニコライ・フォーゲルはこう形容している。

この小説の解釈にはおおくの場合、ドッペルゲンガーのようにうす気味わるいもう一つのテクストがくりかえしすがたをあらわす。すなわちフロイトの論文『無気味なもの』である。（……）そしてこれは多くの解釈者にとって、ナタナエルにとっての砂男の物語のような役割を演じているようだ。というのも彼らはフロイトの

解釈があたかもホフマンのテクストでもあるかのようにくりかえし説明する。(5)

この二つの作品、『砂男』と『無気味なもの』は『悪魔の霊液』のメダルドゥスとヘルモーゲンのようなドッペルゲンガーの関係にあり、その関係もまた「無気味」である。フロイトはあたかも第二の作者のように『砂男』の批評史に君臨する。この論文で言及される「反復強迫」は、まさにこの論文がその後まきこまれることになる運命を予示している。すなわちホフマンからフロイト、それ以後の批評家たちへと。(6) この反復強迫はエディプス＝父親殺し的刻印をおびる。つまりブルーム流の間テクスト的系譜である。フロイトにとってホフマンは巨大な父親としてのしかかる。そして壮絶な「対決」（アゴーン）の結果、『砂男』を「誤読」し、彼の論文『無気味なもの』を書きあげた。さて「つよい詩人」としてのフロイトは今度は息子たち、すなわち彼以降の批評家たちの挑戦にさらされることになる。(7)

この「無気味な」系譜は『砂男』の「無気味さ」に直結する。すなわちこの作品の読者は漠然とでもエディプス・コンプレックスをイメージすることになるということだ。それほど「父親」の強迫という気分がこの作品には濃厚である。作品で描かれている「強迫」観念が、その研究史において「反復」されているのは、これもまた「無気味」である。まるでそれは作中人物間のエディプス的闘争が研究者間のそれに転移しているかのようである。

フロイトはこの作品をおもに「去勢コンプレックス」の観点から読みとく。つまりこういうことだ。ナタナエルの頭のなかで子どものころきいた寓話の、目をえぐり取るという「砂男」への恐怖が、彼の目を狙うコッペリウスとむすびつく。実際この作品ではやたらと目に対するイメージがくりかえされている。ところでいうまでもなく「目」は父親殺しを悟ったエディプスがみずからを事実上去勢するためにつぶした器官である。そこでフロイトは目を奪われる恐怖から去勢コンプレックスを説明してゆく。すなわち父親による目の剥奪＝去勢の恐怖。そしてこの作品の惹起する「無気味な」感じは、おもにこの去勢コンプレックスのイメージの反復強迫的提示からくるものだという。

ところで実際に登場する彼の父親は、きわめて温厚で実直な人物である。それではなぜ父親による抑圧がこれほどまでつよく読者にせまってくるのか？

コッペリウス――この作品のなかでもっとも謎にみちた人物。なぜナタナエル親子を二代にわたってねらうのか、この男の目的は何なのか。彼が登場すると、「父親」をイメージしないではいられない。おそらくそれは彼がナタナエルの父親にさえ「権威的」であること、さらに社会を統治する法の権威たる弁護士であることと関係している。とにかくこの男の威圧感は相当なもので、ナタナエルの父親、ナタナエル本人を抑圧するのに十分である。ナタナエルが創作した詩に象徴されるように、コッペリウスはナタナエルの愛が成就するのをことごく妨害する。ナタナエルをクララから、いってみれば化け物のオリンピアに仕向けたのもコッペリウスであり、またやっとクララと新しい生活をしていく気になったナタナエルが塔から身をなげるきっかけをつくったのもコッペリウスである。これは息子の愛を禁止する権威としての父親をイメージするエディプス・コンプレックスにおける父親そのものである。さてこの父親のイメージは様々のかたちで反復され、反復強迫としてナタナエルあるいは読者にのしかかってくる。フロイトは父親のイメージを良い父親と悪い父親に分類する。前者に属するのが実の父親とスパランツァーニ、後者に属するのがコッペリウスとコッポラである。そして実の父親とコッペリウス、スパランツァーニとコッポラという具合にこの良い父親と悪い父親の関係が反復されていることが提示される。ここで興味ぶかいのは、「良い父親」を「悪い父親」が殺す、あるいは事実上殺すことによってナタナエルの父親殺しが成就していることだ。悪い父親に良い父親を殺させることで、父親殺しの衝動を「憎き」父親に転移し、自己の良心を保証することができる。こうして父親による抑圧と父親殺しの衝動は昇華することになる。しかし抑圧はさらに強力になって悪い父親に保持されるため、父親殺しの代償としてナタナエルは発狂、すなわちクララとの愛をみずから断念するために、自殺するというかたちをとって自己を去勢する。

この作品の「無気味な」感じは（どうやらこの問題から逃れるのは不可能なようだ）この得体の知れない「父親」という存在とふかくむすびついているようだ。「無気味な」解釈史もホフマン／フロイトという父親との「対決」の結果である。

＊

先ほどこれはナタナエルをめぐる陰謀であることを確認した。すなわちナタナエルの予感、コッポラがコッペリウスであることが事実だということだ。したがって恋人のクララも、その兄のロータルも事実をよみまちがったということだ。これは読者に意外の感をあたえる。それはロータルとクララの側に真実があるような、ようするにナタナエルは狂人であるような書き方が意図的になされているからだ。(8) ところで真実がわかった今、すなわちナタナエルの言うことが正しいとわかった今、それでもナタナエルは狂人だといえるだろうか？　こたえはイエスである。つまりナタナエルはやはり狂人であるということだ。彼の精神はコッポラにであって以来、次第に冒されてゆく（それ以降の、ようするにこの小説が始まって以降の彼の言動は、クララ、ロータルの言をまたずとも尋常ではない）。ここでパラドックスが生じる。人形に恋をし、「火の輪よ回れ！」（45, 49）とかなんとか叫びながら恋人を塔から突きおとそうとする者のほうが、真実をもっているということだ。これは何を意味するのか？

狂人とは異次元のロゴスに迷いこんだ者の謂である。彼は正常な人間よりも真実を見ぬくこともある。ようするに『砂男』では狂人のほうが真実をもっているということだ。逆にいうと、正常な人間の見方をしていれば、すなわち真実に気がつかなければ、ナタナエルが発狂することもなかったということだ。ナタナエルは奈落の底を覗いてしまった者のアレゴリーである。この小説は正常な見方＝誤った見方に自己を適合できなかった者、すなわち意味の同定に失敗した者の悲劇である。このことは現実世界への痛烈なアレゴリーとなっている。我われはあるものを一つの価値観に基づいて「意味」とよぶ。しかしそれは社会的コンテクストのなかで規定された数多くある可能性の一つである。実は現実社会においては真実にあまり意味はない。それはむしろ力関係によってきまってくる（法律家コッペリウス＝父親が「真理」をもっている）。これに果敢に挑戦するのが「狂人」である。彼はなんらかの理由で社会規範から自由になってしまったがゆえに真実をみる。

これがこの小説がわかりにくく書かれている理由である。つまり正常な人間の視点をとおして書くことによって、その誤謬を悟らせること、これがこのテクストの戦略である。日常的な視点がいかに先入見に支配され、選別的なものであるか。物事を構成する要素それぞれにはいろいろな可能性があること、そして「狂気」とよばれるものですら真実をふくむ可能性があること、ようするに正常な人間に狂人の視点をもたせようとすること、これらを暗示しようとするとき、文章は当然わかりにくいものになろう。おそらくロマン主義者とはこの「真実」をかいま見た者たちである。彼らは「理性」、社会規範では説明のつかない異次元のロゴスをなんとか説明しようと、異様ともうつるスタイルで、独特のディスクールを創造した。

我われはこの小説を読むと、やはり「無気味」と感じる。先に述べたとおり、フロイトをはじめとする『砂男』の解釈史は、この小説に嫌悪感しか懐かなかった初期の批評もふくめて、この「無気味さ」の淵源をめぐるものであったといえよう。[9] 私にはこの「無気味さ」には異次元のロゴスがふかく関係しているように思われる。狂気、あるいはそれが実は真実をふくんでいるということ、自動人形、錬金術などはみな「正常」な社会生活をいとなんでいる人間にとっては異様なものである。[10] この異次元のロゴスをかいま見せるこの小説に我われは震撼し、「無気味」と感じる。そしてこの異次元のロゴスへとナタナエルをいざなったのが「父親」＝コッペリウスである。そこでフロイトはこの「無気味さ」の淵源を去勢コンプレックスにもとめた。[11]

フロイトは人間心理にひそむ理性・論理とは別の、どろどろした暗部を発見した。そしてこの「無意識」とよばれる暗部もまた独特の論理＝異次元のロゴスをもっていた。その意味でフロイトもまた奈落の底を覗いた者、狂気という「真実」をかいま見た者の一人である。

ニール・ハーツはそのめざましい論文「フロイトと『砂男』」のなかで、[12] このフロイト解釈の出発点をポストモダン的にさぐっている。[13] ハーツが資料として用いるのはポール・ローゼンによる大胆なフロイト伝である。[14] これをもとに彼は『無気味なもの』成立の背景を大胆に推理してゆく。その概要は以下のとおりである。

フロイトにはタウスクという高弟がいた。一九一二年、かのルー・アンドレーアス＝サロメがウィーンに来訪し、フロイトを中心とする精神分析サークルを魅了する。彼女はフロイトを崇拝するが、タウスクの講義にも出席し、その愛人となる。サロメをめぐる三角関係が成立する。フロイトとサロメはタウスクのフロイトに対する激しい対抗意識について語りあっている。その後タウスクは兵役に就くが、一九一九年帰還してくる。タウスクはフロイトの教育分析をうけたいと申しでるが、自分の理論をタウスクが自分のものであると思いこむことを恐れたフロイトは拒絶する。ところでフロイトは弟子のヘレーネ・ドイチュの教育分析をしばらくまえから始めていた。一方タウスクはドイチュの教育分析をうけることになる。結局この二組の教育分析はわずか三か月でうちきられてしまう。フロイトが三角関係が反復されるのを危惧したためである。フロイトはドイチュにタウスクが無気味だと語っている。さてフロイトは一九一九年の五月ごろ、十二年ほどまえに書いていた『砂男』論（『無気味なもの』）の断片をふたたびとりあげる。反復強迫理論をとりあげた『快楽原則の彼岸』[15]の執筆を開始したのも、この頃といわれている。一方タウスクは一九一九年六月、みずからの結婚式の前日、フロイトへの感謝の意を表した遺書をのこして謎の自殺をとげている。

このようにこの時期の逸話をまとめると、なにか非常にいかがわしい雰囲気がうきぼりになってくる。ハーツはこの一連のでき事を偶然とはとらずに、フロイトが無気味なドッペルゲンガー、タウスクにかかわる経験をもとに反復強迫論（『快楽原則の彼岸』）を書いたと推論する。一方でフロイトはこの事件を契機に、過去に書いた「無気味なもの」に関する論文を「突然」おもいだし、『砂男』に描かれた「ドッペルゲンガー」の無気味さの淵源を「反復強迫」にもとめたという。ようするにこの二つの論文は「タウスク問題」（ローゼン）を媒介にして生まれた双子であるというわけだ。『砂男』においてはコッペリウス／ナタナエル／クララという関係がコッポラ／ナタナエル／オリンピアというかたちで「反復強迫的」にくりかえされ、ナタナエルの理性をくもらせてゆく。一方フロイトは自分の周囲でフロイト／タウスク／サロメ、フロイト／タウスク／ドイチュという三角関係が同じようなかたちで反復されているのをみ、「無気味に」感じる。この三角関係の反復が文学作品である『砂男』と現実社会におけるフロイトの周囲双方でくりかえされたということは、ホフマンが人間相互間の心理関係を的確にとらえていたか、精神分析が文学にまで適用しうる理論をうちたてたかのいずれかを意味するようにみえてくる。精神分析はフロイトの信じたような普遍性を獲得したのだろうか？　これはフーコーのいう意味でのディスクールにかかわる問題である。[16]

実はフロイトの精神分析は彼の科学＝普遍性志向とはうらはらに、「十九世紀ヨーロッパのディスクール」を分析した特殊研究的なものである。(17)したがって当然彼の理論は、たとえば古典古代やルネサンスの思考形態に適用しうるものではない。逆の言い方をすれば、十九世紀ヨーロッパの人間の心理が反映された「文学作品」にもこれは適用しうる。十九世紀のヨーロッパはすぐれてフロイト的＝精神分析的な時代である。フロイトはこの時代のヨーロッパの精神形態を鮮やかにえぐりだしてみせる。その意味でフロイトの精神分析は十九世紀ヨーロッパにとっての「真実」である。

ひるがえってホフマンの『砂男』のほうはどうか？　『砂男』が発表された一八一六年当時からみれば、これはまさに「無気味な」作品であったろう。それはこの作品の受容史が雄弁にものがたっている。フロイトをまって、いや十九世紀を回顧する時期にさしかかった世紀転換期をまって、この作品はいのちをふきかえす。精神分析がいかにも好みそうなテーマ、逆にいえば、十九世紀の精神形態を象徴するようなテーマ――強迫観念、トラウマ、父親による抑圧、目のモティーフ、自動人形といった素材等――をもって、この小説はエディプス伝説に比肩しうる近代の神話となりえている。

（1）Ernst Theodor Amadeus Hoffmann, *Der Sandmann*, S. 38, in: ders., *Sämtliche Werke*, Bd. 3, hrsg. von Hartmut Steinecke unter Mitarbeit von Gerhard Allroggen, Frankfurt/M. 1985, S. 11–49. 以下この節における同作品からの引用は本文にページ数で記す。

（2）こうした事実を初めて論理的に証明してみせたのが、ポストモダンの左翼批評家ジョン・M・エリスである。Vgl. John M. Ellis, *Clara, Nathanael and the Narrator. Interpreting Hoffmann's „Der Sandmann"*, in: *The German Quarterly* 54 (1981) 1, S. 1–18.

（3）初稿に関してはホーホフによる緻密なテクスト校訂と実証的研究がある。Vgl. Ulrich Hohoff, *E.T.A. Hoffmann „Der*

Sandmann". Textkritik, Edition, Kommentar, Berlin 1988.

（4）Sigmund Freud, *Das Unheimliche* (1919), in: ders., *Gesammelte Werke*, unter Mitwirkung von Marie Bonaparte hrsg. von Anna Freud u. a., London 1940–52, Frankfurt/M. 1960–87 (GW), Bd. XII, S. 227–268

（5）Nikolai Vogel, *E.T.A. Hoffmanns Erzählung „Der Sandmann" als Interpretation der Interpretation*, Frankfurt/M. 1998, S. 16.

（6）こうしたフロイトの『無気味なもの』を契機とする『砂男』の批評史における文学的転移の系譜のめざましい分析として、vgl. Elizabeth Wright, *Psychoanalytic Criticism. A Reappraisal*, Cambridge ²1998, S. 128–134.〔エリザベス・ライト（鈴木聡訳）『テクストの精神分析』青土社（一九八七）〕

（7）ブルームの一連の間テクスト的精神分析理論については、vgl. Harold Bloom, *Anxiety of Influence. A Theory of Poetry*, New York, Oxford ²1997.〔ハロルド・ブルーム（小谷野敦／アルヴィ宮本なほ子訳）『影響の不安』新曜社（二〇〇四）〕

（8）この線にそった「正統派」解釈のなかで著名なものとして、vgl. Jochen Schmidt, *„Der Sandmann". Die Krise der romantisch absolut gesetzten Subjektivität*, in: ders., *Die Geschichte des Genie-Gedankens in der deutschen Literatur, Philosophie und Politik 1750–1945*, Bd. 2: *Von der Romantik bis zum Ende des Dritten Reichs*, Darmstadt 1985, S. 19–33. これはこの小説をいきすぎた主観主義によるロマン派の破滅への自己批判として読むが、大時代的で現在ではやや陳腐にうつる。

（9）『砂男』の解釈史については、vgl. Ursula Orlowsky, *Literarische Subversion bei E.T.A. Hoffmann. Nouvelles vom „Sandmann"*, Heidelberg 1988, S. 15–30.

（10）この小説のもつ異様な雰囲気を本田雅也氏はポリフォニックな空間という観点から鮮やかに分析している。本田雅也「視ること——読むこと——書くこと——E・T・A・ホフマンの『砂男』における語りの戦略」『ドイツ文学』第九十二号（一九九四）一二八—一三八ページ参照。

（11）因みにユルゲン・ヴァルターは受容美学的に「無気味なもの」の淵源を内容ではなく、作家の作用ストラテジーによる形式的効果とする。Vgl. Jürgen Walter, *Das Unheimliche als Wirkungsfunktion. Eine rezeptionsästhetische Analyse von E.T.A. Hoffmanns Erzählung „Der Sandmann"*, in: *Mitteilungen der E.T.A. Hoffmann-Gesellschaft* 30 (1984), S. 15–33.

（12）Neil Hertz, *Freud and the Sandman*, in: *Textual Strategies. Perspectives in Post-Structuralist Criticism*, hrsg. von Josué Harari, Ithaca 1979, S. 296–321.

（13）このハーツの論文を手際よく解説しているのは、例によってジョナサン・カラーである。Vgl. Jonathan Culler, *On Deconstruction. Theory and Criticism after Structuralism*, Ithaca 1982, S. 260–268.〔ジョナサン・カラー（富山太佳夫／折島正司

訳）『ディコンストラクション』（Ⅰ・Ⅱ）岩波現代選書（一九八五）〕

（14）Paul Roazen, *Brother Animal. The Story of Freud and Tausk*, New York 1969.〔ポール・ローゼン（小此木啓吾訳編）『ブラザー・アニマル』誠信書房（一九八七）〕

（15）Sigmund Freud, *Jenseits des Lustprinzips* (1920), in: GW XIII, S. 1–69.

（16）フーコーのディスクール概念に関しては、ミシェル・フーコー（渡辺一民／佐々木明訳）『言葉と物——人文科学の考古学』新潮社（一九七四）参照。

（17）このことについて、今やドイツ語圏でもっとも注目すべき批評家といえるキトラーのフーコー＝ラカン流のディスクール分析に基づいた論文を参照。Vgl. Friedrich A. Kittler, *„Das Phantom unseres Ichs“ und die Literaturpsychologie. E.T.A. Hoffmann – Freud – Lacan*, in: *Urszenen. Literaturwissenschaft als Diskursanalyse und Diskurskritik*, hrsg. von F.A.K. und Horst Turk, Frankfurt/M. 1977, S. 139–166.〔フリードリヒ・A・キトラー（深見茂訳）「『我らの自我の幻想』と文学心理学——ホフマン・フロイト・ラカン」『ドイツ・ロマン派論考』（前川道介編「ドイツ・ロマン派全集」第十巻）国書刊行会（一九八四）四五三——五〇八ページ〕

狂気と芸術――『スキュデリー嬢』

E・T・A・ホフマンの『スキュデリー嬢』（一八一九）は、一九七四年にリヒャルト・アレヴィンが、ポーからさかのぼること二十年あまり、史上初の「探偵小説（Detektivgeschichte）」であると主張して以来、(1) 激しい議論を惹起することになった。(2) しかしジャンルとは元来様式ではなく、制度化されたエクリチュールであり、そこに本質論的議論は成立しない。それは創作者と受容者双方の認識によってきまってくる。

ドイツ語で、いわゆる「推理小説」は現在 Kriminalroman（Krimi）とよばれるのが通例であり、これは日本語でいう「推理小説」が喚起するジャンルとしてのイメージとほぼ一致する。この *kriminal*（犯罪）ということばが事態を複雑なものにしている。つまりこの Kriminalroman ということばを字義どおりにとり、「芸術家小説」、「青春小説」などという場合と同様に、ジャンルというよりも作品の漠然とした傾向をいうならば、『スキュデリー』はあきらかに犯罪小説であろう。しかしこうした意味での犯罪文学をいうならば、シラーのあの感動的な佳品『犯罪者』をはじめ、(3) ソフォクレスの『エディプス』にまでさかのぼることももちろん可能なほか、(4) くだってはホフマンスタールの『バッソンピエール』にもそれはあてはまるだろう。(5) しかしこれらを推理文学とよぶことにどれだけの意味があるのか。そもそもこの種の主張は提起そのものに主眼があって、結局作品については何も語っていないにひとしい。またKriminalroman を特に謎解きという点に主眼をおいてジャンル論的にいう場合、Detektivgeschichte (-roman, -erzählung／探偵小説）ということばが使われるが――アレヴィンは『スキュデリー』に関してまさにこれを主張する――、これは当然のことながら探偵による事件簿という固定されたイメージをつよく喚起する。しかしスキュデリーはむろん探偵でもなければ、戦慄の事件の真相を早い段階で他者から聞かされ、もはやとかれるべき謎は、彼女にはのこされていない。

ポーが『モルグ街の殺人』（一八四一）[6]に始まる探偵オーギュスト・デュパンによる一連の事件簿を契機に、みずから tales of ratiocination と命名したとき[7]、制度としての推理小説は始まったのだ。ホフマンの小説『スキュデリー嬢』の特異性は、むしろこうした議論からはなれたところにある。

冒頭の夜ふけ、「ちょうど漆黒の雲から射した月の光の揺らめきのなかに、ライトグレーのコートに身をつつんで、幅広の帽子を目ぶかにかぶった背の高い姿」が侵入してくると[8]、その「死人のように蒼白で、おそろしくゆがんだ青年の顔」がうかびあがる（782）。たしかにこの謎めいたおどろおどろしい情景にたちあった読者は、たちまち幻想的世界へといざなわれてゆく。そして次から次へとたたみかけられる謎。また物語の展開も「推理小説」の嫌疑がかけられるのもうなずけるほど、きわめて錯綜したものであり、ここで若干整理してみたい。

一六八〇年秋の真夜中、実在の宮廷作家マドレーヌ・ド・スキュデリーの家にある男がおし入り[9]、侍女に小箱をおしつけて去ってゆく。翌朝スキュデリーが箱を開けてみると、そこには強盗団からの感謝の意を表する書状とともに、最高級のアクセサリーが入っていた。

実は当時、パリでは不思議な強盗殺人事件が頻発していた。それは夜、豪華な贈り物をもって恋人のもとに赴く紳士たちが、「心臓に短剣の一突きという共通の致命傷」で殺されるというものであった（790）。そんななか「危険に曝された恋する者たちの名で、恋人に豪華な贈り物を持っていくのが恋の作法というものなのに、そのつど命がけでやらねばならないことを嘆く詩が」、「恋の作法の輝ける極北の星」とよびかけられたルイ十四世のもとに届けられる（793 f.）。気をよくした王がその場にいあわせたスキュデリーに意見をもとめると、彼女は返事のかわりに以下の詩でこたえる。

Un amant qui craint les voleurs
n'est point digne d'amour. (795)

恋する者にて盗人《ぬすっと》に恐れなす者、
恋にふさわしからず。(10)

この気のきいたこたえがすっかり気にいった王は、過酷なことで知られていながら、今回は捜査に苦慮している当局への介入を思いとどまる。

数か月後、馬車でたち往生しているスキュデリーのもとに例の男が現れ、件のアクセサリーをあさってまでにその制作者で当代随一の金細工師であるルネ・カルディヤック親方に返すようにと書いた手紙をのこして去っていく。不吉な予感がしたものの、雑事にはばまれ、二日後になってようやくカルディヤックのもとを訪れてみると彼は殺害されていて、実はその徒弟であった例の若者——オリヴィエ・ブリュソン——が殺人犯としてひきたてられていくところであった。その後例の殺人事件はぴたりとやみ、オリヴィエに強盗団の首領ではないかとの嫌疑がかけられる。しかしスキュデリーはオリヴィエの無実を直感し、彼に面会する。そこで耳にしたのは戦慄の物語である。すなわちかつてスキュデリーはオリヴィエの育ての親であったこと、カルディヤックが真の殺人鬼であったことなどである。

冷酷な当局にみきりをつけたスキュデリーは、王に直接これまでの経緯を語り、ブリュソンは釈放され、パリをはなれることになる。

　これでもそうとうきりつめて、物語の輪郭だけを叙述したが、その結果この小説でもっとも重要な細部がおおいにけずられることになった。それほどまでにこの中篇小説の物語展開は複雑である。実はオリヴィエが語る全体の三分の一弱をしめる長大な物語こそ、この作品の核心をなす部分である。これは一種の枠物語であり、オリヴィエの物語は全体のすじから独立したサブプロットとなっている。このオリヴィエの物語はスキュデリーに語られたあと、彼女がそれ以外に見聞したこともふくめて王に語りなおされる。こうしたロマン的イロニーを想起させる所作は、実にロマン派的である。この王自身「恐るべき話」、「波瀾万丈の物語」(848)と言う物語に、「王はスキュデリーの語りに燃えあがるいぶきの圧倒的な力によって心をうばわれ(……)、一言も口をきくことができず、ただただ時おり内面の感動から叫び声を発するだけであった」(847)という。

　物語をあらためて語りなおしてみると、伏線に次ぐ伏線があざやかにはりめぐらされたこの作品は、完璧といえるほど精巧に構成されている。しかしこの独特の創作理念によって書かれた作品を「探偵小説」あるいは「推理小説」とよぶことにはそうとうに無理があることがあきらかになるであろう。精巧な構成を根拠に推理小説というのは、いうまでもなく陳腐な議論である。というよりも、こうした定義をすること自体、あまり意味のあることとはいえない。洒落の好きなキトラーなどは、この作品を探偵小説というかわりに、スキュデリーの話を聴くルイ十四世のことを「最初の探偵小説の消費者」などと言っている。[11] しかしこれはやはり洒落であって、それをいうならば、オリヴィエの物語を聴くスキュデリーこそ最初の消費者ということになる。しかし双方が共に後世様式化される「推理小説」でないことは、やはりいうまでもない。そこにはもちろん探偵もでてこないし、オリヴィエの物語に関して技法論的にいうならば、この小説の枠物語としての技法が指摘されるべきであろう。しかも『ゼラーピオン同人集』*Die Serapions-Brüder* なる枠物語の中の枠物語というロマン的イロニーの極みである。[12]『ゼラーピオン同人集』はティークの『ファンタズス』*Phantasus* と類似した形式をとる枠物語である。[13] これについては「前書き」で直接言及されている、というよりも、この「前書き」はほとんど『ファンタズス』への言及に割かれているといっても過言ではない。

まさにこの形式はルートヴィヒ・ティークのファンタズスを想起させるであろう——させるにちがいない。(11)

ここまで『ファンタズス』を意識しているのは、弁明ではなくホフマンの一つの決意をしめすものである。すなわち亜流の誇りをうけることを承知したうえで、『ファンタズス』の形式のもつ可能性にかけてみようということ。『ゼラーピオン同人集』には物語全体の語り手がいて、ゼラーピオンの同人たちの語らいのなかでそれぞれがもちよった物語が披露され、さらにその論評が交わされる。その一つが『スキュデリー』だが、そこにさらに「オリヴィエの物語」が挿入されている。しかもこの「オリヴィエの物語」の中心を形成しているのは、かなりの分量から成る「カルディヤックの告白」であり、この作品の枠物語をめぐる状況はかなり錯綜したものとなっている。ところでこうした構成は漱石の『こゝろ』を想起させる。『雄猫ムルの人生観』が『吾輩は猫である』のモデルではないかということは、よくなされる議論であるが、物語の前半部で提起される謎が、告白を中心とする挿話によってときあかされるという『こゝろ』の枠物語形式が喚起する文学的効果も、『スキュデリー』をつよく想起させるものである。あるいはこれは漱石の英米圏の文学的知識を経由したものなのかもしれない。そしてひょっとすると、それは英米圏の文学がホフマンからうけた影響を間接的にものがたるものであるのかもしれない。いずれにせよホフマンにおけるこの技巧への執着は、物語世界の虚構性とその虚構的世界の完結感を醸成することによって、最高度の物語世界の創造に寄与する。これはもはや日常世界から完全にきりはなされた純粋に精神的な芸術世界である。

さらに重要なのはこの同人会命名の経緯である。その背景が同人たちによって語られ、それは次第に根拠づけられ、決定されていくが、この対話は詩学的議論を形成している。こういった経過を叙述することは枠物語でなくては困難であり、またこれこそホフマンがこの形式を採用した理由でもあろう。

命名の由来となったゼラーピオンは、『ゼラーピオン同人集』における最初の物語の主人公の名まえである。この聖ゼラーピオンを名のる隠者は、南ドイツの（バンベルクを想わせる）ある町「から二時間ほどの森がテーベの砂漠で、自分のことを数百年まえに殉教した熱狂的な聖人であると思いこんでいる」狂人である（29）。そして「きのうはアリオストが、つづいてダンテとペトラルカが私のところにやってきたし、今晩は果敢な教父エヴァーグリウスを迎えることになっている」ために、「この荒涼とした砂漠も黙想するにはちょっと賑やかすぎるときもある」というう（33）。しかもそれは「穏やかで快活な男」だという（33）。常識に反してこの隠者の「狂っている、馬鹿げている」（29）心性は、同人たちによってたかく評価され、この同人会の詩学的信条にすえられる。

それでその際隠者ゼラーピオンのことを心にとめておくことにしよう！――各自語ろうとしていることを公表するまえに、それが実際に見たものなのかどうか十分に吟味するんだ。少なくとも内面にたち現れたイメージをその姿、色あい、光と影といったことでもってほんとうに把握して、ほんとうに燃えあがったと感じたら、その時に外的な叙述としての命をあたえるように、ほんとうに真剣に努めなくちゃいけない。（69.「ほんとう」

の多用は原文のまま)

そしてこれを「ゼラーピオン的原理」と名づけ(70)、この信条にそった創作を発表しあうことをもうしあわせる。以後の創作の間にはさまれた対話は、もっぱらこの信条にてらしあわせたうえでの詩学的論評となっている。

ところでここでいう「実際に見たもの」とは、もちろん字義どおりの意味でいわれてはいず、ここではむしろ「ほんとうに燃えあがったと感じた」ものという部分のほうが重要である。つまり「実際に見たもの」とは「実際に見た」と思いこむほどに、虚構(＝狂気)の世界に没入して感じたものといったほうがこの文章の趣旨にちかい。

チュプリアーヌス、君の隠者はまぎれもない詩人だったんだよ。彼は語ったものを実際に見ていて、だからその話は胸と心をとらえたんだ。(68／傍点斎藤)

ゼラーピオンが実際に見たものは、客観的にいえば狂人の妄想である。つまり「まぎれもない詩人」とは狂人ということになる。

＊

さて金細工師ルネ・カルディヤックの犯罪の経緯はこうである。彼を孕んだ母親が宮廷園遊会を見物にいった際、宝石への「欲望」(832 usw.)からあるだて男のとりこになり、彼に誘われるままに抱かれると、彼は彼女を抱きしめたまま突然死したという。以下この「欲望」の語はテクストの様々な局面にあらわれる。

（カルディヤック：）恐ろしい瞬間の衝撃は俺のほうに命中したんだ。悪い星が昇って、火花をまき散らし、俺に腐りきった異様な情熱をたきつけたんだ。ほんとうに小さいときから、俺にとって輝くダイヤモンド、金の細工にかなうものはなかった。（832 f.）

こうして金細工師になった彼は、日中は「敬虔な人徳者で実直な」職人（844）、夜は殺人鬼という二重生活をおくるようになったという。

母親がみずからを懐胎しているときの不義という衝撃が、カルディヤックのトラウマを形成する。[14] このトラウマはカルディヤックに転移をおこさせ、彼は反復強迫的に殺人をくりかえす。カルディヤックはオリヴィエに語っている。「賢い男たちの話だと、妊娠している女たちというものは、奇妙な印象をうけるもので、外からの生々しい印象の不思議な影響を、意志に関係なく胎児に及ぼすということだ」（831 f.）。この俗流心理学はまったくまとはずれなものであるが、母親へのトラウマをわずらうカルディヤックにとって、その内実は彼の心的現実を強化するための装置として機能する。「おまえは俺の夜の仕事を見てしまったが、悪い星が俺をそれにかりたてるんだ。抵抗なんかできっこない」（831）。ここでいう「悪い星」とはカルディヤックが誤認しているような母親からひきついだ欲望ではなく、母親の不義というトラウマのことである。

母親の欲望は物質的なものが性的なものに統合されたものである、というよりもすべての欲望は性的なものに統合される。愛人の死によって宙づりにされたこの母親の欲望は、息子の反復強迫的欲望として継続される。カルディヤックはみずからが制作したアクセサリーを殺人によって奪い取ることで、すなわち物質的な欲望を充たそうとすることで、精神的な充足感、すなわち性的な充足感をえようとする（彼が殺す相手は、皆これから性的欲望を満足させにいこうとしている者ばかりだ）。しかしこの代償的・倒錯的行為による充足感は望むべくもなく、彼は強迫的に凶行をくりかえすことになる。ここであきらかなように、カルディヤックの欲望は母の欲望[15]、すなわち他者の欲望の反復である。欲望は他者の期待によって形成される。母親の期待、つまり宝飾品への欲望がカルディヤックの欲望を形成する。母親への固定観念がカルディヤックの欲望を規定する。

こうしてみてくると、カルディヤックの欲望のエディプス的性格があきらかになってくるだろう。母親の欲望の代償はカルディヤックの妄想上の父親＝だて男への復讐という色あいをおびる。愛する母親の愛を獲得した者＝父への復讐。アクセサリーを持っている者（これから性的欲望を充たそうとしている者）を殺すことによって、カルディヤックは妄想上の父親殺しを再現し、母親に対するエディプス的欲望を充足させようとする[16]。しかしこの狂気の妄想は当然充足感がえられないから、カルディヤックはそれを反復強迫的にくりかえさざるをえない。

一方この欲望の反復強迫はカルディヤックの芸術家としての生をも規定する。カルディヤックにおいて犯罪と芸術は一体である。すなわち彼にとって宝飾品の創造と所有は美への欲望に起因している点で一致している。ここに芸術と犯罪と欲望のくらい共犯関係、あるいは芸術のはらむ危うさもしくはいかがわしさが暗示される。カルディヤックは殺人を犯してでも、美の所有に対して異常な執念をしめす。日中は真面目な職人、夜は殺人鬼というのはどこかできいたことがある。日中は真面目な裁判官、夜は妄想にとり憑かれた熱狂的な作家ホフマン[17]。

この芸術における狂気の特権化はゼラーピオン的原理の精神に合致するものである。欲望の極致としての、あるいは犯罪の原理としての狂気。創作において狂気は必然というか、これなくして審美的世界の創出は不可能ということである。すなわち常軌を逸した美（あるいは「性」）への欲望が芸術作品を創出し、それは犯罪に至るほどの妄想をともなうものであるということ。

さらにこの狂人としての芸術家のイメージは悪魔とむすびつけられることになる。つまり芸術家とは悪魔＝美に魅いられた者である。カルディヤックの行動には頻繁に悪魔のイメージが付与されている。パリ市治安担当の騎馬憲兵隊中尉（Marechausee-Lieutnant）[18]デグレはこの神秘的な事件に手をやいたあげく、「我々をからかっているのは悪魔自身です」と言う。そして市中には「悪魔は魂をうりわたした悪い奴を守るんだ」という噂がひろまる（792 f.）。オリヴィエは「悪魔が灼熱した鉤爪でしっかりと彼を押さえつけている」（835）と説明する。カルディヤックは注文された品をしあげると、「悪魔の囁きが耳にまとわりついてくる」が、殺害を敢行し、宝飾品を奪い取ると「悪魔の声はきえる」とオリヴィエに告白する（834）。カルディヤックは創作からも殺人からも、すなわちひとたび美＝悪魔に魅いられた者は、けっしてそこから逃れることはできない。

カルディヤックの行動原理は欲望である、というよりも、人間の行動原理は欲望である。そしてその欲望は両義性をはらんだものである。みずからはその両者を意識化していないが、カルディヤックにおいては美的陶酔とエディプス的欲望が渾然一体となっている。

これは欲望の美学に関する物語である。私はこれまでなかば意図的に精神分析的に語ってきたが、それは精神分析をこの小説に応用しようとしたからではない。むしろこの小説が驚くほど精神分析的に書かれているからだ。欲望、反復強迫、トラウマ、そしてこれらの基盤となる無意識とエディプス・コンプレックス。もちろんこの作品がその他の多面的ゆたかさをもっていることはいうまでもないが、ロマン派、特にホフマンの小説はこの小説にかぎらず非常に精神分析的に書かれている。精神分析的に書いているのは、実はホフマンのほうなのだ。当然これは逆説的に響く。この作品が書かれた時点で、精神分析は発明されていなかったのだから。しかし事実は逆である。フロイトの書く精神分析的エクリチュールは当時すでに存在していた精神分析的ディスクールの一部である。彼の発明である精神分析はこの精神分析的ディスクールを意識化したものにすぎない。バルトにいわせれば、「一篇のテクストは、いくつもの文化からやって来る多元的なエクリチュールによって構成され」る。[19] 精神分析は文学・芸術・文化を含む人間の心的機構一般に関する普遍的な理論を遂に発明したのではなく、それはある文化的ディスクールを叙述したインターテクスチュアルなエクリチュールである。フロイトはイェンゼン（『グラディーヴァ』[20]）、『砂男』（『無気味なもの』[21]）、シュニッツラー[22]、ドストエフスキー（『カラマーゾフの兄弟』[23]）などに精神分析が驚くほど適用できることを知って喜んだが、これらに代表されるとりわけ十九世紀ヨーロッパ社会に特徴的である「精神分析的」なディスクールは、フロイトに精神分析を「発明」させる淵源となった。『スキュデリー嬢』は精神分析的ディスクールが支配的思考形態として成立していく過程における生々しい記録である。[24]

（1） Vgl. Richard Alewyn, *Der Ursprung des Detektivromans*, in: ders., *Probleme und Gestalten*, Frankfurt/M. 1974, S. 341–360.

（2） 『スキュデリー嬢』の研究史については、Vgl. Detlef Kremer, *Spurensuche. Das Fräulein von Scuderi (1818/19)*, in: ders., *E.T.A. Hoffmann. Erzählungen und Romane*, Berlin 1999, S. 144–161.

（3） Friedrich Schiller, *Der Verbrecher aus verlorener Ehre* (1786).

（4） Sophoklēs, *Oidipous Tyrannos* (429–425 v. Chr.?).

（5） Hugo von Hofmannsthal, *Das Erlebnis des Marschalls von Bassompierre* (1900).

（6） Edgar Allan Poe, *The Murders in the Rue Morgue* (1841).

（7） Vgl. Edgar Allan Poe, *Twice-Told Tales. By Nathaniel Hawthorne. Two Volumes. Boston: James Munroe and Co*, in: *Graham's Magazine* (May 1842), S. 298–300. ポーはホーソンの小説への書評のなかで、このことに言及する。

（8） Ernst Theodor Amadeus Hoffmann, *Das Fräulein von Scuderi*, in: ders. *Sämtliche Werke*, Bd. 4: *Die Serapions-Brüder*, hrsg. von Wulf Segebrecht unter Mitarbeit von Ursula Segebrecht, Frankfurt/M. 2001, S. 780–856, S. 781. 以下この節における『ス

キュデリー嬢』を含む『ゼラーピオン同人集』からの引用は本文にページ数で記す。

（9） Madeleine de Scudéry（1607–1701）.

（10） 実話に基づくスキュデリーの実作とされる。この逸話をホフマンは以下の書物に取材した。Johann Christophori Wagenseilii [Johann Christoph Wagenseil], *De sacri Romani imperii libera civitate Noribergensi commentatio* [*Nürnberger Chronik*]（1697）, S. 562 f.

（11） Friedrich A. Kittler, *Hoffmann. Eine Detektivgeschichte der ersten Detektivgeschichte*, S. 215, in: ders., *Dichter – Mutter – Kind*, München 1991, S. 197–218.

（12） コンラートもこの小説の謎ときにおけるロマン的原理を強調している。Vgl. Horst Conrad, *Die literarische Angst. Das Schreckliche in Schauerromantik und Detektivgeschichte*, Düsseldorf 1974.

（13） Ludwig Tieck, *Phantasus. Eine Sammlung von Märchen, Schauspielen und Novellen*, 3 Bde.（1812, 1816）

（14） こうした母の子に対する独特の関係をこの時代に特徴的なディスクールとして分析したのが、『スキュデリー』論として現在最良のものである上掲のキトラー論文である（注11参照）。

（15） この点に関しては、vgl. Kittler, a.a.O., S. 206.

（16） キトラーもこの代償的殺人について言及している。同前参照。

（17） 芸術家の現実社会との軋轢という観点に関しては、vgl. Jochen Schmidt, *Das Fräulein von Scuderi und Cardillac*, in: E.T.A. Hoffmann, *Das Fräulein von Scuderi*, hrsg. von J. S., Stuttgart [3]1986, S. 109–121.

（18） 原文のまま。ホフマンはフランス語にアクサンを付けないことがおおい。

（19） ロラン・バルト「作者の死」八八ページ／『物語の構造分析』（花輪光訳）みすず書房（一九七九）七九―八九ページ参照。

（20） Vgl. Sigmund Freud, *Der Wahn und die Träume im W. Jensens „Gradiva“*（1907）, in: ders., *Gesammelte Werke*, unter Mitwirkung von Marie Bonaparte hrsg. von Anna Freud u. a., London 1940–52, Frankfurt/M. 1960–87（GW）, Bd. VII, S. 31–125.

（21） Vgl. Sigmund Freud, *Das Unheimliche*（1919）, in: GW XII, S. 227–268.

（22） Vgl. Brief Freuds an Arthur Schnitzler vom 14. Mai 1922, in: Sigmund Freud, *Briefe. 1873–1939*, hrsg. von Ernst Freud, Frankfurt/M. [2]1968, S. 357.

（23） Vgl. *Dostojewski und die Vatertötung*（1928）, in: GW XIV, S. 397–418.

(24) たとえばノイマンは『スキュデリー』がセクシュアリティ、暴力とむすびついたフェティッシュに特徴づけられるモダンのディスクールを記号学的物語として提示しているとする。Vgl. Gerhard Neumann, *„Ach die Angst! Die Angst!“. Diskursordnung und Erzählakt in E.T.A. Hoffmanns „Fräulein von Scuderi“*, in: *Diskrete Gebote. Geschichten der Macht um 1800. Festschrift für Heinrich Bosse*, hrsg. von Roland Borgards und Johannes Friedrich Lehmann, Würzburg 2002, S. 185–205.

第二章　エディプスの淵源

欲望の形而上学――フロイト文化論

これまでホフマンの小説を通じて文学作品と精神分析的ディスクールについて考察してきたが、ここでそろそろフロイト自身の文化に関する論考をとおして、エディプスの背景について考えてみたい。

フロイトはその革命的な人間観によって精神医学の世界に衝撃をあたえたが、一方で文学をはじめとする芸術論においても、その卓越した洞察力によって、後世の文学・美学理論に深甚な影響をあたえた。それはたとえば代表的なものだけでも、「レオナルド・ダ・ヴィンチの幼年期のある想い出」（一九一〇）[1]、おもに『リア王』を論じた「小箱選びのモティーフ」（一九一三）[2]、それに「ミケランジェロのモーゼ像」（一九一四）[3]、おもに『カラマーゾフの兄弟』を論じた「ドストエフスキーと父親殺し」（一九二八）[4]、そしてなんといっても無意識＝夢解釈とならんで、ディスクールとしての精神分析そのものといえるエディプス・コンプレックスなる概念を生みだした『夢判断』（一九〇〇）におけるエディプス論などがあげられる。[5]　また『トーテムとタブー』（一九一三）[6]に代表される民族心理学、あるいは『集団心理学と自我分析』（一九二一）[7]に代表される集団心理学といった応用心理学の分野においても、開拓者としての画期的足跡をのこしている。

さてこれから論じるのは、やはりフロイト＝精神分析にとって応用分野であった文化論である。[8] ここでフロイトが「文化論」(Kulturtheorie) というとき、かなり特殊な意味でもちいられているので注意が必要である。彼自身の定義によると、『文化』ということばは我々の生活を我々の動物的な先祖からへだて、自然からの人間の庇護と人間関係の相互の秩序づけという二つの目的に寄与するような成果と制度の総体と特徴づけられる」[9] ということになる。すなわちこうした意味での「文化」をあつかうフロイトの文化論は、「社会・文化論」あるいは「社会論」と言い換えてもいいような領域であり、その証拠に英語圏ではこれを civilisation theory と訳しているくらいである。ただし社会理論や社会哲学あるいは社会学をいうには精神史的もしくは今でいう文化研究的色彩がつよく、それがフロイト文化論のユニークなところであることは、これからみていくとおりである。もちろんフロイト文化論の特に社会的側面に着目して、調和的社会形成を希求した社会心理学者のフロムや、[10] 逆にその生物主義的＝性的側面に着目し、そこに社会変革のための原動力をみた社会理論家のマルクーゼといった[11] フランクフルト学派を出発点とする社会思想家などが、上記領域で独自の理論を構築していったことは周知のとおりである。

ここでとりあげる文化論は『ある幻想の未来』(一九二七)、『文化への不満』(一九三〇)、そして『続精神分析入門』(一九三二) のなかの「世界観について」である。いうまでもなく、ドイツにおけるナチスの政権奪取が一九三三年であり、ナチスによるオーストリア合邦にともなうユダヤ人フロイトの国外脱出が一九三八年で、フロイトは一九三九年にはロンドンで客死したわけで、この作品群はいずれもフロイト晩期に属する。よくいわれるように、一九一八年に終結した第一次世界大戦の惨禍としのびよるナチスがこれらの文化論にかげをおとしていることはあきらかであり、この一連の作品を考察する際、それが書かれたフロイト晩年の時代状況を考慮にいれておく必要があろう。

I

フロイトは一九一五年から一七年にかけて、ウィーン大学でみずからの学問的成果を概括的に講義している。それを出版したのが『精神分析入門』(一九一六、一七)である。そして精神分析のその後の展開をふまえた続篇として、今度は純粋に概説書として書かれたのが『続精神分析入門』(一九三三)である。講義番号は『精神分析入門』からひきつがれているが、その最終講として配置されているのが第三十五講「世界観について」である。したがってこれは精神分析の臨床的部分からもっともはなれた応用領域であり、フロイトの学問に対する信条告白的性質をふくむものであることを予想させる。

この文章のなかでフロイトは、まず精神分析が一個の「世界観(Weltanschauung)」たりうるかみずから問い、さらにその定義を試みる。それによるとこうだ。「世界観とは我々の生存にかかわるすべての問題を、ある大局的仮定によって統一的にときあかそうという知的構築である」[12]。これはイデオロギーと言い換えてもいいかもしれない。つまりフロイトの考える世界観には知的側面がつよいことは注意していい。むしろこれは思想的決意性といったたぐいのものである。そしてこの問いに対するフロイトのこたえは明快である。科学の一部門たる深層心理学である精神分析は世界観をもちえない。なぜなら科学は証明済みのこと以外は排除し、「啓示や直観、予見といったものによる知識はもちいない」からだ(XV 171)。こうした「幻想(Illusion)」、「願望興奮(Wunschregung)」、「情動要求(Affektforderung)」といったものは芸術・宗教・哲学の領域に属するものであって(XV 172)、価値はあるものの真理には関与しない。そしてこれに対してみずからの立場を『科学的世界観（wissenschaftliche Weltanschauung）』と称する。

それによれば哲学はみずからを科学のように見せかけてはいるものの、直観にたよるという点で方法的誤謬をおかしているという。ただ哲学は知的エリートの専有物だから害がすくない。問題なのは宗教のほうだ。なぜならそれは道徳的命令に対する服従をみかえりに、恩寵を約束するという点で、科学よりも大衆に対して力があるからだという。しかしこれに対してフロイトは、神とは「よるべない（hilflos）」（XV 175）人間が庇護を求めた『父』であり、幼児がいつかそれを克服しなければならないのと同様、いつの日か人類はみずからの願望である宗教を克服しなければならないと、あたかもフォイアーバッハを彷彿とさせる議論を提起する[13]。そして科学の評判のわるさの淵源をその歴史のあささに帰し、ケプラーやニュートン、ダーウィンなどの例をあげて、精神分析をその受難の歴史の列にくわえる。

フロイトが次に俎上にのせるのはアナーキズムである。アナーキズムによればこの世に真理など存在しない。科学に認識は不可能であり、それが真理と称しているのは、人間の欲求の産物にすぎないということになる。フロイトはこれは危険なニヒリズムであるという。ところでフロイトは芸術・宗教・哲学を批判する際、これと同じ論拠に基づいてはいなかったか？　アナーキズムを危険なニヒリズムというのであれば、精神分析に代表される科学もニヒリズムで、心理をつかみえないということになる。フロイトはアナーキズムを批判する際には、芸術・宗教・哲学を批判したときと同じ論拠で科学主義を肯定しているのだから。ここでフロイトの科学主義は人間の欲望による妄想というみずからの論理によってつきくずされてしまう。

さてこの章の最後の部分は革命国家ソヴィエト連邦の誕生という衝撃をうけての、有名なマルクス主義批判である。フロイトはマルクス主義の宗教批判に関して「それが闘っているもの（斎藤補足／「宗教」）と無気味な類似性をおびるようになった」と評する。なぜなら「マルクス主義理論の批判的検討は禁じられていて、かつて異端に対してカトリック教会がそうしたように、その正当性に対する疑義は処罰される。マルクスの著作物は啓示の源泉として聖書やコーランの位置をしめるようになった」（XV 195）から。これはおおむねまとを射た見解ということができよう。しかしフロイトは「厳密にいえば、科学は二つしか存在しない。すなわち純粋・応用心理学と自然科学である」（XV 194）と言って、精神分析の科学性を誇示しながら、マルクス主義の科学的歴史観の疑似科学的性質を批判するが、科学主義をたてに宗教の非科学性を批判する点で、実は精神分析も「それが闘っているものと無気味な類似性をおびる」。精神分析は徹底して排他的である。その正統主義的・権威主義的性向と内部抗争は開祖フロイトの時代から有名である（初期のユングの離脱から、一九六二年のラカンのいわゆる「大破門」まで）[14]。先の引用は精神分析をめぐる状況のアレゴリーとなる。すなわち精神分析の「批判的検討は禁じられていて、かつて異端に対してカトリック教会がそうしたように、その正当性に対する疑義は」破門であがなわれる。フロイトの「著作物は啓示の源泉として聖書やコーランの位置をしめるようになった」。なにせフロイト自身「科学宗教（Wissenschaftsreligion）」なる語に言及しているのだ[15]。こうして精神分析はマルクス主義を批判したときと、まさに同じ論拠でつきくずされることになる。

またフロイトはマルクス主義の発展史観について、その根底にある現世逃避的傾向を宗教とのさらなる類似点として指摘する。「ボルシェヴィズムも宗教とまったく同じように、欲求がすべて充たされる彼岸を約束することで、その信者に実生活の苦しみと欠乏についてあがなわなければならない」（XV 195 f.）。さらにそこに黙示録的構造を看取する。「ユダヤ人も救世主の降臨を期待していたし、またキリスト教的中世は神の国は目前にせまっているという考えをくりかえし懐いた」（XV 196）。そしてそれを「幻想」であるとする。これはあたかもニーチェがキリスト教を批判する際に指摘する「弱者のルサンチマン」である。ここでフロイトとニーチェの類似点を論じることは手にあまるが[16]、そこにはフォイアーバッハ、ニーチェをはじめとする一九世紀中盤以降のヨーロッパをおおったニヒリズムの巨大な影を指摘することができよう。これはニーチュの「神の死」、シュペングラーの「西洋の没落」といったペシミスティックな言説にみられるとおり、伝統的な価値観に対する強烈な危機意識に起因する。

こうして最後に精神分析は「一つの科学であり、科学的世界観を旨とする」（XV 197）と再度たからかに宣言して、「続」を含む『精神分析入門』の全篇がとじられる。なにせ「科学的思考は人間にとってまだ非常にわか」い（XV 197）。やがては精神分析を代表とする科学的世界観によって人類は進歩を遂げるであろう。しかしこの論理構造もどこかで聞いたものである。もちろんこれはフロイトが宗教とマルクス主義に指摘したもの、すなわち黙示録的構造である。ここで精神分析を「マルクス主義」と読みかえてもさほどの違和感は生じない。だとすれば、「科学的世界観」によって人類が進歩するというのも「幻想」ではないのか。まさに科学的世界観こそ、マルクス主義とならんで、フロイトのいうところのながい伝統をもち、「欲望」としての「真理」をうったえてきた宗教的言説の近代における特殊な事例といえるのである。

Ⅱ

以上が晩年のフロイトが『続精神分析入門』の最終講「世界観について」で診断をくだした彼の精神医学的・臨床的研究の総決算ともいうべき人間観／文明観である。周知のとおり、これには前史がある。そもそもの始まりは前述のとおり、宗教論『ある幻想の未来』だった。「世界観について」は概説の一講として要所を叙述したものであるが、以下においては『ある幻想の未来』における注目すべき部分を抽出していくことにする。ここでのフロイトの問題提起はこうだ。

人類全体にとってと同様、個々人にとっても人生とはたえがたいものである。文化的約束の侵犯、あるいはこの文化の不完全さのために、人間自身が関与している文化はそうとうな困難を強いてくるし、他の人間たちは様々な苦痛をもたらす。さらにどうすることもできない自然——人はこれを運命とよぶ——が危害をおよぼしてくる。(17)

「苦」としての人生とはショーペンハウアーのペシミズム哲学そのものである。(18) フロイトの文化論が独特なのは、それをオプティミスティックな進歩思想とむすびつける逆説的思考形態である。さてこの「苦」は克服されなければならない。そこで人間はなじみの手法によって、ある挙にうってでる。

さて成長するにつれて、常に子どもでありつづけるように定められていること、圧倒的な未知の力からの庇護なしにはすまされないということに気づくと、それに父親のすがたをかさねあわせて神々をつくりあげて恐れ、味方につけようとし、そして庇護を求めるようになる。だから父親への憧憬のモティーフは人間の無力の結果に対する庇護への必要と同一である。子どものよるべなさへの防御は大人になってもみとめざるをえないよるべなさに対する反応、すなわち宗教の形成に本質的な特徴を付与する。(XIV 346)

ニーチェがキリスト教を論難した際と同様に[19]、ここから生じるのは、「この世の生活というものは、人間存在の完成を意味する容易には推しはかれないより高次の目的のためにある」（XIV 340）という彼岸志向だ。「宗教の誕生」である。宗教発生の経緯に関する以上の分析に対してフロイトがくだした診断は、当然「このみずから教説と称しているものは、経験の成果でも思考の最終結論でもなく、それは幻想であり、人類にとってもっとも切実で、最古で最強の願望である」（XIV 352）ということになる。さらにフロイトは「宗教とは人間全体の強迫神経症であり、子どものそれと同様、エディプス・コンプレックス、すなわち父親への関係に起因するものである。この見解によれば宗教からの離反は成長過程の運命的苛烈さをもってなし遂げられなければならず、我々はまさに今その発展段階の真っただなかにいるという予想がつく」（XIV 367）という結論という結論をみちびきだす。前述のとおり、ペシミスト・フロイトはみずからみとめているように、徹底してオプティミスティックである。しかし「このオプティミズムは根拠がないものかもしれない」（XIV 377）。

人間は永久に子どもでいることはできず、いつかは「敵意にみちた人生」にでていかなければならない。それは「現実への教育」といえるものであり、私の文章の唯一の意図がこの進歩の必要性に注意をむけさせることであったことを今さらあかす必要があるだろうか？（XIV 373）

人類史的な「進歩」による宗教の超克という思考は、あきらかにその破綻を契機に登場したニーチェからデリダまでつづく現代思想が批判の矛先をむける理性的・啓蒙的・進歩思想的・ロゴス中心主義的思考であり（フロイト自身「我々の神ロゴス」と言っている。XIV 378）[20]、二項対立を基盤とするその論理形態は、フロイトの批判するマルクス主義となんらかわりがない。その驚くべきオプティミズムは「彼岸への期待を排し、自由になったすべての精力を現実の生活に集中することによって、おそらく生は万人にとってたえうるものとなり、文化に圧迫される者もいなくなることであろう」（XIV 373 f.）ということばに表れている。

実はフロイトの洞察力はこのことに気づいている。「もしかすると私が信奉している希望もまた幻想的性質のものであるのかもしれない」（XIV 376）。誰に指摘されたわけでもないのに、このことがいかにフロイトの念頭をはなれなかったかは、自問自答にたこの論文の終結部に表れている。

いや、我々の科学は幻想などではない。幻想とは科学が我々にあたええないものを、どこかべつのところからえられると信ずることこそをいう。（XIV 380）

Ⅲ

さて『ある幻想の未来』は当然のごとく様々な反応を惹起した。そんななかフロイトの友人でフランスの大作家ロマン・ロランが手紙をよこしてきた。これが『文化への不満』執筆のきっかけである。ロランはフロイトの宗教観を肯定したうえで、その「源泉」に関しては見誤っていると指摘する。そして「これはある特別な感情で、自分の念頭をはなれたことがなく、他の人々がその存在について証言していて、無数の人間に前提することがゆるされるものであろう。それは『永遠』の感じと名づけうる感情、なにか際限のないもの、無制約なもの、いわば『大洋的なもの』といった感情である」（XIV 421 f.）という。ここでロランが主張しているのは、いわば自然への畏怖といった汎神論的な感情であろう。これに対してフロイトは「私自身はこうした『大洋的』感情（das „ozeanische" Gefühl）を自己のなかにみいだすことができない」（XIV 422）という（ちなみに私もそうである）。ここにフロイトによる宗教に関する本質論が始まる。

我々に課せられている人生は、あまりにもつらい。それはあまりにも多くの苦痛と失望、ときがたい課題をもたらす。（XIV 432）

それではそれほど苦難にみちた人生の意味とはいったい何なのか？

人生の目的に関する問いは幾度となくたてられてきた。それはまだ満足のいくこたえなどえてないし、そもそもそのようなものはひょっとするとゆるされないのかもしれない。（……）人生の目的などという理念が宗教体系と分かちがたくむすびついていると断定しても、あながちまちがいではあるまい。（XIV 433）

すなわちフロイトによれば人生に意味などない。そして「苦」としての人生を生きぬくための手段として、芸術と宗教が論じられるが、まず芸術については「芸術が我々をみちびきいれる穏やかな麻酔では、人生の苦難からのつかの間の逃避以上のものをもたらすことはできず、現実の惨めさを忘れさせるのに十分ではない」（XIV 439）と、ショーペンハウアー流のペシミスティックな芸術哲学を展開する。また宗教に関しては「特別な意味をもつのは、おぜいの人間が共同して現実を妄想的に改変することによって、幸福の確信と苦悩の回避を生みだそうという試みを企てる場合である。こうした集団妄想として我々は人類の宗教も特徴づけなければならない」(XIV 440)ときりすてる。

「幸福になるのは人間にとってなぜこうもむつかしいのか」(XIV 444)。我々はこの苦痛にみちた世界で、幸福を追求する手段として宗教を欲してきた。「その(斎藤注/「宗教の」)テクニックは人生の価値をおとしめ、現実世界のイメージを妄想的にゆがめることにある」(XIV 443)。フロイトはこうした現象の根底にあるのは人類の「文化」、すなわち現代文明への「不満」であると指摘する。では人間がその発展に腐心してきた文化とはいったい何なのか?フロイトの定義によれば「文化」とは「地球を人間に奉仕させ、自然の暴力から守ることで人間に役だつすべての営為と価値」ということになり(XIV 449)、科学技術の進歩の例が列挙される。ようするにフロイトにとって「文化」とは「科学技術の進歩」、つまり『続精神分析入門』でいうところの「科学的世界観」の実体化ということになる。

> 人間がその科学と技術によって地上につくりあげたものは、童話のようであるばかりか、まさしくすべての——いや、たいていの——童話の願望の充足である(……)。人間は古来全知全能の理想像を神というかたちできずきあげてきた。(……)今や人間はこの理想の達成にきわめてちかづき、ほとんどみずからが神になった。(……)しかし我々の考察の関心からいえば、神にちかづいたにもかかわらず、今日の人間が幸福とは感じていないということを忘れるわけにはいかない。(XIV 450 f.)

それは現在においても「隣人とは援助者・性的対象となりうるものの、みずからの攻撃性を充たし、労働力を対価なしに利用し、同意なしに性的に消費し、所有物を手にいれ、侮辱し、苦痛をもたらし、苛んだり、殺したりもするもの」であるからだ（XIV 470 f.）。すなわち人間のはらむ攻撃欲動が、文化の基盤の実体である。だから「人間はもっぱら善良で隣人に好意的だが、私的所有制度がその性質を堕落させた。私的財産の所有は権力とそれにともなう隣人を虐待する誘惑をもたらす。所有からしめだされた者は、敵意をもって弾圧者に抵抗することになる。私的所有を廃止し、すべての財産を共有して、すべての人間がそれを享受するようになれば、悪意や敵意は人間のあいだからきえさることであろう。すべての欲求が満足されるから、敵をもつ理由などなくなるであろう。必要な仕事は皆すすんでひきうけることになろう」（XIV 472）という共産主義は、この攻撃本能を見誤っている「幻想」（XIV 473）ということになる。しかも「自然はきわめて不平等な肉体的素質と精神的才能によって不公平をなしたが、これに対する助けなどない」（XIV 472）。

タナトス（死の欲動）について、フロイトは第一次世界大戦をうけた『快楽原則の彼岸』（一九二〇）でこう定義している。[21]「生命としての実体を保持し、より大きな単位に統合していこうとする衝動のほかに、これとは逆にこれらの単位を解消して、原初的・無機的状態にひき戻そうとする別のものがあるという結論に達した。すなわちエロスのほかに死の欲動が。この両者の相互・対立作用から生命現象は説明された」。そして「この欲動の一部は外界に向かい、攻撃・破壊欲動として現出する」とした（XIV 478 f.）。

この生物としてのモデルを文化に適用するならば、文化とは「エロスを通じて個々の人間から家族、そして部族、民族、国家からより大きな単位、つまり人類へと統合しようとする過程である」（XIV 480）。これはあきらかに直線的な発展史観であり、言い換えれば「科学的世界観」といってもよい。しかしフロイトは即座に文化の発展は「人類において生起するエロスと死の、生の欲動と破壊欲動の戦いである。この戦いはそもそも生の本質的内容であって、それゆえ文化の発展とはようするに人類の生の戦いである」（XIV 481）と修正する。第一次世界大戦、およびしのびよるナチスの殲滅へのつよい欲望によって、人類滅亡の危機は現実的なものとなった。もしタナトスが優勢ならば、攻撃欲動と死への本能によって人類は滅亡を欲するであろう。こうして文化＝科学の発展をくりかえし称揚していたフロイトの歴史観にペシミスティックな影がよぎる。

　フロイトの思考形態は本来両価的なものである。すなわちフロイトのオプティミスティックな科学主義のうらには、人間とは本来的に自己中心的で攻撃的であるというペシミスティックな人間観が常にある。そしてそれが革命的なのは「意識」に対し「無意識」といったぐあいに、常識的な概念に超日常的な概念、あるいはそれまでタブー視されてきた概念を対置する点である。フロイトに対する反発もこうした暴露的な言説に起因しているとみてよい。そのなかでもっとも印象的なのが第一次世界大戦を背景にして提起された「エロス」に対する「タナトス」、すなわち「生の欲動」に対する「死の欲動」である。一方でこうした二項対立的思考方法は西洋の論理的思考法においては常識的であるが、フロイトの場合、たとえば常識的な審級である「意識」が、実は「無意識」から生じた「無意識」の例外的メカニズムである、あるいは「すべての生きものは内的な理由から死に、無機物にかえるということを例外なき経験として仮定することがゆるされるならば、すべての生命の目標は死である、そしてさかのぼってみると、無生物は生物以前に存在していたというほかない」[22]から、死は生よりも本来的なものであるといったぐあいに、脱構築的思考展開をしめしている点で革命的である。[23]これはニーチェの「アポロン的なもの／ディオニュソス的なもの」に対比される時代的危機意識に起因する思考法である。また「死への憧れ」、「死への陶酔」といった思考傾向は、ヴァーグナーからニーチェをへて、トーマス・マンへといたる時代思潮でもある。一方でこうしたペシミスティックな思考形態に対して、フロイトの歴史観は理念的なものである。死の欲動が人間に本来的に備わっているものであるならば、フロイトが再三主張しているような人類史的な「進歩」による宗教の超克といった直線的な発展史観は、もはや望むべくもないであろう。ここに文化の発展に対する信頼も、やはり宗教同様幻想ではないかという『ある幻想の未来』の疑念が頭をもたげてくる。

フロイトはこの論考の冒頭で「感情を科学的にあつかうことは容易ではない」(XIV 422) と言っている。そもそも感情を基盤とするという点で、宗教は理性主義者・科学主義者フロイトにとっては厄介なものであった。しかし意識／前意識／無意識あるいは自我／超自我／エスという理性を超えた心的エネルギーの運動の究明を試みる精神分析もしくは深層心理学が、人間の「感情」なるものから超然として、純然たる科学を主張することははたして可能であろうか。あるいはこれほどまでに人々の心をとらえる宗教の基盤である感情を無視して、科学的世界観（理性）が人間心理を支配することがほんとうに可能であろうか。

この論考はポール・ド・マンの言う「盲目と洞察」――西洋的思考に内在する二重性。鋭敏な洞察力はそれに内在する相対立する主張との矛盾をはらんだ脱構築的相克関係から生じる――の典型的言説であるといえよう(24)。フロイトはタナトスという革命的メカニズムを発見したが、それによって彼の科学的世界観はほうむりさられることになる。冒頭で述べたとおり、この論考は多方面に影響をあたえ、様々な立場からの相対立する主張・学説を生む契機となった。それはこの論考の多義性＝フロイトの思考のゆれに由来するものなのかもしれない。「盲目性」をはらんだテクストほど、多様なゆたかさをはらんでいるのだ。

（1）Sigmund Freud, *Eine Kindheitserinnerung des Leonardo da Vinci*, in: ders., *Gesammelte Werke*, unter Mitwirkung von Marie Bonaparte hrsg. von Anna Freud u. a., London 1940–52, Frankfurt/M. 1960–87（GW), Bd. VIII, S. 127–211.

（2）Sigmund Freud, *Das Motiv der Kästchenwahl*, in: GW X, S. 23–37.

（3）Sigmund Freud, *Der Moses des Michelangelo*, in: GW X, S. 171–201.

（4）Sigmund Freud, *Dostjewski und die Vatertötung*, in: GW XIV, S. 397–418.

（5）Vgl. Sigmund Freud, *Die Traumdeutung*, in: GW II/III, S. 269 ff.

（6）Sigmund Freud, *Totem und Tabu*, in: GW IX.

（7）Sigmund Freud, *Massenpsychologie und Ich-Analyse*, in: GW XIII, S. 71–161.

（8）ただしローレンツァー／ゲルリヒが言うように、フロイトにとって神経症はそもそもその出発点からして文化的＝対社会的問題であったことはいうまでもない。Vgl. Sigmund Freud, „*Das Unbehagen in der Kultur*" *und andere kulturtheoretische Schriften*, Einleitung von Alfred Lorenzer und Bernard Görlich, Frankfurt/M. 1994, S. 7–28.

（9）Sigmund Freud, *Das Unbehagen in der Kultur*, S. 448, in: GW XIV, S. 419–506. 以下この節における同論文からの引用は本文にXIVのあとにページ数を記す。

（10）Vgl. Erich Fromm, *Escape from Freedom*（1941）〔エーリヒ・フロム（日高六郎訳）『自由からの逃走』東京創元社（一九五一）〕

（11）Vgl. Herbert Marcuse, *Eros and Civilization. A Philosophical Inquiry into Freud*（1955).〔ハーバート・マルクーゼ（南博訳）『エロス的文明』紀伊国屋書店（一九五八）〕

（12）Sigmund Freud, *Über eine Weltanschauung*, S. 170, in: GW XV: *Neue Folge der Vorlesungen zur Einführung in die Psychoanalyse*, S. 170–197. 以下この節における同論文からの引用は本文にXVのあとにページ数を記す。

（13）Vgl. Ludwig Andreas Feuerbach, *Das Wesen des Christentums*（1841)（ルートヴィヒ・アンドレーアス・フォイアーバッハ『キリスト教の本質』）フロイトは少年時代にフォイアーバッハに関して「ぼくはあらゆる哲学者のなかでもっとも尊敬し、称讃している」と書いている。Vgl. Sigmund Freud, *Jugendbriefe an Eduard Silberstein. 1871–1881*, hrsg. von Walter Boehlich, Frankfurt/M. 1989, S. 111.

（14）この辺の経緯に関しては、妙木浩之『エディプス・コンプレックス論争』講談社選書メチエ（二〇〇二）参照。

（15）Sigmund Freud, *Briefe an Wilhelm Fliess 1887–1904. Ungekürzte Ausgabe*, hrsg. von Jeffrey Moussaieff Masson, Bearbeitung der deutschen Fassung von Michael Schröter, Transkription von Gerhard Fichter, Frankfurt/M. 1986, S. 376.

（16）フロイトは「ニーチェの予測と洞察は精神分析の苦労の結果と驚くほど一致している」と言っている。Vgl. Sigmund Freud, „*Selbstdarstellung*“, S. 86, in: GW XIV, S. 31–96.

（17）Sigmund Freud, *Die Zukunft einer Illusion*, S. 337, in: GW XIV, S. 323–380. 以下この節における同論文からの引用は本文にXIVのあとにページ数を記す。

（18）Vgl. Arthur Schopenhauer, *Die Welt als Wille und Vorstellung* (1818)（アルトゥル・ショーペンハウアー『意志と表象としての世界』）フロイトはみずからの先駆者として、ショーペンハウアーの名をあげている。Vgl. Sigmund Freud, *Drei Abhandlungen zur Sexualtheorie*, S. 32, in: GW V, S. 27–145.

（19）Vgl. Friedrich Nietzsche, *Zur Genealogie der Moral* (1887)（フリードリヒ・ニーチェ『道徳の系譜学』）

（20）たとえばピーター・ゲイはフロイトの文化論を「最後の啓豪主義哲学者」という観点から論じている。ピーター・ゲイ（入江良平訳）『神なきユダヤ人——フロイト・無神論・精神分析の誕生』みすず書房（一九九二）参照。

（21）Sigmund Freud, *Jenseits des Lustprinzips*, in: GW XIII, S. 1–69.

（22）Ebd., S. 40.

（23）この議論については、ジャック・デリダ（三好郁朗訳）「フロイトとエクリチュールの舞台」『エクリチュールと差異』（下）法政大学出版局（一九八三）五三—一一八ページ参照。

（24）Vgl. Paul de Man, *The Rhetoric of Blindness. Jack Derrida's Reading of Rousseau*, in: ders., *Blindness and Insight. Essays in the Rhetoric of Contemporary Criticism*, Minneapolis ^{2}1983, S. 102–141.〔ポール・ド・マン（宮崎裕助／木内久美子訳）『盲目と洞察——現代批評の修辞学における試論』月曜社（二〇一二）〕

エディプス——神話の詩学

エディプスという問題。文学作品からフロイトの文化論とたどってきて、今やその淵源となる神話（Mythos）について考察すべきときであろう。

ソフォクレスの『エディプス王』はシェイクスピアの『マクベス』と様々な点で親近性を有する。すなわち黙示録的展開からつむぎだされる戦慄のカタストロフィーとそれへと向かうエネルギーの強度。そして人物上あるいはナラティヴ上の典型創出的傾向、すなわち神話性。文学とは神話の変種である。この神話性におおきくかかわっているのが、さほど意味があるとは思えない暴力的な言説（デルフィの神託）による一種の謎とき——『マクベス』の場合は魔女たちによるシニフィエなきシニフィアン——で、これが物語の推進力となる。その言説にいざなわれて、両作品の主人公は意気揚々と破滅へとつきすすんでいく。

この戦慄の悲劇は古来人類をとらえてやまなかった。最初期の受容者であるアリストテレスをはじめ、近代においてはニーチェ、フロイト、レヴィ＝ストロースなどがこの神話的＝伝説的悲劇から着想をえて、時代を画する概念を生みだした（カタルシス、アポロン的／ディオニュソス的、エディプス・コンプレックス、神話素等々）。それはこの作品がおそらく人間精神の原初的形態をえぐりだすもの、すなわち神話的元型を想起させるものだからだ。この作品を読むと、冒頭から読者はそのただならぬ緊張感に圧倒されることになる。そして詩学的には完璧な素材・構成がその強烈な印象を醸成するのに貢献する。たとえばアリストテレスは「認知のもっとも優れているのは、

『オイディプス王』における認知のように、それが逆転と同時に生じる場合である」と述べ、(1)この作品を悲劇の本質たる「カタルシス」（同情と畏怖による精神の浄化）を最高度に具現化した模範として激賞した。(2)

これはほとんど人類史上未聞といっていい戦慄の物語である。そのストーリーは人口に膾炙しているものの、そのためにかえって通俗化されすぎたきらいがある。以下これを整理して叙述してみたい。

テーベの王ライオスは実の子によって殺害されるという神託をうける。彼は生まれてきた子の踵に孔を穿ち、キタイロンの山中にすてさせる。

さてコリントの王子エディプスは宴席で、ある男に孤児と嘲られる。真偽を確かめるべくデルフィに赴いたエディプスに、「母親と交わり、見るもおぞましい一族を白日のもとに曝さねばならず、実の父親殺しとなろうという不吉で恐ろしい、ぞっとする」神託が下る。(3)この神託の成就をさけるべく旅にでたエディプスは、ある三叉路で高貴な人々の一行と口論になり、一人をのぞく全員を撲殺する。その後テーベにさしかかると、町は美しい女性の顔とライオンの体、鷲の翼をもった化け物スフィンクスになやまされている。それは旅人に一つの声をもち、四本足、二本足、三本足になるものは何かという謎をかけ、それがとけないと食らうという。その謎（人間は乳児のときは這い、老後杖をつく）をといたエディプスは、その功によって急逝したライオスのかわりにテーベの王となり、その后と結婚し、二男二女にめぐまれる。

実はここまでの物語は幕が上がるときにはすでに終わっている（以上の経過はのちに上演されたエウリピデスの『フェニキアの女たち』(4)に詳しい）。実際に上演されるのは、それが次第にあきらかになる過程である（もっともこれは当時の観衆にはホメロス(5)、ヘシオドス(6)その他の伝説、アイスキュロスの『テーベに向かう七人』(7)以外紛失したエディプス四部作、それにソフォクレス自身の四部作のうち、『エディプス王』に先行するやはり紛失した作品などによってよく知られた物語であった[8]。すなわち作品が始まった時点でストーリーは完結しているのだ。これはまさにロシア・フォルマリズムあるいはナラトロジーが主張するプロットとストーリーの問題である[9]。すなわちこの悲劇の場合、作品のプロットにストーリーが先行している。

幕が上がって以降は謎ときあるいは黙示録的物語である。テーベの町を疫病がおそっている。町を救うべく、エディプス王はデルフィに使いを送り、神託をあおぐ。その結果は先王を殺害した者を罰し、不浄をとけというものである。エディプスは手がかりをえるために盲目の預言者テイレシアスを召喚する。彼の口から発せられるのは「あなたが声だかにライオス殺害の廉で布告し、ながく捜しもとめていた男、その男はここにいる（……）。目明きがめくらに、富者が物乞いになる。彼は杖を頼りに異国へとさすらっていく。兄、そして父親としてみずからの子どもたちとくらし、自分を産んだ妻の息子であり夫、妻を共有する父親の殺害者！」（449 ff.）という衝撃的なことばである。エディプスは真相をつきとめようとするが、テイレシアスのことばをうらづける証拠が次々とあかるみにでる。もはや彼が父親を殺し、母親と同衾し、子をもうけていたことはあきらかとなる。すべてを認識したエディプスは激昂してみずからの目を突き刺しさすらいの旅にでる。

この作品のプロットはエディプスの犯人捜しによって形成されている。彼は「正義」を旗印に、犯人捜しに求道者的執念をもやす。そして「その者が誰であろうと、余が玉座と権力を保持するこの国で庇護したり、神々への祈りや犠牲を共に捧げたり水をほどこすことを禁ずる。いや、家から汝らは皆、彼奴を追いたてるのだ。というのもたった今ピュティアによる神託で告げられたように、彼奴こそ我らにとってのけがれだからだ」（236 ff.）と布告し、王殺しという大罪を犯した者に呪いをかける。結果その呪いをこうむることになるのは自分自身である。みずからの目をつぶすこと——フロイトなら象徴的去勢というところだろうが——はスフィンクスの謎をといた「賢明な」エディプスの蒙昧さを象徴している。盲目のテイレシアスは言う。「あなたがめくらと私を嘲ったからには言わせてもらおう。あなたは目が見えるにもかかわらずどんな災いにみまわれているのか見えない、どこに住んでいて誰とくらしているかも」(412 ff.)。賢明の誉れたかい者（エディプス）が実はもっとも蒙昧であり、まるでド・マンの有名な著書がいうように[10]、「盲目」な者（テイレシアス）のほうが実際には「眼力」をもっていることが判明する。そして盲人を見下した者が、みずからの盲目さを即物主義的に罰して盲人となる。これは主人公の意図をプロットが次々にうらぎる脱構築的演劇である。

スフィンクスの謎（＝人間の生涯）はエディプスの物語＝人間の運命を象徴している。エディプスはこの謎をとく（生きる）運命にある。謎の究明にのりだしたエディプスは、その謎（人間の生涯）をみずからとく（生きる）ことになるだろう。ところで謎をとかれたスフィンクスはフィキオン山から身をなげている。みずから謎をといたエディプスも盲目となり、杖をつくようになって、このスフィンクスの謎を完結させることになる。

さてドイツにおける『エディプス王』をめぐる研究状況は、だいたい以下の四つの傾向に分類できよう。すなわち（一）人間の生涯は人知の及ばぬ因縁——先祖の罪過等——によってすでに決定されていて、その呪いがとかれたとき、平穏は回帰するという運命劇的解釈、（二）この世では個人の意志は疎外されるが、そんななかたとえ破滅しても真理をおい求めようという悲劇的＝ファウスト的ヨーロッパ精神（その最良あるいは最悪の例が核物理学者）の権化としての実存的不条理劇としての解釈[11]、またそこから生じる推理小説的解釈[12]、（三）エディプスの法的あるいは道徳的（無）罪の問題[13]、そして（四）ナラトロジー的傾向をふくむ形式分析である。[14] これらすべてに通底しているのは、なぜエディプスがかくも不運な生涯をたどらなければならなかったかということに対する一種のいごこちのわるさである。この作品の批評史はそれに対する批評家たちの説明づけのための苦闘の系譜ともいえる。

上記の（一）とそれを近代化したバージョンといえる（二）はともに大時代的であるとして近年評判が悪いようである。特に（二）に関する批判は、苛烈な運命という不条理な状況は劇中次第にあきらかにされてゆく幕が上がる以前のエディプスの半生の状況にしかあたらず、幕が上がってからのエディプスは真相を予想だにしていず[15]、彼をかりたてているのは真理への意志ではなく誤った思いこみを証明するため[16]、あるいはみずからの殺人の嫌疑を払拭するため[17]、もしくは神託に対する不安（あるいは信頼）であるというものである。[18] しかしこうした考え方はリゴリスティックにすぎるやや些事拘泥的な主張というものであろう。たしかに周囲が次第に事態を把握して震撼していくなか、エディプスだけはなぜか脳天気に真相を究明しようとする。しかし彼が真相を認識したせつな、作品としてのこの悲劇は終わるわけだから、それはエディプスに事態を把握してもらってはこまるというプロット上の要請であって、彼がたとえ破滅しても自己の素姓を同定しようとしているのは文脈からあきらかである。また十九世紀前半のドイツに特有の演劇様式である「運命劇」の観念をギリシャ悲劇に適用するのはもちろん陳腐であるが、この作品を色こくおおっているアッティカ文学特有の宿命論的運命観――神によって理不尽にも定められた人生は変えようがない――は否定すべくもない。[19] それは最終的に事実を認識したエディプスの「しかし恥しらずな父親殺したる余は滅びねばならぬという神の御意向はすでにはっきりとしめされたではないか！」（1440 f.）、「さあ運命よ、なるようになるがいい！」（1458）ということばがものがたっている。しかしストーリーが提示するのは神の意志に対する人間存在の無力さだが、読後印象にのこるのは不思議とそれにたちむかう人間のほうである。

自然の――あの二重の性質をおびたスフィンクスの――謎をといたその同じ者が、また父親の殺人者、母親の夫として自然の聖なる秩序をおかすことになる。そう、叡知とディオニュソス的叡知こそは自然に反するおぞましきものであり、知恵によって自然を破壊の淵につきおとす者は自身も自然の解消を経験しなくてはならないということをこの神話は我々にささやこうとしているように思われる。「叡知の矛先は賢者に向けられる。叡知は自然への犯罪である」。こうした恐ろしいことばを我々に神話はうったえている。[20]

ニーチェはこう述べて「受動性の栄光」としてソフォクレスをアイスキュロスの「能動性の栄光」に対置し[21]、「こうした立場はアイスキュロスのものよりもふかく、そして内面的である」とする。[22] 自然の神秘をときあかす行為は不遜であるとは実にファウスト的・ドイツ的モティーフである。このような行為は悪魔との契約なしには不可能であるか、すくなくとも神に対する冒瀆ということか。[23] ニーチェのイメージからすれば妙に信心ぶかい話だが、ここには運命のまえにうち震える人間、人知の及ばぬ世界に対する決然とした意志が感じられる。すくなくとものちにあげるフロイトの四畳半的ウェットさというものはまったく感じられない。これは一見上記の運命劇的解釈のように思われるが、ここでの論点は人間を翻弄する運命、あるいは神の絶大な力ではなく、それに対峙する人間とその悲壮な意志にある。

エディプスの自己の素姓に対するとり憑かれたような執念。これもこの悲劇に一貫して表れているモティーフである。冒頭エディプスに召喚、尋問されたテイレシアスは激しく躊躇する。

「わしは自分とあなたを苦しめたくない。どうしてあなたは無益なことを詮索するのだ。」（332 f.／傍点斎藤）

この時点でエディプスは事態にまったく気がついていないが、謎をとかずにはいられないという彼の姿勢（神託、スフィンクス以来の心的傾向）は一貫している。「このような手がかりをつかんでおいてみずからの素姓（Herkunft）をあきらかにしないでいられようか」（1058 f.／傍点斎藤）。これもまだ完全には事態を認識するまえの発言ではあるが、ここではエディプスが認識しているか否かが問題なのではない。さきに事態を認識したイオカステのほうは「いけません、お願いですから！　お命がだいじでしたら、もう追及するのはおやめなさいませ」（1060 f.）と言う。これを二人の性格、状況認識能力の問題ととらえるべきであろうか。問題なのはむしろ素姓へのエディプスのこだわりをきわだたせようという作家の意図のほうである。整合性の細かい詮索は作品のエネルギーをむしろ見えにくくしてしまう。真相追及の手をゆるめないエディプスはとうとう事態の核心部にせまる。彼をキタイロンの山中にすてた牧者にたどりついたエディプスに牧者は「いけません、お願いですから！　なりません、陛下、もう詮議はおやめください！」（1165）と言う。もうこの時点では事態をほぼ完全に認識しているはずである。それでも彼は自白を強要する。

牧者　なんと悲しいことか！　恐るべきことを話さねばならぬとは！
エディプス　それを聴かねばならぬとは！　それでも聴かずにはいられない。（1169 f.）

「たとえ破滅しても真理を追求する悲劇的ヨーロッパ精神」という核物理学者に譬えられる解釈はいかにも大げさだが、ここに運命に翻弄される矮小な個人、そしてその過酷な運命に抗して自己の素姓を追求しようとする悲劇的な精神を提示しようとしたソフォクレスのつよい意志はまぎれもなく感じられる。

さてナラトロジーにとって恰好の素材になると思われるこの悲劇を、周知のとおり、その先祖すじにあたるレヴィ＝ストロースが論じている。これは上記（四）の解釈のバリエーションの一つといえるだろう。

レヴィ＝ストロースの所説は一見恣意的で強引だが、考えれば考えるほど実に魅力的なものであり、この「神話」（エディプス伝説もまた、当然神話の変種である）の核心にせまっていることがわかる。彼にいわせると「神話はいまや、いたずらな好事家が譜表の順に一続きのメロディーとして書き写したオーケストラの総譜のようにとりあつかわれ、そのはじめの配列を復元する努力がなされるだろう」[24]ということになり、その個々の単位を彼は「神話素」とよぶ。その際文化人類学者である彼は当然いわゆる『エディプス王』だけではなく、カドモスに始まりエディプスの子どもたちにいたるその前後のテーベ伝説もその「総譜」に書き入れる。その結果驚くべきことがうきぼりにされる。レヴィ＝ストロースは「神話素」を四つに分類するが、その一つ目は近親相姦に関係するもの（エディプスのイオカステとの交わり等）、二つ目は親族殺し（エディプスのライオス殺害等）、三つ目が化け物退治（エディプスのスフィンクス退治等。そもそもこの一連のテーベ「神話」はカドモスの竜退治に始まった）、四つ目が跛行性（エディプス＝腫れた足の意等）である。それに対するレヴィ＝ストロースの解釈はこうだ。すなわち第一の表は親族の過大評価、第二の表は親族の過小評価、そして第三の表は生きものの自然発生という考え方の否定（化け物＝自然発生）、第四の表は生きものの自然発生という考え方の肯定（神話学において跛行性は自然発生した生きものの特性であるという）を意味するとして、さらに第一と第二の表、第三と第四の表を二項対立の組に分類する。彼の主張はすでにあきらかであろう。これは人間の発生にかかわる神話である。二組の二項対立を総合することによってこの神話体系は生物の自然発生という文化的思考を克服しようとすることの困難性をしめすものということになる。[25]

これはソフォクレスの作品の直接的解釈ではないかもしれないが、その衝撃力の淵源にせまるものである。人間の発生、人間はどうやって生まれるのか──にかかわるこの神話に対する解釈にはすでにフロイトの解釈、エディプス・コンプレックスの残響が聞こえてくる。なにせレヴィ＝ストロース自身「ソフォクレスのあとに、フロイトをオイディプス神話の資料の一つに数えることは、躊躇するにはあたるまい。彼らの説話は、もっと古くいっそう『真正』にみえるほかの話形と同様な信頼に値するのである」と言っているのだから。[26]

エディプス・コンプレックスなる概念は、その登場以来様々な物議をよび覚ましてきた。[27] 以後学問としての精神分析の歴史はまさにエディプス的闘争の怪しい戦場の観を呈している。[28] すなわち誰がフロイトにみとめられるか、または超えられるか、あるいは抑圧されるか。[29] この概念が科学的に立証された例しはないが、ドゥルーズをまたずとも（彼の場合「アンチ───」というまさにエディプス的闘争をくりひろげたが[30]）、現代思想の歴史もこの概念をめぐるものであったといっても過言ではない。

さてまさに目の前にいるイオカステが母親であることにまだ気がついていないエディプスに対して、彼女は驚くべき発言で彼を宥める。

「というのも多くの人々が夢のなかで母親と臥所を共にしてきたのですから。」（981 f.）

これは当時のギリシャ人の精神形態を想起するうえで注目すべき資料となる。母親との同衾願望は近代においてはフロイトのエディプス・コンプレックスの発見をまたなければならなかった。しかもそれに対する激しい反発をともなって。しかし古代ギリシャにおいてそれは当然のこととして、冷静にうけとめられていたことを意味する。これはまるで精神分析を知っていたかのようなせりふである。

フロイトはソフォクレスの『エディプス王』からつよい刺激をうけて、エディプス・コンプレックスという精神分析にとって根幹をなす概念を発見した。例の『夢判断』（一九〇〇）[31]で初めて『エディプス王』をとりあげた彼は、『「愛情生活の心理学」への諸寄与』「一、男性にみられる愛人選択の特殊な一タイプについて」（一九一〇）[32]において初めてエディプス・コンプレックスなる術語を用い、後年『精神分析入門』（一九一六／一七）[33]でふたたびこれをとりあげている。そして神経症者はエディプス・コンプレックスの克服に失敗した者であると考えるにいたる。さらに一九一二、一三年の『トーテムとタブー』[34]においては「もしかすると人類は全体としてみずからの罪過意識、宗教と倫理観の最終的な源泉をその歴史の始めにエディプス・コンプレックスによってもつにいたったのではないかという推測を懐くようになった」[35]という驚くべき結論に達する。『エディプス王』が精神分析のいうところの人間精神の神髄を描いているとしたらそれはどういうことを意味するか。この悲劇作品の神話性＝人間心理の根本構造の抽出には目を瞠るものがある。

一方レヴィ＝ストロースにしてもそしてフロイトにしてもこの文学的にはディレッタントにすぎない知性たちの文学理解の独創性、ほりさげ方のふかさも瞠目に値する。フロイトによればエディプスの悲劇を観た観衆は「エディプス・コンプレックスをみずからにみとめ、神々の意志と神託が高尚な衣装をまとった自分自身の無意識であるということに気づく。つまりあたかも父親を排除し、そのかわりに母親を妻にするという願望を想起してそれに震撼する」[36]という。フロイトの解釈は当然心理学的であり、この作品を受容した者がなぜ感銘をうけるのかということを問題にしている。すなわちエディプスの「運命が我々をとらえるのはそれが我々のものでもありえ、神託が彼にかけたのと同じ呪いを我々が生まれるまえに我々にかけているからである。最初の性的衝動は母親に、そして最初の憎悪と暴力的願望は父親に向けられるということは我々すべてに定められているのかも知れない」[37]からだとする。「生まれるまえに」下された神託。ライオスはエディプスが「生まれるまえに」息子に殺されるという神託をうけた。生まれながらにして呪われた者あるいは罪をおって生まれてきた者。これはきわめてユダヤ＝キリスト教的解釈である（原罪）。フロイトは感銘の源泉を無意識的罪過意識にもとめた。これも一種のカタルシス論（共感と畏怖による精神の浄化）のバリエーションといえよう。

古来人類をとらえてやまない戦慄の悲劇『エディプス王』。今やこの節の冒頭にかかげた問題――この悲劇作品がなぜ我々をこうも震撼させるのか――にたどりついたようである。アリストテレスはこの悲劇の本質をカタルシスにもとめた。ニーチェは神と運命への畏怖と諦念からくる人間存在の崇高さ、レヴィ＝ストロースは人間の発生にかかわる神話、すなわち人間の元型的精神状況、そしてフロイトへ。いずれにせよこの作品を基本的テーマに選んだ思想的巨人たちは、その本質を人間の根本的精神状況にみる。

この悲劇は母親との姦通と父親殺し――エディプス・コンプレックス――が神話的、すなわち人間の元型的精神状況においてすでに人類共通の最高のタブーであったことをしめしている。フロイトなら人類の原罪意識を原父殺害と近親姦願望というエディプス・コンプレックスにみ、それをタブーとすることによってトーテム＝社会共同体が成立したとまでいうだろう。[38] レヴィ＝ストロースがソフォクレスの『エディプス王』とならんでフロイトのエディプス・コンプレックスをこの神話のバリエーションの一つにくわえたゆえんである。そして当然レヴィ＝ストロースのエディプス論もそのバリエーションにくわわることになる。

そして現代におけるエディプス神話の系譜の白眉はジャン・コクトーの台本に基づいたラテン語によるストラヴィンスキーのオペラ＝オラトリオ『エディプス王』であろう。[39] この声楽付劇的作品の中心はコロスである。冒頭の〈ト

c-a-b-f の印象的なモティーフからテーベのおかれた息苦しい状況下のヒステリックな気分が全篇を通じてみごとに描かれている。このモティーフは以後固定観念となって重要な局面に出現し、この作品に決定的な印象をのこす。コロスが中心となって物語を進行させてゆくことによって個人の性格よりも儀式的荘重さが強調される。だからこそ「オペラ」ではなくて、「オペラ＝オラトリオ」なのだ。その意味ではソフォクレスのギリシャ悲劇よりも様式化されている。そこではエディプス、イオカステ、テイレシアスの強烈な個性が前景化されていた。ストラヴィンスキー作品は物語の凝集度をたかめた結果やや一本調子の憾みはのこるものの、これはまさに「音楽の精神からの悲劇」の傑作である。これこそこの神話が現代もいきづいている証左である。(40)

　エディプスは自己の素姓にとり憑かれたが、これは人間の根本的精神状況への探求の隠喩である。この悲劇は我々を人間の原初的精神状況へといざなう。まず上記の思想的巨人たちを惹きつけた心理学的あるいは神話学的な精神的原風景が顕在化され、つよい吸引力が生じる。しかも人類最高のタブーを提示されることによってエディプス同様それを認識することなく我々は根源的戦慄を覚える（これを顕在化させたフロイトの洞察力も驚くべきものがある）。さらに人間的な愚かさ――スフィンクスの謎をといた賢明なエディプスが絶望的盲目におちいる――とそれに対する誠実な対処――（ニーチェ的な）精神の崇高さを感じるエディプスの悔悟と諦念、それに後継者クレオンのヒューマニスティックな対応――が渾然一体となってソフォクレスの『エディプス王』は悲壮な感動をあたえる。総じていうならば、それはやはりカタルシスである。

（1）アリストテレス『詩学』1452a（『アリストテレース詩学・ホラーティウス詩論』（松本仁助／岡道男訳）岩波文庫（一九九

七）。ただし訳語は一部変えてある〕。

（2）おもにアリストテレスにのっとった解釈としては、vgl. Andreas Zierl, *Erkenntnis und Handlung im „Oidipus Tyrannos“ des Sophokles*, in: *Rheinisches Museum* 142（1999）, S. 127–148.

（3）Sophokles, *König Oidipus*, Z. 789 ff., in: ders., *Dramen. Griechisch und deutsch*, hrsg. und übers. von Wilhelm Willige, überarb. von Karl Bayer. Mit Anmerkungen und einer Einführung von Bernhard Zimmermann, Düsseldorf, Zürich ^{4}2003, S. 263–357. 以下この節における同作品からの引用は本文に行数で記す。

（4）Euripides, *Phönizierinnen*.

（5）ホメロス『イリアス』Bd. 23, Z. 678 f.,『オデュッセイア』Bd. 11, Z. 271–280 参照。

（6）ヘシオドス『神統記』Z. 326,『仕事と日々』Z. 161–163 参照。

（7）Aischylos, *Sieben gegen Theben*（467 v. Chr.）.

（8）『エディプス王』成立の経緯に関しては、Hellmut Flashar, *Sophokles. Dichter im demokratischen Athen*, München 2000 の『エディプス王』についての章（S. 100–122, *VII. König Ödipus*, bes. S. 100–107）に詳しい。なお同書はソフォクレス研究のための最良の解説書である。

（9）この辺の経緯に関しては、vgl. Manfred Kraus, *Erzählzeit und erzählte Zeit im „König Ödipus“ des Sophokles*, in: *Orchestra. Drama, Mythos, Bühne. Festschrift für Helmut Flashar anlässlich seines 65 Geburtstages*, hrsg. von Anton Bierl und Peter von Möllendorff unter Mitwirkung von Sabine Vogt, Stuttgart, Leipzig 1994, S. 281–299.

（10）Vgl. Paul de Man, *The Rhetoric of Blindness. Jack Derrida’s Reading of Rousseau*, in: ders., *Blindness and Insight. Essays in the Rhetoric of Contemporary Criticism*, Minneapolis ^{2}1983, S. 102–141.〔ポール・ド・マン（宮﨑裕助／木内久美子訳）『盲目と洞察——現代批評の修辞学における試論』月曜社（二〇一二）〕

（11）Vgl. Wolfgang Schadewald, *Der „König Ödipus“ des Sophokles in neuer Deutung*, in: ders., *Hellas und Hesperien. Gesammelte Schriften zur Antike und zur neueren Literatur in zwei Bänden*, Bd. 1, Zürich, Stuttgart ^{2}1970, S. 466–476.

（12）たとえばシャーデヴァルトは „Detektivgeschichte“ もしくは „Enthüllungsdrama“ という。同前参照。

（13）アルボガスト・シュミットとエッカルト・ルフェーヴルの刺激的な論文以来、近年これに関する議論が盛んである。Vgl. dazu Arbogast Schmitt, *Menschliches Fehlen und tragisches Scheitern. Zur Handlungsmotivation im Sophokleischen „König Ödipus“*, in: *Rheinisches Museum* 131（1988）, S. 8–30; Eckard Lefèvre, *Die Unfähigkeit, sich zu erkennen. Unzeitgemäße Bemerkungen zu*

Sophokles' „Oidipus Tyrannos", in: *Würzburger Jahrbücher für die Altertumswissenschaft* 13（1987）, S. 37–58; Bernd Manuwald, *Oidipus und Adrastos. Bemerkungen zur neueren Diskussion um die Schuldfrage in Sophokles' „König Oidipus"*, in: *Rheinisches Museum* 135（1992）, S. 1–43.

（14）　Vgl. Kraus, a.a.O.

（15）　Vgl. Lefèvre, a.a.O., S. 38.

（16）　Vgl. Schmitt, a.a.O., S. 26 f.

（17）　Vgl. Flashar, a.a.O., S. 112.

（18）　Vgl. Wolfgang Kullmann, *Die Reaktionen auf die Orakel und ihre Erfüllung im „König Ödipus" des Sophokles*, S. 113, in: *Orchestra*（Anm. 9）, S. 105–118.

（19）　アッティカ時代の文化史的観点からの『エディプス王』の大部の研究として、vgl. Egon Flaig, *Ödipus. Tragischer Vatermord im Klassischen Athen*, München 1998.

（20）　Friedrich Nietzsche, *Die Geburt der Tragödie. Oder: Griechenthum und Pessimismus*, S. 63, in: ders., *Werke. Kritische Gesamtausgabe*, hrsg. von Giorigio Colli und Mazzino Montinari, Berlin, New York 1967 ff.（KGW）, Bd. III/1, S. 5–152.

（21）　Ebd.

（22）　Friedrich Nietzsche, *Die Dionysische Weltanschauung*, S. 61, in: KGW III/2, S. 43–69.

（23）　これに関してヨッヘン・シュミットはスフィンクスの謎をといた啓蒙主義者エディプスが破滅しなければならない要因を分析することによって、当時の時代思潮における反啓蒙主義者（アンチソフィスト）としてのソフォクレスの姿をうきぼりにしているが、アッティカ悲劇に十七、八世紀西ヨーロッパ思潮を表す用語である「啓蒙主義」をもちだすなど、彼のいつもの虚仮おどし的誇張が多少鼻につく。Vgl. Jochen Schmidt, *Sophokles, König Ödipus*. Das Scheitern des Aufklärers an der alten Religion, in: *Aufklärung und Gegenaufklärung in der europäischen Literatur, Philosophie und Politik von der Antike bis zur Gegenwart*, hrsg. von J. S., Darmstadt 1989, S. 33–55.

（24）　クロード・レヴィ＝ストロース（荒川幾男他訳）『構造人類学』みすず書房（一九七二）二三六ページ。

（25）　この議論は一見唐突な感もあるが、先のヨッヘン・シュミットもそうだが、クルマンも法・国家・家族・神の関係からソフォクレスが伝統的社会秩序の擁護者であったと論じていて、この伝説のはらむ文化的思考の克服という要因の存在が暗示される。Vgl. Kullmann, a.a.O.

(26)『構造人類学』（注24）二四〇ページ。

(27) フロイトの精神分析については、小此木啓吾『フロイト思想のキーワード』講談社現代新書（二〇〇二）参照。これは入門書の水準をはるかに超えたきわめて質のたかい概説書である。

(28) この辺の経緯に関しては、妙木浩之『エディプス・コンプレックス論争』講談社選書メチエ（二〇〇二）参照。これはエディプス・コンプレックスの解説書であると同時に、優れた精神分析史でもある。

(29) ブルームは思想・理論・文学など、エクリチュールにかかわるものすべてに先行する者とのエディプス的な「対決」(agon) をみた。Vgl. Harold Bloom, *Anxiety of Influence. A Theory of Poetry*, Oxford, New York ^{2}1997.〔ハロルド・ブルーム（小谷野敦／アルヴィ宮本なほ子訳）『影響の不安』新曜社（二〇〇四）〕

(30) ジル・ドゥルーズ／フェリックス・ガタリ（市倉宏祐訳）『アンチ・オイディプス』河出書房新社（一九八六）参照。ここでドゥルーズ／ガタリは現代において支配的であるエディプス・コンプレックスを中心とした精神分析的思考にかかわる新たないき方の提言を試みている。

(31) Sigmund Freud, *Die Traumdeutung*.

(32) Sigmund Freud, *Über einen besonderen Typus der Objektwahl beim Manne* (*Beiträge zur Psychologie des Liebeslebens* I).

(33) Sigmund Freud, *Vorlesungen zur Einführung in die Psychoanalyse*.

(34) Sigmund Freud, *Totem und Tabu*.

(35) Sigmund Freud, *Vorlesungen zur Einführung in die Psychoanalyse*, S. 344, in: ders., *Gesammelte Werke*, unter Mitwirkung von Marie Bonaparte hrsg. von Anna Freud u. a., London 1940–52, Frankfurt/M. 1960–87 (GW), Bd. XI.

(36) Ebd., S. 343.

(37) Sigmund Freud, *Die Traumdeutung*, in: GW II/III, S. 269.

(38) Vgl. Sigmund Freud, *Totem und Tabu*, in: GW IX.

(39) Igor Stravinsky, *Œdipus Rex. Opéra-oratorio en deux actes d'après Sophocle*, Text von Jean Cocteau, ins Lat. übers. von Jean Daniélou, Uraufführung: Paris 1927 (konzertant), Wien 1928 (szenisch).

(40) ギリシャ悲劇のアクチュアリティと現在の上演状況について実に示唆にとむものとして、山形治江『ギリシャ悲劇——古代と現代のはざまで』朝日選書（一九九二）参照。

第二部　近代の神話としてのオペラ

第三章　近代の神話としてのオペラ

『反時代的考察』およびヴァーグナー諸論——批評としてのニーチェの著作

I

ヨーロッパ人にとってオペラは神話への追憶、もしくはその再生の夢であった。近代においてその神話に代わるものを模索したのは、それぞれ方向性は異なっていたが、ヴァーグナーでありそしてニーチェであった。

一八七二年の『悲劇の誕生』によって哲学者としての行路をあゆみだした（あるいは古典文献学者としての生命を絶たれた）ニーチェが次に発表した『反時代的考察』は、彼が一級の批評家であることをしめしているばかりか、そもそもニーチェの書法《エクリチュール》が批評の哲学とでもいえるようなものであったことをものがたっている。ここには批評的エクリチュールのエッセンスとでもいうべきものが凝集されている。

このドイツ帝国成立後の時代に関するニーチェの批評を読むと、それが驚くほど現代、たとえば日本のそれにもあてはまることがわかる。これはニーチェの分析の普遍性といった問題ではない。おそらくそれは批評という言説の特質にかかわる問題である。批評とは一見具体的テーマを論じながら、ほんとうに問題にしているのは批判ということそのもの、あるいは人間存在そのものに関する批判である。

第一篇「ダーフィット・シュトラウス――告白者にして文筆家」、第二篇「生に対する歴史の功罪」、第三篇「教育者としてのショーペンハウアー」、そして第四篇「バイロイトのリヒャルト・ヴァーグナー」の四篇から成る『反時代的考察』のうち、第三篇と第四篇はそれぞれ若いニーチェが傾倒していた表題の人物に対するオマージュという側面がつよいが、前半の第一、二篇にはまさに批評の特性といったものが凝集されている。ここで直接やりだまにあげられているのは、それぞれ当時一世を風靡した通俗哲学者ダーフィット・シュトラウスとエドゥアルト・フォン・ハルトマンであるが、ほんとうの標的は彼らが根拠としていたヘーゲル哲学である。ただしヘーゲルではなくて、当時言論界を席巻していた通俗哲学者たちの浅薄さを批判しているという点でこの書物はまさに批評的である。

一八七四年に発表された第一考察「ダーフィット・シュトラウス――告白者にして文筆家」では、一八七〇年のプロイセン＝フランス戦争の勝利と戦争景気にわく、いわゆる「創業者時代」の世相に鉄槌がくだされる。ここには痛烈な揶揄と風刺がおどっている。

しかし最近フランスとのあいだになされた戦争の結果もたらされた弊害のなかで、ひょっとすると最悪なものは、ひろくゆきわたった、いや一般的な誤謬、ドイツ文化もあの戦いで勝利し、それゆえ今やこの傑出した事象と成果にふさわしい桂冠で飾らなければならないという世論とそれを公に主張する人々の誤謬である。(1)

ここでは粗雑で単純な論理によるすり替えと、それと密接にかかわる国家主義の芽がするどくえぐりだされている。もし文化の勝利だというのであれば、「たとえばマケドニア軍が比較にならないほど教養のあるギリシャ軍に対して」勝利した説明がつかない（KSA 1, 162）。そうではなくて「厳格な軍紀、生まれながらの勇敢さと忍耐、指揮官の卓越さ、部下たちの統一性と従順さ、つまり文化とは関係ない要素が敵に対する勝利を我々にもたらしたのであって、彼らにはそのうちもっとも重要なものが欠けていた」（KSA 1, 160）。むろんドイツの勝利は単純に軍事的勝利にほかならない。

ここには同時代の病根を抽出するという批評の特性がみごとに表れている。これはたとえば一九九〇年代に喧伝された議論を想起させる。曰く「社会主義体制の崩壊は自由と民主主義の勝利である」。社会主義が崩壊したからといって、資本主義の本質が自由と民主主義ということにはならない。ニーチェはこういった言説にかたむきがちな世論の軽薄さを批判している。むろん社会主義の敗北はあきらかに資本主義に対する経済的・物理的な敗北である。こうした低劣な世論の自信をささえたのは未曾有の好況である。ニーチェの時代はそれを「創業者時代」、現代は「バブル」といった。

そしてこういった粗雑な議論の代弁者は「教養俗物（Bildungsphilister）」とよばれ、彼らの特徴として画期的独創性を嫌う微温的趣味と武装手段としての権威主義がいわれ、その代表者としてダーフィット・シュトラウスが徹底的にやりだまにあげられることになる。高度な芸術文化に口をださずにはいられず、自分が理解できないものを評価に値しないものと言いたがる教養俗物の典型的例のテーマとして、ニーチェは音楽をあげる。シュトラウスによれば「ハイドンの演奏のためには我々のオーケストラは上等すぎ、むしろこの音楽にはささやかな素人のほうがふさわしい」ということになる。またベートーヴェンの交響曲に関しては、あの描写音楽を交響曲にとりいれた画期的な「『田園』は『もっとも精神性にとぼしいものであり』」、交響曲の歴史に新たなページをきりひらいた『英雄』に関しては「戦場もしくは人間の内奥での戦いなのかを明示することに成功していない」という。さらに史上初めて声楽をとりいれ、空前の規模の交響曲となったかの第九交響曲は「無形式を崇高なものとみなす」者のためのものであるという。そして「ベートーヴェンにおける愉悦と喜んではらうべき讃嘆にこのような限定をつけなければならないのはいたましい」とこの「非美学的な先生はベートーヴェンを裁く」（以上 KSA 1, 185 f.）。シュトラウスがここまで目くじらをたてるべき相手かという感はなきにしもあらずだが、たしかにそんなに苦痛ならベートーヴェンなど聴かなければよい。

思想に関しても同じことがいえる。たとえばショーペンハウアーに関してシュトラウスは「世界がないほうがましなものだというのであれば、この世界の一部をなす哲学者の思考もやはりないほうがましということになろう。このペシミズム哲学者は世界をくだらないと公言する彼自身の思考こそとりわけくだらないと公言していることに気づいていない」（KSA 1, 191）と言う。ドイツ精神を代表する巨人を理解していないシュトラウスはいったいどういうドイツの文化について勝ち誇っているのだろうか？　またシュトラウスは「ヴォルテールは哲学者としてはもちろん独創的ではないが、（……）方法的に厳密ではなかったものの、徹底性の要求を充たすことはできた」（KSA 1, 214）ともいう。この著作が発表されて百年以上経った今ではヴォルテールとショーペンハウアー、シュトラウス、ニーチェそれぞれの価値評価の伝統があるから、こうした発言がずいぶん単純なものであると感じられるわけだが、シュトラウスが一世を風靡していた当時としては、ニーチェの批評は根本的な問題提起であったことだろう。(2)

名著の誉れたかい第二考察「生に対する歴史の功罪」においては、ニーチェはまず歴史は生に対して有益なときのみ意味を有すると定義する。それ以外の場合歴史は有害であるという含意がここにはある。そして第二節において有名な三つの形式に歴史を分類する。すなわち「記念碑的歴史（monumentalische Historie）」、「骨董的歴史（antiquarische Historie）」、そして「批判的歴史（kritische Historie）」である（KSA 1, 258）。最初の「記念碑的歴史」とは同時代に範をあおぐことのできない、歴史に巨歩をのこすような偉大な人物の過去への眼ざしといえよう。彼らにとっては歴史的事象が唯一範となるものである。しかしこの世の圧倒的人口はそういった人物ではない。ニーチェによれば彼らは記念碑的歴史を逆手にとって、たとえばそれを正しく学んだ革命的芸術家を攻撃する材料にする。「見ろ、これが真の芸術というものだ。おまえたちかけだし者、未熟な者になんの関係があろう！」（KSA 1, 263）というぐあいに。これは「権威的歴史」と言い換えてもいいかもしれない。歴史への眼ざしは常に権威主義の危険をはらんでいるのだ。

ニーチェがあげる二つ目の「骨董的歴史」は過去と伝統、その遺物を慈しむ精神である。これによって人間は歴史の文化的・精神的遺産をひきつぐことができるだろう。しかしこれはともすると新しいものすべての拒否につながりかねない。あるいは古ければそれだけで価値が生じるということになる。これは「保守的歴史」とでもいえようか。差別的因習・政治的特権は排撃されてしかるべきであろう。骨董的歴史はこうした思考停止の危険をおびている。

以上の二つの歴史的態度にひそむ危険を超克するために、ニーチェは第三の「批判的歴史」をうちだす。たしかに人類はこれまで学ぶに値することをきずきあげてきたが、それ以上に罪や犯罪、あやまちを犯してきたはずだ。「すべての過去は断罪するに値する――人間がかかわってきたことにおいては暴力とよわさが常に支配的なのだから」（KSA 1, 269）。こうした歴史のはらむ暴力性の断罪なくして、より良い生を生みだすことができようか。たしかに歴史を単にうけいれるということを単純化すると、それは絶対王政もカーストもナチスも大東亜共栄圏も肯定するということだ。すなわちみずから権力の暴力性をうけいれることを意味する。ここでニーチェは歴史に対峙する際の覚悟を問うている。

以降はひたすら歴史批判がつづく。最近は歴史の「生への有用性」を重視し[3]、ニーチェが批判一辺倒ではないことを強調する研究が増えてきたが[4]、常識的に読めば、これはあきらかに壮絶な歴史批判の書である[5]。ニーチェ自身「歴史の過剰の結果、近代の人間をおそった病の痕跡に、我々自身が苦しんでいる」（KSA 1, 324）、「それは歴史病を患っている」（KSA 1, 329）と言っている[6]。ここでニーチェは歴史偏重の代表例としてヘーゲルと当時の流行哲学者エドゥアルト・フォン・ハルトマンをやりだまにあげるが、ニーチェによれば彼らの歴史観はまず「みずからの時代をこうした世界過程の必然的結果として正当化する」。これはあきらかに保守的・隷属的世界観であろう。もしそうならば世界過程、すなわち絶対主義も階級社会も必然的なものであって、意義ぶかいものとして尊重しなければならなくなる。こうした思考法に社会変革や民主主義革命の芽はない。また彼らは「我々の種族は絶頂にいる」として、「末裔をそれ以前の全歴史の真の意味と目的として神格化し、知的貧困が世界史の完成と同一視される」（以上 KSA 1, 308）。「絶頂にいる」という発展史観には[7]、自分たちが最高度に発展した人間であるという意識がある。ここには人種差別・国家主義の芽がひそんでいる。

逆にニーチェによればそのものとしての「歴史にはまったく価値がない」。「キリスト教の歴史的成功」は「その創始者の偉大さに関しては何も証明していない」。その成功は「権力欲」など「現世的な」ものによるという。なにせ「もっとも高貴なもの、最上のものは大衆にまったく影響をあたえない」（以上 KSA 1, 320 f.）のだから。歴史から超然と出現する天才たちに「歴史の任務は彼らの媒介者として偉大なものの産出の機会をあたえ、力を付与することである」（KSA 1, 317）という。

第三考察「教育者としてのショーペンハウアー」は表題哲学者へのオマージュであり、ニーチェが独自の哲学世界を構築していくための思想的決着、契機という側面がつよいため、「批評の哲学」という本稿のテーマからやや逸れたものだが、ここにも批評的言説はやはり存在する。

> さてここ数年来世界は改善されて、生存などについて陰鬱な思考をめぐらす者は「事実」によって論破されたというようなことを信じているばかりか、それを大真面目に語る素朴な人々が、現に地球のどこかかた隅、たとえばドイツにもいる。新たなドイツ帝国の創設はすべての「ペシミズム」哲学にとって決定的・壊滅的打撃である――このことはゆずれない――、といったぐあいに。(KSA 1, 364)

その後のドイツ帝国の帰趨は周知のとおりである。というよりも、ここでは経済的・国家的成功を個人の幸福と混同する「俗物」の皮相な思考が喝破されている。これはありがちな議論である。例の「バブル期」も経済的希望を「事実」と混同し、「景気の循環は終わった」などと言いたがったものである。このような時代に、

> 我々のまえによこたわっているのは冬の日であり、我々は危険でつらい高山地帯に住んでいる。(……)そこに音楽が響き、一人の老人が手回しオルガンを鳴らし、人々がその周りを踊る――すべては荒涼として、いきぐるしく、冴えず、希望もないというのに、この喜び、あさはかで騒々しい喜びの音(……)!(KSA 1, 366 f.)

という批判精神。皮相な批評は百害あって一理なしだが、この批評が同時代の言説批判を正確に遂行していたこと

はまさに歴史の「事実」が証明している。

Ⅱ

『反時代的考察』の第四篇「バイロイトのリヒャルト・ヴァーグナー」にはすでにヴァーグナーの性格の俳優性、大衆に対する効果に主眼をおいたその作品の劇場的性質といった後年の批判の材料が出つくしている感があるが、やはりこの作品にはオマージュとしての性格が支配的である。ここでは『反時代的考察』からひとまずはなれて、ニーチェのヴァーグナー「批評」に目を向けてみたい。

ニーチェの生涯・思想はヴァーグナーの存在なしには考えられない。ニーチェにとってヴァーグナーの巨大さは最後まで変わることなく、その分析は発狂の直前まで執拗につづけられることになる。(8) ニーチェがヴァーグナーに露骨な批判をあびせたのはヴァーグナーの死後、ニーチェ発狂の前の年の一八八八年に書かれた『ヴァーグナーの場合』が最初である。ニーチェのヴァーグナーに対する両価的想いは、その「序言」にあるニーチェ自身のことばに集約されている。曰く「ヴァーグナーに背を向けるということは、私にとって一つの運命であった。(……)これほどヴァーグナー的なものに危うい関係をもち、かたくなに抗い、はなれることを喜んだ者もいまい」(9)。音楽作品との関係を「運命」にみたてるいかにもおおげさな思いいれと嫌悪感。さらに続けて「――今日ある音楽家が『私はヴァーグナーを憎むが、他の音楽にはもうたえられない』というのを、私は完全に理解できる。しかし『ヴァーグナーは近代性を要約している。どうにもしょうがない。まずヴァグネリアンたるほかない……』と説明する哲学者のことも、私は理解できる」(KSA 6, 12) と言う。ここですでにニーチェほどふかくヴァーグナーの音楽に心酔した者はいなかったであろうことはあきらかである。

つづく第一、二節ではビゼーの『カルメン』が（あたかもかつてヴィーラント・ヴァーグナー[10]が「ヴァーグナーの音楽にはラテン的明晰さが必要である」と言ったとされるように）「南方的」「快活さ」、「空気の乾き、空気の透明さ（limpidezza）をもっている」（KSA 6, 15）ことを理由に称讃されるが、『カルメン』が後世反ヴァーグナー的音楽の象徴となるきっかけとなったこの発言も、実は戦略的あてつけであったということがニーチェ自身によってあかされている。[11]

第三節ではヴァーグナーの楽劇のテーマはすべて「救済」であること、さらに第四節ではかつての革命家としての立場から伝統的因習に対する挑戦として台本が案出されていることが揶揄される。そして第五節においてニーチェの主張の核心があらわれる。すなわちニーチェによればヴァーグナーは「デカダンスの芸術家」であり（KSA 6, 21）、「疲れた神経を刺激するすべを音楽にかぎつけた、——こうして音楽を病気にした」「催眠術師」とされる（KSA 6, 23）。[12]こうして冒頭での両価的想いに反して、ニーチェのヴァーグナー批判は次第に苛烈なものになっていく。

たしかにヴァーグナーの音楽は極度に刺激的・陶酔的である。それは上昇音型的旋律、半音階的進行、あつい和声によって増強される。第八節でそれは「劇的（dramatisch）」と特色づけられる。ヴァーグナーは実は「音楽家（Musiker）」ではなくて、「俳優（Schauspieler）」、「芸人（Histrio）」、「役者（Mime）」、「舞台家（Scenniker）」、「劇場人（Theatermensch）」であるとされ、「効果を欲し、効果以外なにも欲しない」「魔術（Magie）」と形容されるその音楽の演劇性が強調されて、これを総称して「ヴァーグナー的（Wagnerisch）」とする（以上 KSA 6, 30 f.）。[13]

この演劇性は「後書き」でふたたび批判されることになる。「最悪なのは劇場主義——、劇場の優位、芸術、諸芸術に対する劇場の支配の正当性への信仰という愚かさ……。しかしヴァグネリアンには劇場とは何かということを百遍は言ってやるべきである、芸術のなかでもおちるもの、二次的で粗野なもの、大衆のためにねじまげられ、ごまかされたものにすぎないということを！」(KSA 6, 42)。たしかにドイツにおいてこれだけの大作曲家で主要な作品のほとんどが劇音楽、しかもオペラという作曲家は他にはいない。これは素朴な音楽愛好家でもなんとなく不思議に思うことであろう。ハンスリック(14)をはじめとするブラームス派が「絶対音楽」を擁護してヴァーグナー派を論難した背景にはこうした事情もある。そこでニーチェはヴァーグナーが劇的作品をみずからの創作対象として敢えて選択した理由に、大衆に対する効果と幻惑をみる。「劇場とは趣味のことに関する民主崇拝(Demolatrie)の一形式であり、劇場とは大衆蜂起である」(Ebd.)。こうしてヴァーグナーは「魔術師」、「誘惑者」、そして「ミノタウロス」であるとまでこきおろされることになる(KSA 6, 43 ff.)。

さて『ニーチェ対ヴァーグナー』は『ヴァーグナーの場合』と同様ニーチェが発狂する前の年、すなわち一八八八年に『場合』を補足するかたちでこれまでに書かれた著作のなかからヴァーグナー批判をしている断想をぬきだしてまとめたものである。ここでは『場合』で焦点化された問題が角度を変えて、あるいは拡散的に叙述されている。そのなかで『パルジファル』をめぐる発言は『場合』よりもふみこんだものである。たとえば「あの哀れな悪魔で自然児のパルジファルは、彼(斎藤注：ヴァーグナー)によって怪しげな手段で最後にはカトリックにされてしまった(15)」とある。ニーチェがヴァーグナーと最終的に訣別した契機とされてきたこのヴァーグナー晩年の「舞台神聖祝祭劇(Bühnenweihfestspiel)」なるものは、キリスト教の超克を企図するニーチェによってきびしく批判されることになる(16)。「この一見勝ちほこったリヒャルト・ヴァーグナー、実は朽ちはてた絶望的デカダンは、突然よるべなくうち拉がれて、キリストの十字架の前に頽れた……」(KSA 6, 431 f.)。

ここでニーチェとヴァーグナーの交流の経過をふりかえってみる。ながくファナティックなヴァグネリアンだったニーチェが思想的対決をへて完全なアンチ・ヴァグネリアンになったということがいわれてきたが、最近ではこうした図式に対する異論をよく目にするようになってきた。むしろニーチェのヴァーグナーに対する眼ざしは終始一貫していたように思われる。

ニーチェがヴァーグナーに覚醒したのはライプツィヒでの学生時代である。一八六八年の十月二十七日のコンサートで『トリスタンとイゾルデ』および『ニュルンベルクのマイスタージンガー』の前奏曲を聴き、親友のエルヴィーン・ローデに「ぼくの神経一本一本が脈うつ。ながらくこのように持続的な忘我の感情をもったことがない」と書き送っている。(17)

ちょうどそんなとき、またとないチャンスがやってくる。ヴァーグナーが姉の嫁ぎさきであるライプツィヒ大学東洋学教授ヘルマン・ブロックハウスの家に逗留していた。ニーチェはその姉と懇意にしていた師である古典文献学者フリードリヒ・リッチュルの夫人の紹介で十一月八日同家に招待される。ザクセン宮廷楽長として一八四九年のドレスデン三月蜂起に参加し、六一年の『タンホイザー』パリ公演でのボードレールをはじめとする象徴主義詩人らの熱狂やバイエルン王ルートヴィヒ二世の心酔もえて、あとは『ニーベルングの指環』と『パルジファル』をまつのみとなっていたこのニーチェの父親と同じ年生まれの大作曲家は若きニーチェをおおいに気にいった。(18)

一八六九年二十四歳にしてバーゼル大学助教授となったニーチェは、ルツェルン郊外トリープシェンのヴァーグナー邸に頻繁に滞在するようになる。ここはヴァーグナーとその盟友リストの娘であるコージマ・フォン・ビューロー――ヴァーグナーの弟子で、近代的指揮法を確立し、のちにベルリン・フィルハーモニーの初代首席指揮者となるハンス・フォン・ビューローの妻――とのかけおちさきであった。

一八七二年一月、ニーチェは『悲劇の誕生』を上梓する。そこでヴァーグナーを民族の祝祭としてのギリシャ悲劇の再興者とする。これをヴァーグナー夫妻は激賞する。[19]四月、ヴァーグナー家はバイエルン王ルートヴィヒ二世の援助によるみずからの作品専用の祝祭劇場設立準備のため、バイロイトへ移住する。

一八七四年ニーチェは初めてヴァーグナーに関する批判的なアフォリズムを書く。[20]以後二年間ニーチェはヴァーグナーに会っていない。

一八七六年七月、『反時代的考察』第四篇「バイロイトのリヒャルト・ヴァーグナー」を発表する。ヴァーグナーは激賞する。[21]七月二十三日、ニーチェは第一回バイロイト音楽祭に赴き、二年ぶりにヴァーグナーと再会するが、ドイツ皇帝ヴィルヘルム二世やルートヴィヒ二世の来訪、ヴァーグナーのニーチェ軽視等、そのスノッブな雰囲気にたえられず、四夜にわたる『ニーベルングの指環』のうち、序夜『ラインの黄金』を観たのみで、のこりは放棄する。この間バイエルンの森に滞在し、後に『人間的な、あまりに人間的なもの』にふくまれることになるヴァーグナーに批判的なアフォリズムを執筆する。[22]

同年十月末、ソレントのマイゼンブーク邸逗留中、たまたま同地に静養に来ていたヴァーグナーと最後に遭遇する。

一八七八年五月、ヴァーグナーに『人間的な、あまりに人間的なもの』献本。ヴァーグナーは『バイロイト通信』八月号にニーチェを批判する文章を掲載する。[23]

一八八三年、ヴァーグナーが逝去する。

一八八八年、ニーチェ発狂まえ最後の年、『ヴァーグナーの場合』、『ニーチェ対ヴァーグナー』、自伝『エッケ・ホモ（この人を見よ）』といったヴァーグナーへの批判的文章を次々に執筆する。

以上が交流の経過である。ところでニーチェは一八七六年十月のソレントでのヴァーグナーとの最後の出会いで、聖杯の秘跡を描いた舞台神聖祝祭劇『パルジファル』の構想を聞かされ、この晩年のヴァーグナーの神への帰依がニーチェの離反を決定的なものにしたとながくいわれてきたが、実はこのことを根拠づける資料は存在しない。ニーチェはヴァーグナーとの本格的交流を始めた当初の一八六九年のクリスマスの際にすでにヴァーグナーから『パルジファル』の構想を聞いていて、(24) この時のことをローデに「この上なくすばらしい、感動的な想い出だ」と報告している。(25) また七七年十月にはコージマに「パルツィファルのすばらしい約束は、私たちが慰めを必要とする際、あらゆる点で慰めてくれるでしょう」と書いている。(26)

一方ニーチェのヴァーグナーとの最終的訣別は一八七八年の『人間的……』の出版によるものとされてきたが、これについてもその後のニーチェの言動にはそれを反証するものが多々みられる。たとえば一八八〇年八月にはニーチェの信奉者であるペーター・ガスト宛書簡に「ここ数年ヴァーグナーの好意を失ってしまったことは、どうやってもとりかえしがつかないことだ。どれほどよく彼の夢を、いつもあのころの親しい集いの流儀で見ることか！（……）それもすぎさってしまった（……）。ココニワガナミダ――」と書いている。(27) また問題の『パルジファル』の一八八二年七月のバイロイトでの初演に妹やルー・サロメが赴く際にも、ペーター・ガストに宛てて「どれほどぼくがもともとWと似ているかということにまた気づいて、ほんとうに驚いた」と書いている。(28)

一八八三年二月にヴァーグナーが死去すると、ニーチェはマイゼンブークに宛てて「Wの死はおそろしくこたえました。ベッドからようやく出ることはできましたが、この後遺症からぬけだすことはけっしてできません」と書いている。(29) また一八八六年に『人間的……』第二巻がまとめられた際の「序文」では、「バイロイトはかつて芸術家が手にした最大の勝利を意味する」と述べている。(30) さらに一八八七年に『パルジファル』の前奏曲を初めて聴いたときの印象を「Pの前奏曲、ながいあいだ私に付与されてきたうちで最大の恩恵。感情の力と厳しさ、この名状しがたいものをキリスト教がこうもふかくうけとめ、そしてするどく共感へといたらしめたのを私はしらない。まったくもって荘厳で感動的――こうも名状しがたく、憂鬱で細やかな眼ざしというものをヴァーグナーのように描いた画家はいない」と記している[31]。同様のことはペーター・ガスト宛書簡にも書かれている[32]。

一八八八年、すなわち発狂まえ最後の年、ニーチェはあたかもみずからの最期を意識したかのように、異様な自伝『エッケ・ホモ』をしたためる。このなかでもヴァーグナーの想い出は激しい追憶の情とともに描かれている。

私は人生で心安まったことについて語っているが、ここでもっともふかく、そして心のそこからやすらわせてくれたものに、一言感謝を表明する必要がある。それはまったく疑いもなく、リヒャルト・ヴァーグナーとの親密な交流だ。のこりの人間関係などやすくうりわたそう。トリープシェンでの日々、信頼、快活、奇跡、ふかい瞬間の日々を私の人生からとりさることなど、どんなものともとり替えられない――[33]。

しかし私はこんにちでもまだトリスタンと同じくらい危険な魅力、同じくらい戦慄的で甘美な無限性を秘めた作品を知らない――あらゆる芸術において。レオナルド・ダ・ヴィンチの魔力もトリスタンの最初の音ですべてとかれてしまう[34]。

私はヴァーグナーを生涯の大恩人とよぶ。今世紀のどんな人間がなしえたよりもふかく苦しみ、互いに苦しめあったという点で似ているということが、我々の名まえを永遠にまたむすびつけることになるだろう[35]。

以上がニーチェとヴァーグナーをめぐるドキュメントである。これをたどってきて、ニーチェがヴァーグナーと精神的に訣別したといいうるであろうか。素直に考えた場合、ニーチェのヴァーグナーへの感情には近親憎悪あるいは Hassliebe ということばがふさわしいように思われる。ニーチェは生涯にわたってヴァーグナーの音楽をふかく愛し、心酔していたと考えるのが自然であろう。すなわちニーチェは屈折してはいたものの、生涯熱狂的なヴァグネリアンであったといえよう。(36)

『エッケ・ホモ』の『ヴァーグナーの場合』を述懐した章は不思議な文章である。冒頭に紹介的に名まえがあげられたほかは、ヴァーグナーへの論評が皆無である。あとはひたすら反ユダヤ主義批判をふくむ激烈を極める一般的ドイツ批判に終始する。「ドイツ人蔑視者の最右翼とみなされることは、私の名誉ですらある。(……)なんといってもドイツ人は賤民である(……)。私はこの種族にたえられないし、これといつもうまくいかない(……)。ドイツ人は自分たちがどれだけ下品かということに思いいたらないばかりか、これが下品さの最上級だ、――彼らは実にみずからがドイツ人であることすら恥じないのだ……」。(37)

『場合』でも『ニーチェ対……』でもこの問題はとりあげられていることから考えれば、もちろんこれがヴァーグナーのドイツ＝神話志向批判と判断してまちがいない。(38)『パルジファル』に関するキリスト教批判もそうだが、これらはヴァーグナーの台本もしくはテクストにまつわる批判である。ヴァーグナーが壮大な神話的＝伝説的素材によって民族の祝祭としてのドイツ的オペラを構想していたことは間違いのないところである。しかし一般にヴァーグナーの音楽が神話志向的、ましてや国家主義的というのは短絡的というものであろう。ヴァーグナーの音楽とその台本、論文はあきらかに分けて考えるべきものである。

『悲劇の誕生』ではギリシャ以来途絶えていた民族的祝祭の再興者、「バイロイトのリヒャルト・ヴァーグナー」

ではその万能の天才ぶりからゲーテに比肩する芸術家、さらに真の歴史家・哲学者であるとまで讃美されていたのに、『場合』でここまでこきおろされているのをみると、率直にいってヴァーグナーにとっては実に迷惑な話であったろう。ヴァーグナーにしてみればここまで称讃することを頼んだわけでもないし、その後の失望もニーチェの都合ということになろう。『場合』におけるニーチェのヴァーグナー批判はあきらかにテクスト的なものである。『悲劇の誕生』で民族の祝祭としてのギリシャ悲劇の再興、すなわち苦である世界を超克する美としての神話の復活をヴァーグナーの楽劇にみたニーチェは、その後それが誤りだったことに気づく。そもそもニーチェがヴァーグナーに心酔したのは基本的に音楽上の理由からであったと思われる。音楽史的にみるならば、ヴァーグナーの前と後であきらかに変わったのは彼のかかげたオペラにその本領が発揮される総合芸術論によるものではなく、和声法・半音階技法など音響としての管弦楽法である。たしかにヴァーグナーにはニーチェの指摘する劇場的性格は濃厚である。しかしニーチェがヴァーグナーにこれほどまでに心酔したのは、その革命的管弦楽法によるものであったと思われる。後の思想的反発は音楽的アイドルを世界変革の救済者と思いたかったニーチェの事後的反動であり、当初からヴァーグナーとニーチェは思想的にまったく異なっていた(39)。

ロロロ伝記叢書のニーチェ伝でイーヴォ・フレンツェルは二人の関係を以下のように評している。

だからニーチェの目をひらかせたのは対抗意識であって、それでヴァーグナーを次第にちがったふうにみ、その作品に批判的にむきあうようになっていき、熱狂的な愛が、まずは気づかないうちに、しかし愛憎という意識にたえず変化するという状況が生じたのかもしれない。もしかするとニーチェの場合、それは挫折した音楽家の愛憎だったのかもしれない――ここにはこの種のはかりしれないことが多く関与していたのだろう(40)。

ニーチェのヴァーグナーに対する思いはこの種の複雑な意識からくる単純なものであったように思われる。ニーチェは民族の祝祭＝神話の再興をテーマとした処女作『悲劇の誕生』以来、生涯にわたってヴァーグナーの音楽をふかく愛し、心酔していたと考えるのが自然であろう。

（1） Friedrich Nietzsche, *Unzeitgemässe Betrachtungen*, S. 159, in: ders., *Sämtliche Werke. Kritische Studeinausgabe in 15 Bdn.*, hrsg. von Giorgio Colli und Mazzino Montinari, Berlin, New York ^{2}1988 (KSA), Bd. 1, S. 157–510. 以下同論文からの引用は本文にページ数で記す。

（2） ペンツォはニーチェのシュトラウス批判の中心はシュトラウスが客観的認識という立場をとることによって、彼が批判する神＝真理崇拝の立場に逆説的にたつことになる点にあるとしている。Vgl. Giorgio Penzo, *Nietzsche contra Strauß. Der Glaube als Unsicherheit*, in: *Achtung vor Anthropologie. Interdisziplinäre Studien zum philosophischen Empirismus und zur transzendentalen Anthropologie*, hrsg. von Josef Rupitz u. a., Wien 1998, S. 313–320.

（3） たとえばゲルハルトは第二考察は「生」が「歴史性」を常に内包していることを露呈しているとしている。Vgl. Volker Gerhardt, *Das Denken eines Individuums. Über Nietzsches zweite „Unzeitgemäße Betrachtung"*, in: *Études Germaniques* 55 (2000), S. 249–267.

（4） たとえばル・リデールはニーチェはここで過去の克服としての「歴史」の有用性のモデルを提示しているという。Vgl. Jacques Le Rider, *Erinnern, Vergessen und Vergangenheitsbewältigung. Zur Aktualität der Zweiten Unzeitgemässen Betrachtung*, in: *Zeitwende – Wertewende. Internationaler Kongreß der Nietzsche-Gesellschaft zum 100. Todestag Friedrich Nietsches vom 24.–27. August 2000 in Naumburg*, hrsg. von Renate Reschke, Berlin 2001, S. 97–109.

（5） たとえばキットシュタイナーはこの論考を歴史主義の客観主義、歴史哲学の目的論等を標的とした包括的歴史学批判であるとしている。Vgl. Heinz-Dieter Kittsteiner, *Erinnern – Vergessen – Orientieren. Nietzsches Begriff des „unhüllenden Wahns"* *als geschichtsphilosophische Kategorie*, in: *„Vom Nutzen und Nachteil der Historie für das Leben". Nietzsche und die Erinnerung in* *der Moderne*, hrsg. von Dieter Borchmeyer, Frankfurt/M. 1996, S. 48–75.

(6) シュネーデルバッハは第二考察を文化批評家ニーチェによる歴史的教養批判として読んでいる。Vgl. Herbert Schnädelbach, *Nietzsches Kritik der historischen Bildung*, in: *Études Germaniques* 55 (2000), S. 169–183.

(7) ヴュルフィングは十八世紀後半以来のディスクールとしての「歴史」とそれに対するニーチェの批判を分析している。Vgl. Wulf Wülfing, *Wider die „Wächter des großen geschichtlichen Welt-Harem". Zu Nietzsches „vormärzlicher" Kritik am Umgang mit der „Historie"*, in: *Kulturkritik, Erinnerungskunst und Utopie nach 1848*, hrsg. von Anita Bunzan und Helmut Koopmann, Bielefeld 2003, S. 57–82.

(8) ヴァーグナーとニーチェの関係については、vgl. Dieter Borchmeyer, *Richard Wagner und Nietzsche*, in: *Richard-Wagner-Handbuch*, hrsg. von Ulrich Müller und Peter Wapnewski, Stuttgart 1986, S. 114–136.

(9) Friedrich Nietzsche, *Der Fall Wagner. Ein Musikanten-Problem*, S. 11, in: KSA 6, S. 9–53. 以下この節における同論文からの引用は本文にページ数で記す。

(10) Wieland Wagner（一九一七—六六）。ヴァーグナーの孫で、以前のバイロイト音楽祭総監督。二十世紀を代表するオペラ演出家。

(11) Vgl. dazu Brief an Carl Fuchs vom 27. Dezember 1888, in: Friedrich Nietzsche, *Sämtliche Briefe. Kritische Studienausgabe in 8 Bdn.*, hrsg. von Giorgio Colli und Mazzino Montinari, Berlin, New York 1986 (KSB), Bd. 8, S. 553 ff.

(12) ニーチェのデカダンスの側面からのヴァーグナー批判については、vgl. Wolfgang Müller-Lauter, *Aristische décadence als physiologische décadence. Zu Friedrich Nietzsches später Kritik an Richard Wagner*, in: ders., *Über Freiheit und Chaos. Nietzsche-Interpretation II*, Berlin, New York 1999, S. 1–23.

(13) ヴァーグナーの劇場的性格に関するニーチェの批判については、vgl. Giuliano Campioni, *Wagner als Histrio. Von der Philosophie der Illusion zur Physiologie der décadence*, in: *„Centauren-Geburten". Wissenschaft, Kunst und Philosophie beim jungen Nitzsche*, hrsg. von Tilman Borsche, Federico Gerratana und Aldo Venturelli, Berlin, New York 1994, S. 461–486.

(14) Eduard Hanslick（一八二七—一九〇四）。ウィーン大学美学・音楽史教授。本来ヴァーグナーが否定的概念として提起した「絶対音楽」を擁護して、「自律的音楽美学」を主張し、アンチ・ヴァグネリアンの領袖となった。

(15) Friedrich Nietzsche, *Nietzsche contra Wagner. Aktenstücke eines Psychologen*, S. 430, in: KSA 6, S. 413–445. 以下この節における同論文からの引用は本文にページ数で記す。

(16) ニーチェのキリスト教超克とヴァーグナーの関係については，vgl. Karen Joisten, *Nietzsches Verständnis des „Genius" in der frühen Phase seines transanthropologischen Denkens. Versuch einer Stellungsnahme zum wesentlichen Unterschied zwischen Nietzsche und Wagner*, in: *Nietzscheforschung* 2 (1995), S. 193–204.

(17) Brief an Erwin Rohde vom 27. Oktober 1868, in: KSB 2, S. 332.

(18) Vgl. dazu Brief an Erwin Rohde vom 9. November 1868, in: KSB 2, S. 337 ff.

(19) Vgl. Brief Wagners an Nietzsche vom Anfang Januar 1872, in: Friedrich Nietzsche, *Kritische Gesamtausgabe des Briefwechsels*, hrsg. von Giorgio Colli und Mazzino Montinari, Berlin, New York 1975–85 (KGB), Bd. II/2, S. 493 f.

(20) Vgl. Friedrich Nietzsche, *Werke. Kritische Gesamtausgabe*, hrsg. von Giorgio Colli und Mazzino Montinari, Berlin, New York 1967 ff. (KGW), Bd. III/4, S. 365 ff.

(21) Vgl. Brief Wagners an Nietzsche vom Sommer 1876, in: KGB II/6, S. 362.

(22) Vgl. dazu Friedrich Nietzsche, *Ecce Homo. Wie man wird, was man ist*, in: KSA 6, S. 255–374 [S. 322–328: *Menschliches, Allzumenschliches*].

(23) Vgl. Richard Wagner, *Publikum und Popularität*, in: ders., *Gesammelte Schriften und Dichtungen*, Bd. X, Leipzig 1883 [Nachdr. Hildesheim 1976], S. 61–90 [zuerst in: *Bayreuther Blätter* 1 (1878)].

(24) Vgl. dazu Cosimas Tagebuch vom 25. Dezember 1869, in: Cosima Wagner, *Die Tagebücher*, 2 Bde, München, Zürich 1976 f., Bd. I, S. 182.

(25) Brief an Erwin Rohde vom Ende Januar und 15. Februar 1870, in: KSB 3, S. 93.

(26) Brief an Cosima Wagner vom 10. Oktober 1877, in: KSB 5, S. 288.

(27) Brief an Heinrich Köselitz (Peter Gast) vom 20. August 1880, in: KSB 6, S. 36 f.

(28) Brief an Heinrich Köselitz (Peter Gast) vom 25. Juli 1882, in: KSB 6, S. 231.

(29) Brief an Malwida von Meysenbug vom 21. Februar 1883, in: KSB 6, S. 335.

(30) Friedrich Nietzsche, *Menschliches, Allzumenschliches. Ein Buch für freie Geister*, Bd. 2, S. 370, in: KSA 2, S. 367–704.

(31) KGW VIII/1, S. 202 f.

(32) Vgl. Brief an Heinrich Köselitz (Peter Gast) vom 21. Januar 1887, in: KSB 8, S. 11 ff.

(33) *Ecce Homo* (Anm. 22), S. 288.

(34) Ebd., S. 289 f.

(35) Ebd., S. 290.

(36) ヴァーグナーとニーチェの精神的親近性については、vgl. Dieter Borchmeyer, *Nietzsches Wagner-Kritik und die Dialektik der Décaence*, in: *Richard Wagner 1883–1983. Rezeption im 19. und 20. Jahrhundert. Gesammelte Beiträge des Salzburger Symposions*, Stuttgart 1984, S. 207–228.

(37) *Ecce Homo* (Anm. 22), S. 362 f.

(38) モンティナーリはニーチェのヴァーグナー超克の背景に、みずからの国家主義的側面の超克をみている。Vgl. Mazzino Montinari, *Nietzsche und Wagner vor hundert Jahren*, in: ders., *Nietzsche lesen*, Berlin, New York 1982, S. 38–55.

(39) ニーチェの救済者としてのヴァーグナー超克については、vgl. Gilbert Merlio, *Erlösung vom Erlöser. Nietzsches Weg von Wagner zu sich selbst*, in: *„Unvollständig, krank und halb?". Zur Archäologie moderner Identität*, hrsg. von Christoph Brecht und Wolfgang Fink, Bielefeld 1996, S. 77–90.

(40) Ivo Frenzel, *Friedrich Nietzsche*, Reinbek [2]2000, S. 74 f.

オペラか、小説か？――ホフマンスタール／R・シュトラウスの『影のない女』

オペラか、小説か？　『影のない女』の二つの版をめぐってよく議論されることである。

R・シュトラウスがホフマンスタールから『影のない女』の構想を初めてつたえられたのは一九一一年初頭[1]、やはり二人の共同の先行作品である『ナクソス島のアリアドネ』の構想時期とほぼ同じころのことであった。しかしホフマンスタールの仕事は遅々として進まず、R・シュトラウスが実際に第一幕の台本をうけとったのは一九一四年の初頭、さらに全体の台本が完成したのは第一次大戦開戦後の一九一五年になってからである。その間R・シュトラウスのほうがいきづまり、作曲が完了したのは一九一七年のことであった。彼らの共同作業における緊張関係は有名であるが、この作品の場合それが特に顕著であり、二人のあいだには作品の方針をめぐって激しい議論がなされている。この作品を初演するのに二人は第一次大戦が終わるのをまった。一九一九年ちょうどR・シュトラウスが総監督に就任したウィーン国立オペラでこの作品は初演された。それは構想から八年半後のことであった[2]。

その一方でホフマンスタールがオペラの台本と平行するようなかたちで小説版の執筆にあたっていたことは彼の手紙などからわかっている。それによると執筆の開始は一九一二年の秋であり、オペラ台本完成のための中断ののち再開したのが一九一六年、完成したのは一九一九年の秋、オペラの初演と同じころであった。小説の執筆もオペラの共同作業とは違った意味で困難をきわめたことがやはり手紙などからわかっている[3]。

受容者の立場・嗜好によって音楽好きであればオペラ、文学好きであれば小説という傾向があるのは当然のこととして、オペラの台本に満足できないホフマンスタールがみずからの納得がいくまでこのモティーフをおいこんだ結果の到達点が小説版であり、テクストの深遠さに関してはこちらが上ということになろう。しかし作品としての完成度、さらに終局に向かう求心力によって圧倒的印象をもたらすという点ではオペラ版であろう。これは『サロメ』（一九〇五）や『ばらの騎士』（一九一〇）のわかりやすい艶麗さ、『エレクトラ』（一九〇八）や『ナクソス島のアリアドネ』（一九一二）のわかりやすい斬新さはないものの、R・シュトラウスの全オペラのなかでも最高の部類に属する作品である。(4)

R・シュトラウス／ホフマンスタールのオペラ『影のない女』を聴くと、R・シュトラウスの近代的技法の粋をつくした音楽もさることながら、冒頭からその台本の質のたかさに驚かされる。一般にR・シュトラウスのオペラ作品の文学的水準のたかさはオペラ史上例をみないものである。本格的オペラとして事実上の処女作である『サロメ』の台本はかのオスカー・ワイルド原作の翻訳であるし、その後の『エレクトラ』、『ばらの騎士』、『アリアドネ』、そして『影のない女』などドイツ語圏のオペラ・ハウスのもっとも重要なレパートリーとなっている傑作群は、ホフマンスタールの台本によるものである。(5) モーツァルトはいうにおよばず、ヴェルディのシラー、シェイクスピアなどによるオペラもボイートらの改作であるし、ヴァーグナーの諸作品はプロットの壮大さはわかるものの、作曲者自身による台本はおせじにもうまいとはいいがたいものである。それにしても『影のない女』の台本は群をぬいている。これについてはホフマンスタールも自覚していた。(6)

R・シュトラウスの人物像や文学に対する造詣についてはいろいろといわれているところだが、彼のオペラには実はヴァーグナーが理想とした総合芸術としてのオペラが理想的なかたちで実現されている。ひるがえってホフマンスタールにおいてもR・シュトラウスとの確執に関しては様々なことがいわれているが、この作家の主要な作品のなかでもR・シュトラウスのオペラのための戯曲は、トータルな魅力という点で『痴人と死』や『塔』、『アンドレーアス』などと比較しても遜色ないどころか、むしろ上まわっているのではないかと思われる。

それにしてもR・シュトラウスがなぜこの台本を採用したか理解に苦しむものがある。R・シュトラウスはライバルであったマーラーと比べてみても、聴衆の好みを心えた柔軟な作品造形できわだっているが、この台本はR・シュトラウスのオペラとしても異例の難解さである。(7) 初めてこのオペラに接する際に、準備をせずに理解できるとは信じがたい。ホフマンスタールもそれを自覚し、(8) みずから聴衆用の解説を用意したほどである。(9) しかしR・シュトラウスは彼としては異例の深刻さで作品造形に従事することになり、(10) 結果『影のない女』は二人の共作のなかでも異例の水準に達している。

ホフマンスタールの広汎な教養を背景として、この作品の素材についてはいろいろなことがいわれてきた。『千一夜物語』からの多数の素材の援用、モーツァルトの『魔笛』からは特に立場の異なる二組のカップルの愛の試練、(11) また『グリム童話』その他の数多くの童話もさることながら、ゲーテの『ノヴェレ』、それに『ファウスト』に関してはホフマンスタール自身が示唆している。ハンス・マイアーなどはホフマンスタールはこの作品をみずからの『ファウスト』として構想しているとして説得力ある主張を展開している。(12) さらに最終場の洞窟の場はノヴァーリスの『ハインリヒ・フォン・オフターディンゲン』でハインリヒが物語世界に入りこんでいく洞窟の場を想起させる。

たとえば印象主義を現実の内面化・情動化、象徴主義を現実の理念化・様式化ということができるのであれば、ホフマンスタールはあきらかに象徴主義者である。それは『痴人と死』（一八九三）から『イェーダーマン』（一九一一）、『塔』（一九二五）にいたるまで一貫している。ホフマンスタールは『影のない女』において陳腐と思われるほ

譜例１

譜例２

ど図式的な社会秩序を想定したが、彼の豊饒、ないしは過剰なディスクールはそれをうらぎる。ここではその図式的秩序がもはや忘却の彼方におしやられてしまうほど、あるいは無意味なものになってしまうほど、絶えず象徴的世界を増殖させ続けてゆく微細・綿密を極める言語世界が支配的である。舞台芸術としてのこのオペラに関していうならばR・シュトラウスのオペラの西洋、とりわけドイツ語圏における上演頻度はおそらく日本人の想像をはるかに上まわるものがあり、モーツァルト、ヴァーグナーとならんでドイツ・オペラのレパートリーの中核を形成し、『影のない女』はその重要な一角をしめている。

＊

第一幕冒頭のひくい管楽器による霊界の王カイコバートの重苦しい動機（譜例1）。このみじかい動機に基づく唐突な開始によって、世界は一気に超日常的雰囲気につつまれる。カイコバートの娘の乳母とカイコバートの十二番目という使者によるドイツ・オペラによくある——複雑な設定を解説するための——いくぶん説明的な対話。カイコバートの娘は霊界をぬけ出し、皇帝の妻となってまもなく一年が経過する。しかし彼女には影がない。使者はあと三日で影ができなければ皇帝は石になると告げてたち去る。この不安定な響きをもつ石化の動機（譜例2）は、やはりみじかい半音階的下降音型からなるカイコバートの動機のバリエーションということができよう。石化はカイコバートの呪いなのである。

ここで一つの疑問が生じる。なぜ皇后に影ができなければ皇帝が石にならなければならないのか。乳母は言う。

あなたの心の結び目を彼は解かず、
子をあなたはやどさず、影をもたない。
その代償を彼ははらいます[13]！

皇后は皇帝の妻あるいは人間になりきっていない。影は人間性もしくは母性の象徴であろうから、石になるべきは人間になれない皇后のほうであろう。また皇帝の簒奪に対するカイコバートの報復という観点からすれば、むしろ皇后に影ができたら皇帝を石にするべきであろう。影がささない場合、皇后は霊界に帰還することになるのだから。

話はそう単純ではないことは物語が進行するにつれて暗示されていくが、先に述べたとおり時間芸術であるオペラにとってこの筋は複雑すぎ、鑑賞者を混乱させる。それがたとえば『サロメ』、『ばらの騎士』などと比べて、この作品の受容を困難にしている理由であろう。

戦慄の状況を知って皇后は乳母に影を獲得する手だてを相談するが、乳母は影を人間から奪取することを提案する。これは絶望的状況である。影をなげかけることは人間性獲得の象徴だから、かような即物的発想をもっている時点で皇后に影がえられる可能性はない。影の獲得とは愛の純化、そしてその結果としての受胎を象徴するものである。したがってかりに乳母が影の略奪に成功しても皇帝の石化はさけえないであろう。

（嘲りと侮蔑をこめて）
一日の始まり、人間の一日――
粗野な喧噪、強欲――無意味、
喜びのない永遠の渇望！
（激しく、悪意をもって）
無表情な、幾千の顔――
見るとはなしに眺める目――
大口を開いた奇形、蛙や蜘蛛――
私たちには彼らがそれほど滑稽に見える！（O. 18）

この乳母による人間の生態描写は悲しいほど人間の本質をついている。人生とは粗野な徒労、あるいは無我夢中の渇望。影を獲得するということは、これらをすべてうけいれるということである。乳母にそれは理解できない。しかし影をえることを望んでいる皇后は、まだ自覚はしていないものの、実は人間になろうと努めている。ここに希望の萌芽がある。

R・シュトラウスの西洋音楽の集大成というべき管弦楽法の粋をつくした騒々しく、耳をつんざく間奏の後、場面は庶民の生活に移る。「仕事場と住まいがいっしょになった殺風景な部屋。奥の左にベッド、右に唯一の出入り口。手前には竈、すべてが東洋風でみすぼらしい。あちこちの竿に染めあがった布が乾かされている。手桶、バケツ、桶、鎖でかけられたやかん、大きな柄杓、かき混ぜ棒、臼、ひき臼。乾かした花や薬草の束がかけられ、その他似たよ

譜例3

うな物が壁ぎわに積み上げられている。土間に染料の水溜まり。あちこちに紺色、山吹色の染み」(O. 20)。そこで染物師バーラクの片目と片腕とせむしの三人の居候の弟たちがとっくみあいをしている。この絶望的状況のなか、温厚なバーラクを若く美しい妻がヒステリックに責めたてる。彼らに子どもはない。いや、彼女は彼の子どもを生もうとしない。子どもを夢みる憧憬にみちたバーラクの動機がせつなく、美しく響きわたる（譜例3）。

この第二場は当時——ホフマンスタール／R・シュトラウスの時代——、あるいは人類の歴史の大部分の時代の庶民の生活を想起させずにはおかない。ホフマンスタールがこの作品でなんらかのヴィジョンをうちたてようとするならば、それはこうした背景ぬきには考えられないだろう。この悲惨な生を人間は生きぬかなければならない。なぜか？　そのこたえをホフマンスタールは提起しようとするだろう。逆にいえば、提起できなければ世界は、人生は無意味ということになるだろう。

バーラクが仕事に出ていったあと、ホフマンスタール自身メフィストに譬える乳母は、[14]若妻を幻覚で惑わし、欲望と影のとりひきをもちかけるが、影は人間性＝母性の象徴であるから、これは『ファウスト』の魂のとりひきのバリエーションである。あるいはヴァーグナーの『ニーベルングの指環』のアルベリヒ——愛を呪うこと（＝人間性を放棄すること）によって権力（＝欲望）を手にするアルベリヒ——を想わせるものである。人間のけっして尽きることのない欲望は、ドイツ文学＝芸術にとって常に中心的モティーフである。少々先まわりしていうならば、最終的に救済のモティーフによって物語がとじられることも『ファウスト』、ヴァーグナーと共通である。第一幕の終結ではバーラクの帰宅の後、夜警が夫婦の愛のいとなみを讃美する穏やかで美しい音楽が、子どもを夢み

譜例4

るバーラクの動機（譜例3）と交錯しながら皮肉に、そして感動的に響きわたる。

第二幕にはいって第二場はかつて愛していた鷹——かもしかの姿をしていた皇后を捕らえるのに役だったがゆえに追われた鷹——にみちびかれた皇帝が、皇后が人間のもとへ行き来していることを知り、彼女に殺意をおぼえる場面である。音楽は皇帝が愛の主題（譜例4）にのってその心情を美しく歌いあげる。さてこの場面にいたってオペラ版と小説版のあいだに驚くべき相違が生じる。一般にオペラ版のテクストは小説版のダイジェスト的側面があるが、この場面はそういう綿密化といった次元をはるかに超えた質的変更がおこなわれている。小説版は鷹をさがしもとめて山の奥ふかくにまよいこんだ皇帝が洞窟にたどりつき、そこで神秘的世界に遭遇するというものである。ここで皇帝は饗宴にあずかるが、彼をもてなすのは未生の子どもたち、そして件の鷹の化身である。その後皇帝の石化が始まる。この山の懐、母胎を想わせる洞窟で超日常的世界に移行していく場面は、ノヴァーリスの『ハインリヒ・フォン・オフターディンゲン』で何度かイメージされる同様の場面をつよく想起させる。こうして主人公たちは自己の内面世界に次第にたどりついてゆく。

この幕の最終場は三日目、契約実現の場面である。「あたりはまっ昼間だというのに、まっ暗」で（O. 50）、いなずまがはしる。この最後の審判を想わせる場面において、極限状況のなか登場人物それぞれは自己の本性《ほんせい》を発現させる。若妻はバーラクに経緯を白状し、すべてに絶望し、契約の実現を運命として待つ。乳母は「悪魔的快感をもって事態を注視す

譜例5

る」(O. 53)。怒れるバーラクに対して、影が離脱し「浄化され」た若妻は(O. 54)、すべてをうけいれる覚悟をする。「厳しい裁き手、気だかい夫――バーラク、さあ、私を殺して、早く!」(O. 54)「この瞬間彼らは初めて男と女になった[15]」。

一方皇后は影をうけとらない。

アダムの息子たちの世界はなんと災いにみちているのだろう!
そして私がここに来たことで、彼らの苦悩を増し、
彼らの喜びをうばってしまった!
私をこの男のもとに導いた者よ、称えられるがいい。
彼は人間とは何かを私におしえてくれ、
彼のおかげで私は人間のもとにのこり、
その息を吸い、
その苦労をあじわうのだから!(O. 50)

そして「この女を救うために私はどうなってもいい!」(O. 54)と言う。裁きの動機が強烈に鳴りわたる(譜例5)。

第三幕は霊界の領域。ここでは舞台設定的にもテクスト的にも象徴主義的書法、神秘的気分は頂点に達している。前幕最終場の混乱ののち、この領域に陥らされたバーラクとその妻、皇后と乳母

のうち、まずは別々に閉じこめられた前者のペアがあらわれる。彼らはこの期におよんで初めて互いの存在の意味を悟る。

妻

あなたを見るために、
つくし、愛し、身を屈する！
息をし、生きる！
あなたに子どもを恵むために！――（O. 57）

こうして二人は「天の声」に導かれて互いのもとへと向かう。カイコバートは裁き手である。この幕では裁きの動機（譜例5）が執拗にくりかえされる。この動機は石化の動機（譜例2）と同様やはりカイコバートの動機（譜例1）から派生したものであることはあきらかである。カイコバートは二人が試練を克服したのを認識したうえで両者をむすびつける。

場面転換ののちの皇后と乳母の場面で皇后もカイコバートを裁きのイメージでとらえている。これまで意志的に生きていなかった彼女もやはり前幕最終場での染物師夫婦の苦悩を体験して、人間として生きるということを初めて自覚する。すなわちそれは人間としての愛を初めて認識したということであろう。

私の主人にして愛する人！

私のことで
彼の裁きが行われている！
彼をしばるものは、
私をしばる。
彼がこうむることを、私もうけよう。
私は彼のもとにあって、
彼は私のもとにある！
私たちは一つだ。
彼のもとへ行こう。(O. 60)

こうして彼女はカイコバートの裁きの前に出る決意を固める。ここにいたって影を物理的にしかとらえられない乳母との決裂は決定的となるだろう。影は象徴であって、ここでの意味は人間性である。一方ここでの乳母は欲求を欲望としてしかとらえられないメフィストと同じである。すなわち皇后は人間にならなければならない。そのためには、あるいは皇帝を救うためには、「死の敷居」を越えて（O. 61)、「生の水」を飲み（O. 62)、「永遠の死から永遠の生」に至らなければならない（O. 64)。

乳母と訣別したのちは、皇后の最後的試練である。今や彼女は人間として完全に成熟している。ホフマンスタールの信じがたい教養――この作品はその集大成といえる――と時代の気分――最終段階にあるドイツの盟主としてのハプスブルク帝国の文化的正統としての自負――が重層化され、これは実は教養小説の世紀転換期版――伝統に反して、成長するのは女だ！——になっている。彼女は以前は皇帝に対する依存的存在であり、乳母の庇護下にあった。今や皇帝は石となって助けを求める存在となり、乳母はすでに霊界から追放されている。主体的に思考すること、それは彼女の場合人間性《ヒューマニティ》を意味する。

人につくすことを私は学んだが、
影を買いとることはしなかった。
(……)
私には愛があり、
それはよりつよい。(O. 71 f.)

それは同情と罪の自覚と言い換えることのできるものである。

この世界が私の居場所だ。
私が属するここで、
私は罪をえた。(O. 73)

オペラでは彼女は染物師夫婦に対する罪悪感から精神的変容を遂げてゆくが、小説のほうでは——これはオペラの三幕相当部分全体にいえることだが——だいぶ複雑化・象徴化された形態をとっている。すなわち彼女は例によって未生の子どもたち――こんどは染物師夫婦のそれ――との遭遇によって同情の念というものを体得してゆく。「罪の感情が彼女の心を締めつけていた」(Erz. 187)。絶望＝救済が生じるのはこの感情が極致に達したときである。すなわちここで石化した皇帝が出現する。

この場面にはきわめて緊張し凝縮した文体のなかに冒頭であげた謎、この作品の急所が浮上する。つまり「なぜ皇后に影ができなければ、皇帝が石にならなければならないのか」。皇后は皇帝の石化について、

呪いが現実のものになった！
私の存在の罪なき罪は
彼を通じて罰せられた。(O. 73)

と言う。皇后はまず第一に皇帝の石化を「呪い」ととらえている。これは皇帝への罰ではなくて「呪い」である。本来的に罪があるのは皇后のほうである。

さて皇后の罪とは以下のようなものである。

私の魂の結び目は
人間の手によっては
解かれなかった――
それを解かなかった

手は固まり――
彼の心は
私のかたくなさによって石化した！
私の運命は彼の罪！
私の罪は彼の運命！（O. 73 f.）

「呪い」とは皇后の罪が皇帝に転移したものであって、皇帝自身の罪ではない。二人の運命はここに一体化する。皇帝は皇后の罪を共有することによって石化した。呪いをうけた二人にのこされた道は死しかあるまい。

あなたと死ぬ、
起きて、起きるのよ！
目と目、口と口を
あなたと合わせ、
私を死なせて！（O. 74）

石化の動機（譜例2）が鳴り響くなか皇帝の立像が出現するのは、彼が石化した例の洞窟の「黄金の水の噴水（Springquell）」が湧出する場所である（O. 71）。ちなみに先に類似を指摘した例の『オフターディンゲン』の洞窟の場面には「噴水（Springquell）のような湧出は（……）燃える黄金のように輝いていた」とある。[16] この母胎を想わ

譜例6

せる洞窟をへて『オフターディンゲン』では恋人＝「青い花」をみいだし、『影のない女』では愛による救済＝石化の解消がおこる。皇帝の愛の主題（譜例4）が影を望む皇后の動機（譜例6）と交錯しながらたからかに鳴り響く。皇后はここで初めて皇帝を能動的に愛し、そして他者（染物師夫婦）に真の意味で同情する。すなわち人間の心をもつ。「彼女は初めてこの世の涙の歓喜というものを理解した」（Erz. 194）。未生の子どもたちが歌うなか、彼女が影＝人間性をおびるのもこの時である。

一方染物師夫婦にも同様のことが生じる。すなわち妻が改悛し、バーラクに全身的共感をおぼえるとき、彼女の離脱した影がやはり未生の子どもたちが歌うなか回復する。すなわち人間的感情により母性を獲得する。子どもを夢みるバーラクの動機（譜例3）が全オーケストラによる最強奏で鳴り響くなか、二人は真にむすばれる。

この作品に関してよく利己的な皇帝と染物師の妻、受動的な皇后とバーラクというシンメトリカルな構造について云々されるが、それは状況を単純化しすぎた見方である。これまでみてきたとおり、事態の転換の動因はむしろ皇后と染物師の妻という二人の女性たちの覚醒にある。この二人の性格はむしろ両極にあるが、状況を打開するのは彼女たちの自覚であり、この作品の象徴的装置である「影」の着脱もこの二人のあいだで生じている。

影は人間性あるいは愛（情欲ではない）の象徴であろうが、具体的にはやはり母性あるいは受胎の象徴である。皇帝夫妻、染物師夫婦のうちバーラクだけは最初から人間性も愛もそなえているように思われるが、皇帝にもやはりこの属性は欠如している。つまり影が人間性と愛の象徴ならば、皇帝の影も消失したはずである。しかし実際に影の着脱がおこっているのは皇后と染物師の妻のほうである。これはやはり母性、具体的には受胎の象徴である。そしてそれは人間性を淵源とする愛の結果である。[17]もう一つの象徴である「石化」は冷酷さの象徴であり、こちらのほうが人間性・愛の欠如によって生じる現象である。

これは圧倒的に象徴主義にいろどられた作品である。その中心的構図でいうと、影なき皇后は利他的感情を懐くことによって影を獲得し（人間になり）、皇帝は利己的な人格を石化によって象徴化される。象徴主義は神話志向にその特質がある。神話は場合によっては荒唐無稽とも思われるやり方によって象徴を行使することで効果をあげる。その際象徴はそのものとして、具体的論理に翻訳できない点にその効果を最大限に発揮する。すなわちそれは文字言語的論理志向性ではなく、絵画的イメージ志向性に基づいている。ホフマンスタールがこの作品で神話を意識したことはあきらかである。神話的意匠によってメッセージ性をたかめようという意図だ。

オペラのための解説に示唆されているように、[18]後期のホフマンスタールは『塔』をはじめとして利己主義を脱した社会正義ということにつよい関心を懐いていた。[19]ホフマンスタールはこの作品について「社会的なもののアレゴリー」と言っている。[20]しかしはたしてこの作品は「社会的なもののアレゴリー」になっているだろうか？　この作品で顕在化されるのは、社会性というよりも利他的精神といったものではないか？　私にはむしろこの作品は象徴的寓意を駆使することによって「愛のアレゴリー」になっているように思える。すなわち「愛」の本質といったものが神話的に抽象化されている。この作品が象徴主義的手法によって寓意化しているのは社会性といった具体的なものではなくて、まさに抽象的な「愛」の精神ではないか。私はそこが後期ホフマンスタールの精神的矛盾とみる。すなわち彼の抽象志向的象徴主義精神は作品の社会志向的テーマ設定をうらぎっている。これは『サロメ』や『エレクトラ』に代表される素材によって神話性を志向する作品とは違って、新たな神話、現代的伝説を創作しようとした作品である。それは社会を寓意化することを意図したものであったが、結果として愛を寓意化したものとなった。

オペラにおいて「石化」の象徴の呪縛が解消されてフィナーレになだれこんでゆく様子は、実に感動的である。逆にいえば、この象徴の意味を理解しなければ聴衆にカタルシスは生じない。しかし冒頭述べたとおり、準備なしに初めてこのオペラを受容した場合、この解決をオペラの上演時間内に理解するのは事実上不可能である。

オペラか小説か。我々は初めの問題に戻ってきたようである。ホフマンスタールの念頭には、やはりハンス・マイアーが指摘しているようにゲーテの『ファウスト』があったと思われる。ゲーテは全幕とおして上演するとまる一日、あるいはたっぷり二晩を要し、時空を超えた場面転換を要するきわめて難解なこの作品を実際に上演することを、どこまで真剣に考えていただろうか？　ゲーテの生前に全曲の上演は行われていない。第二部が初演されたのは実に彼の死後三十年経ってからのことである。もちろん出版は脱稿直後になされている。『ファウスト』はあきらかに読書劇（Lesedrama）である。一方ホフマンスタールは自身の『ファウスト』の上演のためにみずから「解説」を書いたものの、それでもやはり聴衆はこの作品の理解にはとどかないだろうと考えた。それがホフマンスタールに小説を書かせた理由だ。これも先に述べたとおり、オペラのリブレットというものはあらすじ的側面を払拭できないものである。しかし小説を読み、リブレットも精読したうえでオペラを聴いた場合の効果は、R・シュトラウスの音楽のつよい力と相乗作用を生み絶大なものである。

やはりオペラの効果はおおきい。というよりもこれは小説をはるかに凌駕した、まさに総合芸術の最良の例となっている。逆にオペラというものが準備なしに一回聴いただけで感動をあたえるべきものだとすれば、このオペラは失敗作ということになるだろう。しかしすくなくとも完成度という点からいえば、このオペラはまちがいなくまれにみる傑作である。これは実におちつきのわるい不思議なタイプのオペラである。それがこの作品が『サロメ』や『ばらの騎士』に比べてメジャーなものにならない理由だ。一方この作品はオペラ史上の逸品ということもできる。ほとんど存在しない真の総合芸術、文芸オペラの名作。いずれにせよここに二人の芸術家ホフマンスタールとR・シュトラウスは彼らの共同作業においてもまったく新しい、あるいはR・シュトラウスのホフマンスタール以外との共同作業においても例をみない独特のタイプの傑作を創造したのだ。

※譜例は『R・シュトラウス』（名曲解説ライブラリー9）音楽之友社（一九九三）より、許可を得て転載したものである。

（1）Vgl. dazu Hugo von Hofmannsthal, *Zur Entstehungsgeschichte der „Frau ohne Schatten"*, in: ders., *Sämtliche Werke. Kritische Ausgabe*, hrsg. von Heinz Otto Burger u. a., Frankfurt/M. 1975 ff. (SW), Bd. XXV.1, S. 652 f.

（2）オペラ『影のない女』の成立史に関しては、vgl. SW XXV.1, S. 117–159.

（3）小説『影のない女』の成立史に関しては、vgl. SW XXVIII, S. 270–282.

（4）オペラ『影のない女』の詳細な受容史として、vgl. Claudia Konrad, *Studie zu „Die Frau ohne Schatten" von Hugo von Hofmannsthal und Richard Strauss*, Hamburg 1988.

（5）ホフマンスタールとR・シュトラウスの共同作業の詳細な研究として、vgl. Françoise Salvan-Renucci, *„Ein Ganzes von Text und Musik". Hugo von Hofmannsthal und Richard Strauss*, Tutzing 2001.

（6）ホフマンスタールはR・シュトラウスへの手紙のなかで、『影のない女』について、「この我々の共通の代表作（そう私は思っていますが）」と言っている。Vgl. Brief Hofmannsthals an Richard Strauss vom 5. März 1913, in: SW XXV.1, S. 566.

（7）ホフマンスタールはR・シュトラウスに「このおもく、陰鬱な作品」と書いている。Vgl. Brief Hofmannsthals an Richard Strauss vom 24. Juli 〈1916〉, in: SW XXV.1, S. 615.

（8）ホフマンスタールはR・シュトラウスに「聴衆も（……）この作品に準備なしにのぞむことは無理でしょう。（……）いりくんだモティーフと象徴の理解に役だつ（音楽案内に掲載できる簡潔な）詩のための案内が是が非でも必要でしょう」と書いている。Vgl. Brief Hofmannsthals an Richard Strauss vom etwa 10. April 1915, in: SW XXV.1, S. 595.

（9）みずからの希望と出版者の要請で、ホフマンスタールはオペラの初演と出版（ともに一九一九年）に合わせて、*Die Handlung* という名の内容の解説文を書き、これを出版の際にテクストに先行させ、さらにウィーンの雑誌に掲載して聴衆への周知を図った。Vgl. dazu Brief vom Verlag Adolph Fürstner an Hofmannsthal vom 19. Juli 1918, in: SW XXV.1, S. 627.

（10）グラースベルガーは音楽によるテクストの微細な解説的暗示について論じている。Vgl. Franz Grasberger, *Zur „Frau ohne Schatten“*, in: *Hofmannsthal-Forschungen* 6 (1981), S. 27–40.

（11）『魔笛』との関係については、vgl. Gernot Gruber, *Das Vorbild der „Zauberflöte“ für die „Frau ohne Schatten“*, in: *Hofmannsthal-Forschungen* 6 (1981), S. 51–64.

（12）Vgl. Hans Mayer, *„Die Frau ohne Schatten“*, in: ders., *Versuche über die Oper*, Frankfurt/M. 1981, S. 126–152.

（13）Hugo von Hofmannsthal, *Die Frau ohne Schatten. Oper in drei Akten*, S. 15, in: SW XXV.1, S. 7–79. 以下同オペラからの引用は本文にO. としてページ数を記す。

（14）Vgl. Hugo von Hofmannsthal, *Die Handlung*, S. 83 f., in: SW XXV.1, S. 81–88.

（15）Hugo von Hofmannsthal, *Die Frau ohne Schatten. Erzählung*, S. 175, in: SW XXVIII, S. 107–196. 以下同小説からの引用は本文にErz. としてページ数を記す。

（16）Novalis, *Heinrich von Ofterdingen*, S. 196, in: ders., *Schriften. Das Werke Friedrich von Hardenbergs*, Bd. 1, hrsg. von Paul Kluckhohn und Richard Samuel unter Mitarbeit von Heinz Ritter und Gerhard Schulz, Revidiert von Richard Samuel, Stuttgart ^{3}1977.

（17）この作品の「影」の意味・素材・モティーフ史に関する分析としては、vgl. Gero von Wilpert, *Hugo von Hofmannsthal „Die Frau ohne Schatten“*, in: ders., *Der verlorene Schatten. Varianten eines literarischen Motivs*, Stuttgart 1978, S. 88–111.

（18）Vgl. *Die Handlung* (Anm. 14).

（19）ヴァプネフスキは『影のない女』に中世以来のトポスとしての人間の社会的責務と秩序について読みこんでいる。Vgl. Peter Wapnewski, *Ordnung und spätes Glück. Hofmannsthals „Frau ohne Schatten“ und ihre Analoga in der Literatur des Mittelalters*, in: ders., *Zuschreibungen. Gesammelte Schriften*, hrsg. von Fritz Wagner und Wolfgang Matz, Hildesheim 1994, S. 317–333.

(20) Hugo von Hofmannsthal, *Ad me ipsum*, S. 603, in: ders., *Gesammelte Werke in zehn Einzelbänden*, hrsg. von Bernd Schoeller in Beratung mit Rudolf Hirsch, Frankfurt/M. 1979, *Reden und Aufsätze III 1925–1929. Aufzeichnungen*, S. 597–627.

第三部　神話／伝説としての近代小説

第四章　現代における伝説創作
――トーマス・マンの叙事小説――

『ブッデンブローク家の人々』――十九世紀ドイツ市民神話としての

『ブッデンブローク』――伝説、あるいは神話としての

物語は一八三五年十月、メング通りにある新居の披露パーティの場面から始まる。町在住の詩人ホフシュテーデが一家礼讃の詩を詠む。一七六八年に先代が創業したこの商家はいま、おそらくその繁栄の絶頂にある。ここに三代にわたる「ある家族の没落」（副題）の第一部は始まる――零落した豪商から買いうけた新居がそれを暗示する……。

この冒頭の場面には家族三代がすでに登場している。当主で市会議員の老ヨハンとその息子で領事の称号を得た共同経営者の通称ジャン、そして主役となる三人の孫――トーマス、トーニ、クリスティアン。席上一八〇六年のフランス軍侵攻の想い出が語られ、これを機に「かの恐ろしい小男」(1)に関する談議がなされる。

「啓蒙された人間である」(14) 老ブッデンブロークは、「いや、冗談じゃなく、なんといってもあの人間的大きさは尊敬に値します……。なんという才能だ！」と言う。それに対して息子のほうは大量殺戮をあげたうえで、「あの人非人に対する讃辞は、私には理解できません！　キリスト教徒として、宗教心のある人間として、私の心にそのような感情のしめる余地はありません」と応じる。そしてこの父親に言わせれば「むしろルイ・フィリップに心酔している」息子は、「私たちは七月王政に学ぶことはたくさんあると思います……。(……) 時代の新しい実際的な理想や利益へのフランスの立憲制の好意的で役にたつ関係は……」と言う。これに対して父親は「わしはそんなものはごめんだね！　(……) 産業施設や技術施設や商業学校などといったものが地面から次々はい出てきて、ギムナジウムや古典的教養といったものが急にくだらないものとなってしまって、世のなかみんな鉱山だとか……工業だとか……金儲けのことしか考えていない……」(以上 29 f.) と言う。ここにあげた対話は実は二人だけのものではなく、この場に居あわせた客人たちもそれぞれ世代に応じて父子のいずれかに与している。ここでは啓蒙的教養を基盤とする新人文主義世代と、プロテスタント的な功利主義的風潮を体現した三月前世代の理念と信条が対置されている。

つづいて議論は当時のドイツ関税同盟 (一八三四) へとうつっていく。「ブッデンブローク領事は関税同盟に夢中だった」。そして「すぐにでも我々は加盟するべきでしょう」と叫ぶ。それに対してワイン販売業者ケッペンは「我々の自立性は？　それに我々の独立性は？　(……) ハンブルクはこのプロイセンの発明に加わることに同意させられたんでしょ？　我々もすぐに併合してもらったほうがいいんじゃない？」と言って猛反対する。これに対して輸入におおきく依存している穀物商のブッデンブロークは、「だけど関税同盟ならメクレンブルクやシュレースヴィヒ＝ホルシュタインも門戸を開くと思うよ」と応じる (以上 41)。今度は世代ではなくて、それぞれの生業によって賛否が表明されることになる。(2)

これは近代ドイツの（上流）市民神話である。このリューベックの都市貴族マン家の栄光の歴史をモデルとした作品について、(3) 徹底した伝記的詮索と純粋な自律的虚構としての解釈(4)が数多くなされてきたが、それらはいずれもやや偏りすぎているように思われる。トーマス・マンがみずからの家門をモデルとしたことは疑いようのない事実であり、一方で伝記的事実とあきらかに異なるトーマス・マンの歴史的・思想的理念がこの小説の構造に決定的動因をあたえていることも、多くの研究が指摘しているとおりである。また近代ドイツ上流市民の心性の歴史的・哲学的分析かといわれれば、(5) これもまた多くの研究が指摘しているとおり完全に妥当するものではない。ここでもくろまれているのはこの時代の精神の描出＝神話なのだ。上記の時代的風潮の描写は歴史的分析に目的があるのではなく、あくまでも時代・心性の声として市民神話の多層的叙述に寄与する。結果構築された作品は、歴史的・伝記的事実よりもこの時代の市民性を抽出することに成功している。(6)

トーニ／ジャン・ブッデンブローク

第二部で老ヨハン夫婦が亡くなったこと、三代目のトーマスが共同経営者になったことが語られたのち、第三部と第四部では四八年革命における二代目ジャン領事の議員としての市民との関わりと、その際失意のうちに死にゆく舅レーブレヒト・クレーガー、新世代の個性が生き生きと活写されて、上記年代記的神話の醸成に寄与するほかは、もっぱらトーマスの妹であるトーニ・ブッデンブロークについてさかれている。この小説を一読すると彼女の愚かさ、虚栄心といったもの、トーマス・マンの女性観の保守性が鼻につくが、熟読していけば作家自身の叔母がモデルの、このチャーミングで天真爛漫な、「高貴な」(91. その他多数) ものが大好きで、「背筋をぴんと伸ばし、顎をすこし胸にひき寄せ、上からものを見下ろす」(205. 同様の表現他に多数) 女性にトーマス・マンがいかに愛情をかたむけていたかが行間からつよく感じられる。この小説は幼児であるトーニの描写に始まり、初老の彼女によってとじられる。実際物語は彼女を中心に展開しているともいえる (本当の主人公は彼女だという主張すら存在する)。

その彼女のまえにある人物が登場する——「グリューンリヒ、代理業」。この間接的＝二重の仕事。彼に関して領事は「ハンブルクの感じがよくて、評判のいい人で、牧師の息子だよ」(以上 94. 傍点斎藤) と言う。一方彼の言動に対してトーニは「どこで両親のことを知ったのだろう？　両親に耳ざわりのいいことばかり言っている……」と思い (97)、「馬鹿みたい」と言う (100)。それに対して領事夫妻は「完璧な育ちの人ね」、「キリスト教徒らしい、尊敬できる人だ」と言う (以上 102. 傍点斎藤)。そしてこの結婚のうりこみに対して、トーニが「私、彼のこと何も知らないんですもの」と言うと、「彼の何を知るべきだと言うんだい？　(……) おまえは幼い娘で、まだ世間に対する目をもっていないんだから、おまえによかれと思ってる人の目を信頼しなきゃならないんだよ」(以上 105) と応じ、町の牧師も「若い、まだ子どもといえる娘が、まだみずからの意思とみずからの洞察力もないのに、両親の心のこもった助言に逆らうのは罰あたりであるということは、主も声だかにおっしゃることだろう……」(115) と言う。領事はハンブルクに商売上の照会をいれるが、いい材料しか返ってこない。

この見るからにうさんくさい男に対して、領事のほうが「目をもってない」、あるいはわかっていてそれを抑圧し、都合のいい照会しかしていないことがのちに判明する。一方トーニはこの男に一貫して「疑いとためらい」(110) の目をむける。盲目なのは「私、あさはかな女だもの」(213. その他多数) が口癖のトーニではなく、「世間に対する目」をもっている領事のほうなのである。

そこに新たな男が現れる。避暑先トラーヴェミュンデの水先案内長の息子でゲッティンゲンから帰省してきている医学生モルテンである。時代を反映してブルシェンシャフトの「彼の考え方はいくぶん激しく、否定的で」(135)、こう主張する。

我々は功績による貴族だけが存在することを望みます、我々はもはや怠惰な貴族は認めません、我々は現在の階級秩序を否定します……、我々はすべての人間が自由・平等で、誰かに従属するのではなく、法にのみ従うことを望みます！……もはや特権も専横も必要ありません！(138 f.)

そんな彼にトーニは「お金だけが人を幸福にするわけではない」(147) ことを学び、この純粋な青年と愛しあうようになる。

それに対して領事は「私のキリスト教的確信によれば、他人の気もちを尊重するのが人間の義務であって、みずからの命で贖おうとしている男の気もちを、おまえがつめたく、頑なにはねつけていることについて、いつの日か天上の裁き手に責任を負わされないとは言えない。(……)おまえだけがうわついた心で強情に堕落した道をいくことを本気で考えているのならば、おまえは私の子ではないし、神に召されたお爺さんの孫でもないし、そもそもうちの家族の一員にふさわしいとはいえないだろう」(148 f.) と脅して、あくまで商売上の都合による結婚を強要しようとする。「まさにこのくさりの一員としてのおもい責任が、――家族の歴史に貢献する行動と決断をする使命があ」ることを自覚した彼女は (160)、「年代記スタイル」で書かれた――『ブッデンブローク家の人々』の基になったマン家に伝わるものを想わせる――「金縁の厚い表紙の見慣れた大きな帳面」に（159）みずから「ぎこちない」「字で」「書き」いれる。「……一八四五年九月二十二日、ハンブルクの商人ベンディクス・グリューンリヒ氏と婚約」（以上161）。そして別れぎわ、「バイバイ、パパ……大好きなパパ！　私、いい子だった？」（166）と言って嫁いでいく。

　しかし四年後、はたしてグリューンリヒは破産する。領事はその累がブッデンブローク家に及びそうになると、今度はトーニに「おまえは夫を心から愛しているんだろう？」（213）としつこく聞く。そしてとうとう「ああ……パパ、何を言うの！……私彼を一度も愛したことはないし……いつも嫌だったの……そんなことも知らなかったの……？」（219）と言うのを聞いて内心喜び、またしても自殺と天罰で脅すグリューンリヒを見すてる。

　四年前領事に照会された銀行家ケッセルマイアーはすてぜりふに実は最初からこの状態だったこと、ブッデンブローク商会令嬢との結婚を婚約前に発表してそれをのりさったこと、持参金で借金をあなうめしたことをあかす。領事はうちのめされるが、この「詐欺師的な婿」（234）に「造物主がこの子の心を純粋で無垢に保ち、恨むことなく別れていくことを感謝しなさい」（231）と言い、「やさしく肩に触れて、励ますように囁いた。／『しっかりしなさい。祈りなさい』」（232. 傍点斎藤）。数年後、領事は亡くなる。

　おそらく領事は心から反省している。またトーニに申しわけなく思っているし、グリューンリヒにも同情している。領事は優しい人間なのである。しかし彼の目がふしあなであったこと、正確には打算によって目がくもらされてしまったこと、つまり究極的には娘の幸福より一族の利益を優先したことはあきらかである。そして驚くべきはこの物語のモデルである家門の一員であるトーマス・マンが、みずからの祖父がモデルである領事よりも、あきらかにトーニやモルテンに共感しているということだ。これが社会主義者ルカーチがこの絢爛たる名門の年代記を、社会変革を予感させるとして評価する理由だ。(7) このトーマス・マンの反動主義時代の小説はたしかに未来を予感させる、あるいは歴史分析ではなく、トーマス・マンの世界観が投影されている。これが時代精神の神話へとつながっていく。

「トーニはどんな境遇でも、よろこんでたくみに新たな状況にすばやく順応するというすばらしい才能をもっていた」(232)。しかし領事の罪はこれにとどまらない。特に晩年「領事は神と十字架にかけられた人への熱狂的愛によって、非日常的・非市民的で繊細な感情を知りまた懐いたこの家系で最初の人間だった」(259)。そしてブッデンブローク家ではすばらしいごちそうと布施が期待できるというので、ドイツ中から聖職者たちがおしかけてきて逗留するようになる。トーニは「この黒服の紳士たちを心の底から憎んでい」て、「彼らが清廉潔白であるなどということを、とうてい信じる気にはなれな」い(以上 281)。彼女は無意識のうちに、(領事と違って)直感的に聖職者たちの本性を知っているのである。他の登場人物と違ってトーニだけは社会規範から自由にもの事の本質をとらえてしまう。そして意外なことにそれはおそらくトーマス・マンの視点にもっともちかい。ある「神に仕える者は、ベルリンに妻と多くの子どもをもちながら、あつかましくも三階のトーニの寝室に召使いのアントンに手紙をそっとおかせた」(283)。本文には聖職者を揶揄することばがおどっている。またたとえばマリア教会の牧師プリングスハイムには、かならず「狂信的」(397. 他多数)という形容がつく。

そんななか一人の聖職者が現れる。リーガの牧師ジーヴェルト・ティブルティウスである。領事の末娘のクラーラは「まじめで敬神の念が篤い」(285)。この領事の敬虔さのみを一人でうけついだような女性は、他の兄弟に比べてはるかにかげがうすく、結婚もしそうにない人物である。するなら牧師、あるいは牧師がブッデンブローク家で結婚するなら彼女しかないであろう。はたしてそういう結果になる。

ほどなくクラーラは結核で死ぬ。その際ティブルティウスは気弱になった瀕死のクラーラと領事夫人の心理状態を巧妙に利用し、また誰にも相手にされないハンブルクのクリスティアンを見まって、新たな当主であるトーマスに気どられないように実にあざやかな手際でクラーラの相続分すなわちブッデンブローク家の財産を「詐取」する(581)。トーマスが「この巧妙な牧師が。彼は悪人だ！　相続詐欺……！」(434)と言ってももうおそい。ジャン領事の二人の娘たちは結局彼がもっとも信頼していた牧師の一族の結婚詐欺に遭う。つまり信心ぶかい父親の犠牲になる。これは創作上偶然とはいえないであろう。ここにはあきらかに作家の意図がある。

こうした人生洞察あるいは偏見は――トーマス・マンの小説一般にそうだが特にこの小説にとって構成的な特徴である。そこから次の問題が生じることになる。

自然主義的デカダンス

この小説には上記のような自然主義的偏見――すなわち当時の通俗的科学観――遺伝・環境・身体的特徴などによる因果関係の単純な認識――ともいうべきもの――くどいがこれはトーマス・マンの小説全般にいえることであり、さらにこれが逆説的に人間が本音ではどのように考えているものなのかということこの小説の洞察をふかめている――が特に目につく。もちろんトーマス・マンは世代的に自然主義よりかなり若い世代に属するが、この態度は晩年の戦後の諸作品にまで及び、若いころ彼がいかに自然主義文学の影響をうけたかがわかる。(8)

これを登場人物にあてはめて例をあげてみると、たとえばブッデンブローク家のライバルであるハーゲンシュトレーム家の若い当主ヘルマンは「口だけで息をしているため、つねに唇をぴちゃぴちゃいわせてい」る（64. 以下この段落の引用すべて同様の表現多数）。初代のホームドクターであるグラーボーはいついかなる病気にも「少々の鳩肉とフランスパンを処方」する（71）。トーニの寄宿学校の恩師で「聡明な」ゼゼミ・ヴァイヒブロートは「せむしで、机の高さとあまり違わ」ず（以上 85）、教え子たちにいつも「すあわせにね（„Sei glöcklich“: 訛っている）、いい子！」（165）とはなむけのことばをかけるのに対して、その「無教養な」（241）姉のナリーは「とてつもなくのっぽであ」る（86）。領事の廃嫡された兄ゴットホルトの三人のオールドミスの娘たちには「すべての人ともの事一般に陰険な懐疑でむけた辛辣で悪意ある微笑という型どおりの顔の表情がまったく共通してい」て（530）、「末娘は小がらで肥満していて、一言ごとに身を震わせ、口もとに唾をためるというおかしな癖があ」り、その姉の「ヘンリエッテは長女と同様にとてつもなくのっぽで痩せこけてい」る（以上 240）。ブッデンブローク家に居候している貧しい親類のクロティルデは「さえない灰色の髪と、オールドミスの顔をしたしずかな」（15）、「謙虚で黙々と食べる痩せこけた」（177）女性で、「毛穴の目だつ、まっすぐで前に突き出た鼻」をしている（245）。

　こうした表現は上記以外の者もふくめ主要な登場人物が登場する度にくりかえしでてくるが、これにかぎらずトーマス・マン自身がみとめているヴァーグナー[9]、特にその『神々の黄昏』のつよい影響によるライトモティーフ的使用に関する指摘がよくなされるが[10]、この執拗な人物描写はそうした連関構築のための手がかりというよりもむしろアイロニカルな人物観、（偏った）社会洞察を顕在化させることになる。この非理想主義的観察は自然主義の名残をとどめたトーマス・マンの小説の特徴である。

　その代表例はトーニの二人目の夫であるペルマネーダーの描写であろう。このバイエルン――トーマス・マンが住んでいたミュンヘン――出身の「手足が短く肥満した」「団子っ鼻で」「あざらしのような容貌」をした（以上 325）

「根っからの善人」（339）――すさまじいドイツ語を話す――の描写（以下延々と続く）は、我々はトーマス・マンのミュンヘンに対するふかい愛情を知っているからそれを親しみとユーモアに解し、バイエルン人へのするどい類型描写として受容することができるが、これは嘲笑・侮蔑の寸前までいっている。しかしこうした自然主義的言説は、それが「没落」とむすびつくとき決定的な意味をおびてくる。(11)

＊

この小説は最初から最後まで登場する第三世代――トーマス、トーニ、クリスティアン――が中心の小説であること――彼らの代は物語の三分の二をしめる――は疑いの余地がない。なかでもその中心にたつのは当主の参事会員トーマスである。「トーマス・ブッデンブロークはきわだってエレガントな風貌をしていた」。「こめかみの青みがかった、あまりにうき出た血管と、悪寒を感じやすい体質は（……）、彼がそれほど丈夫ではないことを意味していた」（以上 236）。「彼は青白く、特に手はカフスのように白かった（……）。その手はある瞬間に、あるいわば痙攣的で無意識のしぐさに、拒絶するような過敏さと、ほとんど臆病な内向性といえるような表情、それまでのブッデンブローク家の人々のほっそりしてはいるものの、かなり大きくて市民的な手には異質で、あまりそぐわない表情をおびていた……」（254）。そして「彼をきわだたせていたのは、教養のある市民のなかでもずばぬけた外面上の教養のたかさであり、それは違和感とともに尊敬の念をも喚起するものであった……」（410）。特にトーマス・マンの歯に対する固執はきわだつ。「彼の歯はそれほど美しいというわけではなく、小さくて黄色かった」（18）。「笑うと並びのわるい歯をのぞかせた」（77）。参事会員になったころ「トーマス・ブッデンブロークは三十七歳になったばかりだったが、活力は衰え、急速にすりきれてしまって」いた（419）。結局彼は「一本の歯が原因で」（688）四十九歳の若さで死ぬ。

この歯に対する執着はトーマスにとどまらない。トーニが愛した庶民階級出身のモルテンはのちに医者として成功をおさめることになるが、彼は「とても形がよくて、並びのいい歯をしていて、それは鏡のようにぴかぴかで、磨きあげられた象牙のようだった」（122）。歯は健康と生命力の象徴なのである。ちなみに新興のハーゲンシュトレーム家の当主でトーマスのライバルであるヘルマンは粗野な生命力が強調されているが、その弟で法学博士の検事モーリッツは「胸がよわかったものの、優秀な成績で大学を出て」、トーマス・ブッデンブロークのように「文学に造詣がふか」かったが、「顔が黄色く、歯はとんがっていて隙間だらけだった」（以上239. 同様の表現348）。飛ぶ鳥もおとす勢いのハーゲンシュトレーム家にもすでにかげりがみえている。学識・教養といったものもデカダンスの象徴として機能する。また彼の妻はやはりのちにあげるトーマスの妻のように「あまりにも無表情だったが、とてつもなく美しく、整った顔だち」をしている（348）。

しかしデカダンスがよりはっきりとあらわれているのは、トーマスの弟クリスティアンであろう。このなにをやってもだめな劇場通いが常習の「女たらし Suitier」（273 usw.）は、物を「飲みこむ」（263）ことの不安や「左側の神経が全部短かすぎる」（404. 以上同様の表現多数）ことなどを、熱心に「行く先々で説明」する（663）。自分の取り分を相続した彼は子どもができたと言って、ある女性と「ハンブルクの商人たちのうち、彼女とたかくつく親密な関係にあったのは、クリスティアン・ブッデンブロークだけではなかった」（392）にもかかわらず周囲の反対をおしきって結婚し、結局その「情婦 Kurtisane」（581）に精神病院にぶちこまれるが、身体的虚弱さで言い争った兄よりも長生きすることになる。彼の場合精神のデカダンスが身体の衰弱の妄想を現実化させる。

こうした精神的衰弱は第二世代のジャン・ブッデンブロークの妻の一足先に繁栄した実家で、実はもう始まっている。すでに第一世代のレーブレヒト・クレーガー領事は「貴族的な」「今ふうの紳士 à la mode-Kavalier」（以上 190 usw.）である。商売に見きりをつけた第二世代のユストゥス領事は父親に似て「エレガント」だが（18）、「女たらし Suitier」で「享楽的」である。さらに第三世代、つまりトーマスたちの世代のヤーコプになると、「放縦な連中」とつきあっている「派手な服装をした不健康な容貌の」（以上 237）「どこか外国で放埒な生活をしている放蕩息子」で（695）、親に多額の借金のかた代わりをさせたほか、「気のよわい」母親が息子を勘当した父親にかくれて終生仕送りをつづけている。またその弟は「知的にあまりに劣っている」（以上 237. 同様の表現多数）。

こうした衰退はブッデンブローク家においても反復される。第一世代の「頭脳明晰で、陽気で、単純で、ユーモアがあって、つよい」（522）「啓蒙された」新人文主義者のヨハン議員は七十七歳まで生き、第二世代の敬虔主義的＝功利主義的で「才気あふれる」（482）ジャン領事は五十七歳、そして先述のとおり、「あまりに理知的で、形而上学的であった」（652）トーマス参事会員は四十九歳で死ぬ。こうした図式が思想史的にはアナクロニズムであること、またマン家の伝記的事実とも異なっていることはよく指摘されることである。これは洗練化による衰微というトーマス・マンの自然主義的デカダンスのフィクションなのだ。しかし一方でこのデカダンスと上流市民＝ドイツ教養層の描写は時代をおおっていた――この小説が書かれた時代のドイツの――精神的・社会的気分を集約的に再現している。それが先に私がこれを近代の神話とよんだ理由だ。これは時代精神を寓意的に象徴化した時代の神話である。

しかしこうしたデカダンスにとって決定的なインパクトとなるのは、異国オランダの外国に開かれた町アムステルダムからやって来たゲルダ・アーヌルドセンであろう。この「エレガントで、エキゾチックで、魅惑的な」（292）トーマスの妻の「やや病的で謎めいた美しさは、義理の妹（斎藤注：トーニ）の健康的な愛らしさと対照をな」している（343）。そんな彼女を街の人々は「まったくもってちょっとかわっているね」とか、「彼女には何かあるね……」（以上294）と評する。トーマス自身「彼女は冷たいと思えるときもある（……）。芸術家タイプだね、かわっていて、謎めいていて、魅力的な」（303 f.）と言う。かつての同級生と兄の結婚に感激したトーニは、またもや自分ではそれとは知らずに、天真爛漫にゲルダの本性《ほんせい》を見ぬいている。

「私あなたが好きよ、ずっと好きだったたって知ってる？　あなたが私のことを好いていないこと、ずっと嫌っていたことは知っているけど……。」（293. 同様の表現多数）

「トーマス・ブッデンブロークはさっぱりした食堂で、朝食をほとんどいつも一人で食べた。彼の妻は午前中はよく偏頭痛などで気分がすぐれず、寝室から出てくるのが非常におそかった。（……）ゲルダとは四時に昼食をとるとき、やっと顔をあわせるのだった」（305）。本人もみとめているように（vgl. 265）本質的にデカダンスの人間であるトーマスは、ふかい自己省察のうちに『意志と表象としての世界』に出会い、孤独に死んでいく。ゲルダはただ一人の子どもであるハンノが幼くして死ぬと、なんのためらいもなく、そそくさとアムステルダムへと帰っていく。彼女は『嵐が丘』のヒースクリフのような他者である。嵐のようにやって来て、何事もなかったかのように去っていく。彼女はとり憑かれたようにヴァイオリンを弾く。音楽をふかいところで理解している。本来「ブッデンブローク家の人々はみんな非音楽的であった」（88）。そこに彼女は音楽をもちこむ。しかも問題のヴァーグナーである。音楽はトーマス・マンにとってデモーニッシュなもの、次の節でとりあげる『ファウストゥス博士』のアードリアーン・レーヴァーキューンが悪魔と契約してその能力を手にするものである。アードリアーン同様氷のように冷たい彼女には、衰退へとむかうブッデンブローク家に悪魔が到来したことがイメージされている。

彼女がブッデンブローク家にもたらしたのは唯一の子である息子ハンノである。トーマスの妹トーニの一人娘にはやはり娘が一人いるだけである。もちろん弟のクリスティアンに子どもはいず、ブッデンブローク家は一族として衰微している。それを決定づけるのがハンノ・ブッデンブロークである。ゲルダは彼に音楽への熱狂をつたえる。「もの心ついてからすぐに、音楽の情熱が心の底から息子を虜にしていた」(508)。それは「この少年を実生活からとおざけ、体の健康にも有益なわけがなく、その精神をむしば」む(522)。「参事会員がハンノの音楽への情熱的な関わりを憂慮するときに問題にするのは、この夢を見ているような弱さ、この泣きやすさ、この生気と活力の完全な欠如であ」る。実際「ハンノはずっと病弱だった。特に歯は一貫していろいろな苦痛をともなう障害や不調をひきおこした」(以上511)。やはり歯はまたしても問題の根幹とされる。彼の「歯は悲惨な状況で、もうほとんどみんなやられていて、だめになっている」(744)。そんなハンノにクリスティアンは言う。「いいかい、忠告しとくよ、こんなことにあんまりいれこまないことだね……劇場なんかに……。そんなのなんの役にもたちゃしない、おじさんの言うことを聞くんだよ。ぼくもこんなことに興味をもちすぎてね、それでこんなになっちゃったんだよ。ほんとうに大失敗だったよ……」(538 f.)。ハンノは例の家族の年代記の最後のページの自分の名まえが書かれているところの下に線をひく。「もうこれでおしまいだろうって思った」から……(523)。彼はプリングスハイム牧師が「誰かにぼくはどうしようもない、朽ちた家族の生まれだ……」(743)と言ったのだと言い、また「ぼくにはまったく希望がない……」(744)と言う。実際彼は十六歳の若さで死にブッデンブローク家は断絶する。

音楽が健康をむしばむこと、精神衰弱・神経過敏とイコールでむすびつけられていること、また歯が病弱に直結している――これらは遺伝に関連づけられている――のはトーマス・マンの自然主義的創作理念の典型例である。これら偏見ともいえるものは現実世界を反映するものではないが、虚構としてのまた時代精神の抽象としての神話世界の構築の指導原理となる。

さてこうしたデカダンスは建物としての「家」に象徴されている。冒頭に述べたように、そもそもこの物語は新居の披露パーティの場面で始まる。そこでブッデンブローク家は繁栄の絶頂にあった。そしてその家は零落した豪商から買いうけたものであった。しかしこの繁栄と家の購入はこの小説においては偶然ではない。作家が繁栄を家の売買に意図的にむすびつけ、それを象徴化しているのである。第五部の冒頭はクレーガー家、ブッデンブローク家より一足先に没落が始まったクレーガー家の、トーニが言うところの「高貴な」家を売ることになったことを第二世代当主のユストゥスが嘆く場面から始まる。一方で参事会員に選ばれたトーマスは重厚な本家とは別に豪華な邸宅を新築し、そこに移り住む。この時点で「このまごうかたのない壮麗さは、ただもってブッデンブローク家の実力と栄光と名望を意味していた」（427）。しかし真の隆盛、つまり商家としての絶頂期は冒頭の第一世代の時である。トーマス参事会員の代の栄光は名門としての名声である。トーマスは言う。「幸運や上り坂の徴候やしるしが表面に現れて、それを見たり感じたりできるときは、実際にはもう下り坂にさしかかっているんだ」（431）。事実あとは坂を転げ落ちるようにあらゆる面でブッデンブローク家は衰微していく。そしてついに本家家屋は新興のライバル、ハーゲンシュトレーム家に買いとられることになる。

（トーニ：）「おうちを！　お母さんのおうちを！　私たちのとっても幸せだった両親のおうちを！　売らなければならない！　……」（……）

（トーマス：）「そうだよトーニ、この家を出ていかなければならなかった人たちも、おじいさんに売ったとき、そう思ったんだろうね。彼らはお金をなくして、出ていかなきゃならなくて、死んでしまって、おちぶれたんだ。」(583 f.)

この時点での本家の売却はブッデンブローク家の商家としての衰退を象徴化している。しかしトーマスが急逝した際、その遺言には商会の清算が指示されていて、その結果豪華な新宅も売られることになるが、これはもはやブッデンブローク家そのものの没落を意味する。

この一族の盛衰は建物としての家に強力にむすびつけられている。こういう点にこの小説の伝記的事実からはなれたつよい虚構性がある。そしてそれはすべて神話性——この場合は時代精神の象徴化——の構築に寄与する。

『ブッデンブローク家』の図式はこうである。活力あふれる家父長的・合理主義的豪商の第一世代、実利的で家格に応じた体面をおもんじる常識人であり、品位ある第二世代、責任感がつよく、政治的で誇りたかく繊細な第三世代、そして感受性だけが異常にとぎすまされた虚弱な第四世代——すなわち都市貴族の没落の過程。これがあたかもそれぞれが生きた時代のメンタリティを象徴しているかのような書法で描かれる——しかしこれは歴史的事象を描写することによって時代を回想させるものではあるが、先にかいたとおりアナクロニズムもあり、歴史的・伝記的現実を分析したものではない。つまり、これは絢爛たる時代絵巻ではないのだ。そうではなくてこれが書かれた時代、十九世紀末のヨーロッパをおおった精神史的状況の描出なのだ——すなわちデカダンス[12]。これは「西洋の没落」、「終末論」、「ニヒリズム」など様々なことばで言い換えることが可能であろう[13]。年代記的に書かれてはいるが、神話というものが人間の共同意識の寓意的表現だとするならば、これは十九世紀末の時代精神を文学的に象徴化した「現代の神話」なのだ。だから歴史的事象の描写はむしろこれが書かれた時代のドイツ市民の精神的消化・受容のしかたを提示したものだ。これらが一体となってこの時代のドイツ市民の神話が構築されることになる。つまり『ブッデンブローク家』を読むということは、十九世紀末ドイツの精神史的風景を読むということなのである。

（1） Thomas Mann, *Buddenbrooks. Verfall einer Familie*, in: ders., *Gesammelte Werke in 13 Bdn.*, Frankfurt/M. 1974 (GW), Bd. I, S. 28. 以下この節における同作品からの引用は、本文にページ数で記す。

（2） 当時のリューベックの商業状況に着目したものとして、vgl. Pierre-Paul Sagave, *Zur Geschichtlichkeit von Thomas Manns Jugendroman. Bürgerliches Klassenbewußtsein und kapitalistische Praxis in „Buddenbrooks"*, in: *Literaturwissenschaft und Geschichtsphilosophie. Festschrift für Wilhelm Emrich*, Berlin, New York 1975, S. 436–452.

（3） 当時のリューベックの社会史との関連における詳細な研究として、vgl. Jochen Vogt, *Thomas Mann. Buddenbrooks*, München 1983.

（4） 自律的構造物としての解釈は、Hans Lehnert, *Thomas Mann. Fiktion – Mythos – Religion*, Stuttgart 1965［S. 62–86: *Buddenbrooks*］に代表される。

（5） この方面での研究としては、vgl. Michael Zeller, *Bürger oder Bourgeois? Eine literatursoziologische Studie zu Thomas Manns „Buddenbrooks" und Heinrich Manns „Im Schlaraffenland"*, Stuttgart 1976.

（6） この小説の「市民性」というテーマに関しては、vgl. Hans Wißkirchen, *„Er wird wachsen mit der Zeit…". Zur Aktualität des Buddenbrooks-Roman*, in: *Thomas Mann Jahrbuch* 21 (2008), S. 101–112.

（7） Vgl. Georg Lukács, *Auf der Suche nach dem Bürger* (1945), in: ders., *Werke*, hrsg. von Frank Benseler, Bd. 7, Neuwied/Berlin 1964, S. 505–534.

（8） トーマス・マンへの自然主義の影響については、vgl. Uwe Ebel, *Rezeption und Integration skandinavischer Literatur in Thomas Manns „Buddenbrooks"*, Neumünster 1974.

（9） この小説の構成へのヴァーグナー、特に『ニーベルングの指環』の決定的影響については、vgl. Hans Wysling, *Budden-*

brooks, in: *Thomas Mann Handbuch*, hrsg. von Helmut Koopmann, Stuttgart [3]2001, S. 363–384.

（10）ライトモティーフに関する詳細な研究として、vgl. Ronald Peacock, *Das Leitmotiv bei Thomas Mann*, Bern 1934.

（11）ピュッツは「没落」など回帰するテーマについて分析している。Vgl. Peter Pütz, *Formen der Wiederkehr in den „Buddenbrooks"*, in: *Bejahende Erkenntnis. Festschrift für T. J. Reed zu seiner Emertierung am 30. September 2004*, hrsg. von Kevin F. Hilliard, Ray Ockenden und Nigel F. Palmer. Unter Mitarbeit von Malte Herwig, Tübingen 2004, S. 117–127.

（12）ノイマンも歴史診断ではなく、時代精神のテーマへの反映という同様の観点をとる。Vgl. Michael Neumann, *Buddenbrooks*, in: ders., *Thomas Mann. Romane*, Berlin 2001, S. 9–47.

（13）十九世紀ヨーロッパのデカダンスという観点については、vgl. Georg Wenzel, *„Buddenbrooks". Leistung und Verhängnis als Familienschicksal*, in: *Thomas Mann. Romane und Erzählungen*, hrsg. von Volkmar Hansen, Stuttgart 1993, S. 11–46.

理念と素姓――『ファウストゥス博士』にみる権威的修辞

トーマス・マン晩年の長篇小説『ファウストゥス博士』（一九四七）において、神話化は芸術家の生の問題として浮上してくる。その際この小説に関する比較的初期の二つの批評はある種の手がかりを提供する。一九五九年に公刊された論考のなかでハンス・マイアーはこの小説はドイツ性、音楽、ファウスト伝説、ナチス批判といったモティーフを重層的にむすびつけることによりドイツ精神を総括することに成功しているという。(1) 一方ケーテ・ハンブルガーは一九六九年に発表した論考でまさにそれらのモティーフ間における整合性に疑問をなげかけている。(2) これら二つの批評はそれぞれのモティーフの小説全体との関わり方という同じテーマを考察の出発点としながらも、逆の価値判断をくだしているという点で注目に値する。いずれにせよこれはこの小説の根本構造にかかわる議論であり、その対照的な評価は作品自体が内包する問題を示唆している。

『ファウストゥス博士――ある友人によって物語られたドイツの作曲家アードリアーン・レーヴァーキューンの生涯』の語り手ゼレーヌス・ツァイトブロームは、その架空の伝記をいささかおおげさな身ぶりで語り始める。

きっぱりと断言するが、亡きアードリアーン・レーヴァーキューンの生涯に関するこの報告、運命によっておそろしく翻弄され、高められ、そして貶められたこの貴重な男、この天才音楽家の最初の、そしておそらくは当座のものでしかないこの伝記に、私自身と私の境遇について若干のことばを先行させせるのは、けっして私

個人を前景におし出したいという希望からのことではない。(3)

この出だしでまず感じられることはその熱狂的語調と伝記の主人公に対する従属的姿勢である。この調子は小説の最後まで一貫してたもたれる。この架空の人物に対する架空の伝記作者のつよい熱狂はある種のうさんくささを生じさせる。この語り手は上の引用での謙遜にもかかわらず積極的に自己を前面におしだしてゆく。すなわち彼は自分について語るかわりに熱狂、傾倒というかたちをとった自己の解釈を執拗にくわえ続ける。そしてそれがこの小説全体の色調を規定しているといっても過言ではない。あたかも書くことで彼が傾倒した伝記の主人公との力関係を逆転させようとしているかのようである。この語り手の強力な意志によって、うさんくささは逆に説得力に変わってしまう。こうした語り手の設置は読者を一定の方向へ導く役割を果たす。

この作曲家の幼なじみで平凡な高校教師と設定されたゼレーヌス・ツァイトブロームのアードリアーンに対するスタンスは、「彼の尋常ならざる謎めいた生涯を注視することが、常に私の本来の切なる課題であるように思われた。それが生涯の真の内容となっていた」(415)、あるいは「驚愕とこまやかさをもって、慈しみと献身的な讃嘆をもって」「彼を愛した」と説明されている。ゼレーヌスは「その際彼のほうですこしでもその感情に応えるかどうかということは、ほとんど考慮しなかった」という(以上12)。

実際アードリアーンはその感情に応えない。ゼレーヌスはそれについて「いったい誰をこの男は愛したというのだろう?」と言う(13)。彼を規定して、kalt, hochmütig, stolz, spöttisch, gleichgültig ということばがくりかえしもちいられる。アードリアーンの周りにはけっして姿を現さない貴族の未亡人であるパトロン、無私の姿勢で身のまわりの世話をする女性たち、彼の目を自分にむけさせることに命をかけるヴァイオリニストなど、いっこうにみかえりを求めないいわば崇拝者サークルとでもいったようなものが形成されている。その中心人物がゼレーヌス・ツァイトブロームである。アードリアーンは作品を創造するにはあまりにも明晰で理知的すぎる頭脳をもっているため、梅毒に冒され、悪魔と契約し、霊感をさずけられ、契約がきれると発狂して死んでゆく芸術家として描かれる。こうした芸術創造のためには悪魔に魂をうりわたすことも辞さない苦渋にみちた芸術家と、全面的に奉仕するその崇拝者という設定には、芸術家を神話化、特権化しようという志向がひそんでいる。この志向はゼレーヌスによって次第に強化されてゆく。彼はしきりに一般市民とアードリアーンとのあいだにある「運命のふかい溝」を強調し(169)、また天才について、「このかがやかしい領域には魔的なものと反理性的なものが気がかりなかたちで関与していて、この領域と地下の国とのあいだにはかすかな戦慄をよびさますむすびつきが常に存在することは、否定することもできないし、否定されたこともない」とし(11)、芸術家の尋常ではない精神的背景がきわだたせられる。アードリアーンの父親はあきらかに錬金術を連想させる化学実験を趣味にもち、それについてゼレーヌスは「自然について実験をし、現象をおこさせて『こころみる』という企て、(……)そうしたことすべては魔法ときわめてちかい関係にあり、いやもうすでにその領域におちいっていて、『誘惑者』の仕業であるということは、古い時代の確信である」と言う(28)。また「対話」の場で悪魔はアードリアーンが「その思弁をすでに父のがわから血にうけついでいる」と言っていて(330)、彼が悪魔的素因を遺伝的にひきついでいることが暗示される。

彼は自己の頭脳に対するつよい自負から「女王である哲学が侍女に」なる神学を大学の専攻科目として選択したとされる(110)。小説の結末で彼は伝説のファウストがしたように友人縁者を集めて、自己の生涯を懺悔する。

「私の罪は赦されるにはおおきすぎたので、改悛しながらも、恩寵と赦しの可能性を信じないことが、永遠の善意への最高の挑発であるかもしれないと頭のなかで憶測し、自分の罪を最高のものにしましたが、こうしたあつかましい打算は、慈悲を完全に不可能にすることもわかっていました。」(666)

このように芸術作品を創造することはきわめて罪ぶかいこととして表象され、それによって逆に芸術創出作業は一般人の思いのおよばない重大さ、深刻さをおびたものとして特権化される。さらにハレでの神学生時代の描写では神学史上の問題が綿密にほりさげられていて、それを通じてアードリアーンの生は神学的問題をはらんだものにまでたかめられる。

アードリアーンはある娼婦との運命的であいによって彼の霊感と発狂の契機になったとされる梅毒に感染するが、それについて「愛と毒がここでまさに恐ろしい経験の統一体となった、神話的な統一体に」と言及される(205 f.)。一疾病である梅毒への感染は創造の源として小説構成上重要な意味を付与される。このような病気の神話化あるいは芸術家と病人の同一視は、天才と魔的なものとのむすびつきとともにこの小説を一貫してながれるモティーフとなっている。アードリアーンは平生は持病に苦しめられ、創作中は作曲という病気以上の苦しみに苛まれるという。そして罪を背おい創造の苦しみに苛まれた発狂前のアードリアーンは「髭のせいで、おそらくは頭を肩に傾ける仕種がつよまったこととあいまって、顔になにか精神化されて苦悩するもの、そうキリストを想わせるものが付与されたような印象をあたえるようになったという(640)。ここでアードリアーンの風貌は救世主のそれに譬えられるにいたる。このようにこの語り手はアードリアーンの生の神話化を強力におしすすめてゆく。架空の伝記を架空の人物が語るという点で状況は相対化されるが、芸術を題材とするこの伝記は必然的に芸術家としての作家の自己言及的要素をおびることになる。架空の語り手を介して間接的に芸術家の神話化をすすめてゆくこの修辞方法には、作家の権威的身ぶりがひそんでいる。

ところでこの芸術家のモティーフとならんで、あるいはそれと総合される重要なモティーフとしてドイツ精神の問題がある。ゼレーヌスはアードリアーンの伝記にドイツの敗戦前夜の状況をくりかえし挿入し、彼の生涯をドイツの運命にかさねあわせる。表題に「ドイツの作家……」とあるように、彼の芸術家としての問題はドイツ精神そのものの問題として表象され、アードリアーンの生のドイツ性が執拗に強調されてゆく。彼は「美しいふるいドイツの顔をした」父親をもつ(32)。一方架空の町である彼の故郷カイザースアッシェルンは「宗教改革の故郷のちょうどまんなか、ルター地帯の心臓部に位置する」(15)。アードリアーンが神学を学んだハレはそのルター派の牙城であり、彼の大学時代の描写を通じてルターのドイツ人気質を体現したようなデモーニッシュな性質と宗教改革のすぐれてドイツ的な局地性が強調される。ゼレーヌスはカトリックの古典学者であり、その穏健さが強調される一方で、アードリアーンはプロテスタントであり、そのことによって彼の精神のドイツ的素姓といったものが強調される。カイザースアッシェルンは「その外観からしてひじょうに中世的な雰囲気をたたえて」いて(51)、中世ドイツ皇帝埋葬の伝説にいろどられた町である(Kaisersaschern の名まえの由来)。「対話」の場で悪魔は中世を「いい時代だ、悪魔的にドイツ的時代だ!」とし(309)、自分のことを「たしかに俺はドイツ的だ、根っからドイツ的だといってもいい」(312)、あるいは「たしかに俺は音楽的だ」と言う(323)。こうしてカイザースアッシェルン、ルター、宗教改革、中世、悪魔、音楽はドイツ精神を象徴するものとしてむすびつけられ、アードリアーンの音楽はそれを体現したものとして表象される。このように力づよい修辞でドイツ精神を象徴するものが選別・結合され、この小説はドイツ精神の包括的把握へと構築されてゆく。

ゼレーヌスは破滅にむかうアードリアーンの描写に第二次大戦における破滅前夜のドイツについての論及を挿入

する。

しかしドイツの人間、幾万幾十万のドイツの人間こそが人類を震えあがらせることを犯した。（……）発言・行為からいって、この支配形態は皆がその性質の神聖さをみとめざるをえない信条と、世界観の権化にほかならなかったのではないか？　すなわちキリスト教的・人道的人間が躊躇しつつも、我々の偉人たち、強烈にドイツ精神を体現している人物たちの特徴に刻印されているのをみいだす信条と世界観の、ゆがめられ、おとしめられた恥ずべき権化にほかならなかったのではないか？（638 f.）

このことばにはこの小説の理念がつよく表れている。ドイツ性を抽出する過程でドイツ性そのものに内在するあやうさがうきぼりにされ、この小説はドイツ精神を批判的に総括する試みとなる。しかしこの批判的理念はたえずもう一つのイデオロギーの侵食をうける。

そう、我々は冷静で尋常なものに反する、きわめて悲劇的な性質をもった、まったく異質な民族である。我々は運命をこよなく愛する、どんな運命であろうと。それが運命ならば、たとえ神々の黄昏の炎が天を焦がす滅亡であろうと。（232）

私はドイツの崩壊を望んでいたのではない。この不幸な民族に対する私の同情、私の悲痛な哀れみはあまりにもふかいから。（233）

こういったドイツへのつよい共感は一方でこの小説の基調をなすものである。この断罪されるべきドイツへの共感にみられる姿勢は、もう一つの批判的理念とのあいだに微妙な軋轢をひきおこす。その理念の抑圧に抗するかたちで、おそらくは作家の無意識のうちにその保守的姿勢がうきでてしまう。前述の芸術家の神話化という特権的姿勢がその一つであって、一方ドイツ精神を象徴するとされるモティーフを範例的に提示し、ドイツ性を総括しようという意図そのものが、ドイツ精神の嫡流としての作家の権威的姿勢をしめすものである。ゼレーヌスは「たえずはっきりと意識して、しかし良心の呵責に苦しみながら、ドイツの敗北を望んでいる」という(45)。このことばからうかがわれる理念とイデオロギーの乖離は小説の様々な局面にあらわれ、この小説はまさに二つのつよい力による葛藤の場となる。それはアードリアーンの音楽、トーマス・マンがアードリアーンを通じて表象した音楽にもみてとることができる。

ドイツ的信条の危機は十九世紀的芸術様式の危機的状況に投影されるが、アードリアーンは悪魔との契約によって、すぐれてドイツ的芸術とされる音楽の危機を打開するために十二音技法を考案する。そしてこの打開策がドイツ的信条の危機の打開策としてのナチズムに投影され、両者をとおしてドイツ性のはらむあやうい側面がうきぼりにされる。

トーマス・マンが伝統的な調性音楽の打開策として、アドルノを媒介にシェーンベルクの十二音技法を借用したことは有名なはなしである(4)。アードリアーンが十二音技法を完成させたのは遺作であるファウストゥス・カンタータにおいてであると思われるが、それ以前の作品においてもその前段階としていくつかの音による音列技法がもちいられている。シェーンベルクとベルク、ヴェーベルンといった弟子たちによるウィーン楽派の十二音技法は、戦後シュトックハウゼン、メシアン、ブレーズらにうけつがれ、現代音楽の主流になるが、その過程において精密化・

数値化がいっそうすすんでゆく。このきわめて理論的・構造的な技法によって生みだされたウィーン楽派の作品は純器楽的・無機的傾向をしめし、楽器編成的・時間的には圧縮される傾向にある。

アードリアーンの前期、中期、後期の代表作はそれぞれオペラ『恋のほねおり損』、デューラーの版画を題材にしたオラトリオ『形象による黙示録』、交響カンタータ『ファウストゥス博士の悲嘆』で、いずれも合唱と管弦楽をともなった標題音楽である。ちなみにウィーン楽派において十二音技法をもちいて完成された劇的作品はシェーンベルクの小品喜劇『今日から明日へ』のみである。オペラ『モーゼとアロン』、オラトリオ『ヤコブの梯子』、ベルクのオペラ『ルル』は十二音技法で書かれた作品だが、いずれも完成にはいたっていない。またシェーンベルク初期のカンタータ『グレの歌』はヴァーグナーの影響を色こく感じさせる後期ロマン派的作品であり、ベルクのオペラ『ヴォツェック』はシェーンベルクが十二音技法を考案するまえの作品である。ヴェーベルンにいたっては劇的作品をまったくのこしていない。上記のように、音列技法をもちいた作品は緊密な構成を特徴とした純器楽的小品であることがおおく、代表的な作品を大規模な劇的作品でしめるアードリアーンは特異な存在である。ゼレーヌスはアードリアーンの作品の特徴をそれぞれ詳しく、能弁に説明しているが、この厖大な量の説明はほとんどが曲につけられたテクストへの熱狂的な共鳴で、曲の説明がいつのまにか選ばれた詩の説明にかわってしまう。アードリアーンは言う。

> 音楽と言語とは一体のもので、根本においては同一のものだ。言語は音楽であり、音楽は一つの言語である。そしてわけへだてられていると、常に一方がもう一方をよびだして、それを模倣し、その手段を役だて、もう一方の分身であることを常にほのめかす。(217)

アードリアーンは数多くのオーケストラ付き歌曲を書いているが、その説明も選ばれた詩に対する共感が大部分をしめる。ウィーン楽派においても歌曲はたしかに重要なレパートリーの一つであるが、それはトーマス・マンの場合のように選ばれた詩への文学的関心からくるというよりあくまで歌曲という形式の可能性への実験的要請からくるものである。

アドルノによるレクチャーをたよりにトーマス・マンはアードリアーンの上記の作品の室内楽的要素を強調しているが、ファウストゥス・カンタータに対する「嘆きの怪物的作品」(644)、あるいは「巨大な『ラメント』(それは一時間十五分を要する)」(645)といったゼレーヌスの形容からみて室内楽的要素を感じとるのはむつかしい。それはむしろベルリオーズやマーラーを想わせるロマン派的な大時代的作品の印象をあたえる。ロマン派最後の巨匠であるリヒャルト・シュトラウスの楽劇『サロメ』を聴いてアードリアーンは、「なんて才能のある人だろう！　革命家で幸運児、むこうみずだが迎合的。これほどまでに前衛性と確実に成功する見こみが親密に同居していたことはなかった」(207 f.)と多少揶揄するように言っているが、アードリアーンの音楽は基本的にはこの爛熟した後期ロマン派音楽と同根のものである。トーマス・マンは現代芸術の危機を克服するための手段としてアードリアーンの作曲方法に当時もっとも革新的だった十二音技法を導入したが、彼の音楽にしめされた標題音楽的大曲志向にはトーマス・マンの回顧的芸術観があらわれている。

トーマス・マンの保守的性向はこのほかユダヤ人あるいは女性のとりあげ方においても顔をのぞかせる。それはトーマス・マンの第二次世界大戦以後のヒューマニスティックな姿勢からいって意識的なものとは考えられず、まさに生まれねづいた無意識的な偏見といったもののように思われる。

この小説でもっとも嫌悪すべき人物として描かれているのはおそらくカイム・ブライザッハーなる民間学者であ

ろう。「まさにユダヤ人問題とそのとりあつかいについて、総統とそのとりまきに一度も完全には賛成できなかった」というゼレーヌスは、「そのひどく厭わしい」例としてブライザッハーをとりあげる（15）。「ユダヤ人のきたるべきもの、新しいものに対する鋭敏な感覚」によって彼はプレ・ファシスト的な反動的暴力革命をとなえる（378）。実際にはナチスによって大量虐殺されたユダヤ人がこの小説ではきたるべきナチス思想の代弁者となる。これは歴史的事象の一面をついたものかもしれないが、多数のユダヤ人のうちあえてこうした類型を選んでとりあげていることは、作家が彼らをすくなくとも好意的にはみていないことをものがたっている。またポーランドの貧民出身というザウル・フィテルベルクなる音楽マネージャーは、多くの暗鬱で深刻な性格をもった登場人物中唯一あきらかに道化役として登場し、その軽薄さと如才なさを発揮するが彼もまたユダヤ人である。彼自身は愉快な人物として描かれているが、この深遠な思想が交錯する小説のなかで唯一の俗物にユダヤ人が選ばれたことも偶然とは思われない。ゼレーヌスの筆致もいちおう好意的身ぶりをみせてはいるものの、あきらかに見下したものになっている。これら二人に関してはトーマス・マンも『『ファウストゥス博士』の成立』のなかで弁解しているが、(5) その弁解はまさに想定される批判の正しさを証拠づけるものである。(6)

この小説で主要な役割を演じるのはすべて男性である。登場する女性のなかではアードリアーンの所業を全面的にうけとめる二人の「母親」をのぞけば、ミュンヘンのロッデ婦人とその二人の娘イネスとクラリッサがアードリアーンの生涯にいくつかのエピソードを提供する。ブレーメンの市参事会員未亡人のロッデ婦人は「人生の終わりを人間的によりあたたかい環境で楽しむ」ためにミュンヘンにやってきて、娘のためという口実で「自分自身が享受し、ちやほやされたいために」サロンをひらいているという（261）。その長女イネスは「安定した市民生活による魂の庇護を求めて」結婚するが（381）、それに失敗し、破滅する。次女クラリッサは俳優を志すが、「ふさわしい天分に欠けていた」ために結婚しようとしてじゃまされ（380 f.）、やはり破滅する。男性たちがそれぞれの分野で自己を高めてゆくなかで、比較的前面にでてくる女性たちの運命はこうしたものである。彼女たちについてはいわゆる「女らしい」魅力が強調されるが、それぞれ受動的な運命をおわされ、根本的には愚かである。この小説には天分のある女性あるいは深刻な意志をもった女性は登場しない。おなじ破滅するにしても男性の登場人物たちと違って、彼女たちはなんら生産的なあかしをのこさない。これは身うちをモデルにしたものというが、当時の歴史的状況を反映したものであるにせよ、それに対する批判、あるいは前むきな姿勢はみられず、むしろこれら本筋に直接影響のないエピソードは同情の身ぶりでこうした状況を肯定している。結局幸福な人生をおくるのはアードリアーンの身のまわりの世話をする実に利他的な二人の「母親」だけである。またゼレーヌスは自分が若いころに「血のたぎりというよりは好奇心、虚栄心から、また私の理論的確信である古代の性的なものに対する率直な態度を実践にうつすために」「庶民の娘」と関係をもったが、「その子の教養のなさにうんざりして」、「うまいぐあいにこの関係を解消した」と言っているが、彼は自己の学問的理屈の傲慢さ、その性的・地位的特権意識にまったく気づいているふしがない（196）。その他アードリアーンに梅毒をうつした娼婦に関する「溝と化した、惨めな道具におちいった肉体」（206）、ゼレーヌスの妻ヘレーネについての「単純な彼女にもたえうる部分をこの文書から読んでやる」（600 f.）といったあまり快いものとはいえない言いまわしが目につく。作家がおそらくはなんのこだわりもなくつづったこの一連の女性描写には、男性にとって都合のいい女性の役割をむしろ積極的に肯定する姿勢がひそんでいる。(7)

『ファウストゥス博士』執筆中にトーマス・マンはバルザックの『十三人組物語』を読んで、その感想をこう記している。

私は途中『十三人組物語』をバルザックにふれるといつもそうであるように、いりまじった感情を懐きながら、すなわち彼の偉大さに魅了されながらも、その反動的な調子の社会批評、カトリック的陶酔、ロマンティックな感傷や大げさな調子に苛だたせられながら読んだ。(8)

これは「カトリック的熱狂」ということばをのぞけば、自分の執筆中の小説の特徴をつづったかのようである。テーマへの鋭いきりこみ、劇的構築力、該博な知識に裏うちされた素材の多様さなどを顧慮するとき、この小説のもつ力は実におおきい。作家の意図を考えれば、おそらく冒頭にあげたハンス・マイアーの分析はまとを射たものと思われる。実際様々なモティーフを駆使することによってドイツ精神を総括しようという意志は強力なものである。トーマス・マンはこの小説をとおして、ドイツ精神が結果的に世界に対して及ぼした災いを猛省する契機を提示することを願った。(9)しかしその批判的理念と表裏一体をなすように、ドイツの都市貴族「ブッデンブローク家」の末裔としてのトーマス・マンの保守的素姓が見え隠れする。ゼレーヌスは第一次世界大戦に敗れたとき、「十九世紀を包括するだけではなく、中世末、スコラ的拘束の打破、個人の解放と自由の誕生にまでさかのぼる時代、私が本来ひろい意味での精神的故郷とみなしていた時代、すなわち市民的人文主義の時代が終焉したという感情――その最後をつげる鐘が鳴り、生の変異がおこって、世界は新しい、まだ名のない星座にふみいろうとしているかのような感情」におそわれたという（468 f.）。このゼレーヌスのことばにはトーマス・マンの前の時代への郷愁と新しい時代をむかえた動揺が表れている。また「我々は敗れた。我々は戦争に負けた。しかしそれは一つの戦争に敗れたというだけのことではない。それは実際にはまさに我々が敗れたこと、我々の様式と精神が、我々の信仰と歴史が敗れたことを意味する」（233）ということばには、消えゆくふるいドイツへの悲嘆がうかがわれる。そのドイツへのつよいこだわりから、ドイツ精神を包括的に把握しようという意志が生まれる。それは一方でドイツ精神を体現しているという自負にねざしたもので、その自負とドイツ精神のネガティヴな側面を断罪するという理念との葛藤が矛盾した感情を生む。

しかし、ああ、私は恐れる、この野蛮な十年のあいだに、私のことばを理解せず、私も彼らのことばを理解できない一つの世代がそだってきたのではないか（……）。ドイツそのものが、この不幸なドイツが、私にとって疎遠な、まったく疎遠なものになってしまったのではないか。（669）

旧来のドイツ精神の否定は、トーマス・マンにとってアイデンティティの危機を意味する。それは作家である彼にとっては、その芸術観においても切実な問題である。[10]

十九世紀はすごく楽な時代だったにちがいない。前の時代の観念と慣習をふり捨てるのが、人類にとって今の時代ほどたいへんだったことはなかったろうから。（38）

アードリアーンのこのことばはそういった状況を暗示している。『ファウストゥス博士』を現代小説という観点から考察する研究が最近では盛んだが、[11] 彼の「同時代芸術家」アードリアーン・レーヴァーキューンの十二音技法とは対照的に、トーマス・マンの壮大な小説は十九世紀的文学の総決算としての位置をしめる。ジェルジ・ルカーチがこの「リアリスティックな」様式をとった小説のヒューマニスティックな姿勢を、保守的性向をしめしながらも未来を予感させるとして積極的に評価するのは、社会主義リアリズムという革新的理念と保守的芸術観が混在するこの批評家の立場を考えれば理解できる。[12] この小説にうかがわれる保守的素姓と批判的理念の葛藤は、それがまさに転換期の文学であることを意味する。[13] 冒頭にあげたケーテ・ハンブルガーが提示した疑問は、この葛藤から必然的に生まれる矛盾に起因すると思われる。

（1） Vgl. Hans Mayer, *Thomas Manns „Doktor Faustus". Roman einer Endzeit und Endzeit eines Romans*, in: *Thomas Manns „Doktor Faustus" und die Wirkung*, hrsg. von Rudolf Wolff, Bonn 1983, 1. Teil, S. 106–123.

（2） Vgl. Käte Hamburger, *Anachronistische Symbolik. Fragen an Thomas Manns Faustus-Roman*, in: *Thomas Manns „Doktor Faustus" und die Wirkung* (Anm. 1), 1. Teil, S. 124–150.

（3） Thomas Mann, *Doktor Faustus. Das Leben des deutschen Tonsetzers Adrian Leverkühn erzählt von einem Freunde*, S. 9, in: ders., *Gesammelte Werke in 13 Bdn.*, Frankfurt/M. 1974 (GW), Bd. VI. 以下この節における同作品からの引用は本文にページ数で記す。

（4） Vgl. dazu Hansjörg Dörr, *Thomas Mann und Adorno. Ein Beitrag zur Entstehung des „Doktor Faustus"*, in: *Thomas Manns „Doktor Faustus" und die Wirkung* (Anm. 1). 2. Teil, S. 48–91.

（5） Vgl. Thomas Mann, *Die Entstehung des Doktor Faustus. Roman eines Romans*, S. 280 f., in: GW XI, S. 145–301.

（6） Vgl. dazu Egon Schwarz, *Die jüdischen Gestalten in „Doktor Faustus"*, in: *Thomas Mann Jahrbuch* 2 (1989): *Zur Modernität von Thomas Manns „Doktor Faustus". Symposium an der University of California, Irvine 1988 unter der Leitung von Herbert Lehnert und Peter Pfeiffer*, S. 79–101.

（7） Vgl. dazu Brigitte Prutti, *Frauengestalten in „Doktor Faustus"*, in: *Thomas Mann Jahrbuch* 2 (Anm. 6), S. 61–78.

（8） *Die Entstehung des Doktor Faustus* (Anm. 5), S. 225.

（9） Vgl. dazu Paul Gerhard Klussmann, *Thomas Manns „Doktor Faustus“ als Zeitroman*, in: *Thomas Manns „Doktor Faustus“ und die Wirkung* (Anm. 1), 2. Teil, S. 92–112.

（10） フランクは啓蒙以降の芸術観をたどり、ロマン派の時代に生じた芸術信仰を『ファウストゥス博士』に看取する。Vgl. Manfred Frank, *Die alte und die neue Mythologie in Thomas Manns „Doktor Faustus“*, in: *Invaliden des Apoll*, hrsg. von Herbert Anton, München 1982, S. 78–94.

（11） Vgl. z. B. Hans Rudolf Vaget, *Thomas Mann und James Joyce. Zur Frage des Modernismus im „Doktor Faustus“*, in: *Thomas Mann Jahrbuch* 2 (Anm. 6), S. 121–150.

（12） Vgl. Georg Lukács, *Die Tragödie der modernen Kunst*, in: *Thomas Manns „Doktor Faustus“ und die Wirkung*, 1. Teil (Anm. 1), S. 34–83.

（13） コープマンはこの小説は社会解釈としての小説に終わりをつげるものであるとする。Vgl. Helmut Koopmann, *„Doktor Faustus“ – eine Geschichte der deutschen Innerlichkeit?*, in: *Thomas Mann Jahrbuch* 2 (Anm. 6), S. 5–19.

精神分析／「アウシュヴィッツ以後」の「大きな物語」
——『選ばれた者』

そこで彼女は時に痩せた美しい手を肘台の上でよじりあわせながら、時にとどこおりがちに、時に嗚咽につまった囁き声で、この極端な物語をすべてつつみ隠さずに語った（……）[1]。（傍点斎藤）

たしかに「極端な物語」ではある。この極端な、すなわち極端に劇的な物語の概要は以下のとおりである。

フランドル＝アルトワ公グリマルトにはながく子どもができなかったが、ようやくヴィーリギスとジビュラという双子の兄妹にめぐまれる。しかし出産がもとで公妃は死去してしまう。十七年後の父親が亡くなった晩兄妹は愛しあう仲となり、その後ジビュラは懐妊する。ヴィーリギスは十字軍へと旅だつがいきだおれとなる。密かに生みおとされた子どもは書字版をつけられ、金子とともに海に流される。

ノルマンディー諸島のとある島の漁師にひろわれた乳児は島のグレゴリウス修道院長に「グレゴリウス」という名まえをあたえられ、漁師の子として育てられたのち修道士として成長していく。しかし十七年後、彼を常にライバル視していた同い年の乳兄弟の挑発にのってけがをさせてしまい、養母によって孤児であることを知らされる。島をあとにしたグレゴリウスは騎士としてブリュージュに漂着する。この国は隣国に攻められているが、グレゴリウスは国を救い、そこの女性君主と結婚することになる。そして娘にもめぐまれるが、君主ジビュラはグレゴリウスが例の書字版をもっていることを知り、すべてを悟った二人は絶望する。

グレゴリウスはジビュラに地位をすて、窮民の世話をするように言いのこして贖罪の旅にでる。彼は人里離れた湖畔にたどりつき、ある漁師に湖に屹立する岩にみずからをおき去りにさせる。漁師はグレゴリウスに足枷をつけ、鍵を湖に投げ捨てる。

十七年後、グレゴリウスをローマ教皇にとの神託が下り、使者が湖にやってくる。例の漁師が釣り上げた大魚から鍵が発見され、湧き水で余命をつないでいたグレゴリウスはローマへと向かう。教皇の名声を聞きつけたジビュラはそれと知らずローマへの巡礼の旅にでる。感動の再会。グレゴリウスは母と娘に修道院を建ててやり、その後は皆平穏な日々をおくる。

エディプス

冒頭部分によれば、この「恐ろしいと同時に感動的な話を物語」っているのは(14)、「アイルランド人のベネディクト会士クレメンス」で、貴重な資料を収蔵していることで有名な中世学術の中心であった「アレマン人の国にあるザンクトガレンの修道院の、かつてノートカーが座っていた図書館に座っている」というが(10)、「どの時期に、我らが救済者の誕生後何年、何世紀に座っているのかは言わない」のだという(14)。

この冒頭部分に関しては、時間の抽象化等、「物語の精神」(10 usw.)という神秘的な言いまわしもあって恰好の議論の対象にされ、いろいろなことが言われてきたが、(2)実は「むかしむかし」のような超日常的世界への移行に主眼がおかれた物語世界へのいざないととるのが自然であろう。この「物語の精神」に導かれて、読者は「恐ろしいと同時に感動的な」、「極端な物語」の世界へとあゆみ入る。

このトーマス・マンの小説『選ばれた者』をヘルマン・クルツケは「キリスト教化されたエディプス」とよんだが、(3)この定式化は根本においてこの作品の本質をついている。(4)これに対してトーマス・マンが取材した中世宮廷詩人ハルトマン・フォン・アウエの『グレゴリウス』は、「エディプス伝説の中世＝キリスト教的かたち」ということができよう。ここで『エディプス』と『グレゴリウス』間の直接的影響関係云々は無意味である。『グレゴリウス』もやはり本質的にエディプスの精神、すなわち人間の元型的思考をあつかった神話的ディスクールであることは言うまでもない。

一方トーマス・マンの作品は当然精神分析のディスクールの洗礼をうけ、物語はエディプス・コンプレックスを意識し、より心理化されている。(5)したがってもうすこし正確にいえば、これは「キリスト教化されたエディプスの現代的かたち」である。

『エディプス』のテイレシアスのように諌める修道院長に対して、グレゴリウスは（エディプスのごとく）とり憑かれたようにまくしたてる。

「私は去らなければなりません。私が私でないことを知ってから、一つのことだけが頭についてはなれません、私自身への旅、私が何者であるかの探求ということだけが。」（109）

「ああ、神父様、私の両親、私を罪のうちにもうけ、罪人《つみびと》にした、懐かしい、罪ぶかい両親！　私は会わずにはいられません！　見つけだし、赦すと言えるまで、私は世界中を捜さずにはいられません。」（114）

こうしてグレゴリウスがジビュラの都ブリュージュの港へすいこまれるように漂着していく様は、実に宿命的である。みずからの素姓にとり憑かれた者の悲劇。「エディプス」と同じく、グレゴリウスは希望に胸をふくらませて意気揚々と破滅してゆくであろう。

ここではハルトマン・フォン・アウエの『グレゴリウス』との異同云々については、原則として問題にしない[6]。ハルトマンにかぎらず、この作品はモンタージュの銀河ともいうべき途方もなく厖大な引用の織物となっている[7]。しかしたとえばシェイクスピアの諸作品にはすべてモデルがありながら、それがまぎれもないシェイクスピアの独創となっているように、これはまさにトーマス・マンの独創作品というにふさわしいものになっている。素材としてはハルトマンを踏襲しながらも、この小説を長大なものにしている細部こそがその特性を決定づけ、それによってまさにトーマス・マンの作品としての個性が刻印されることになっている[8]。それは主としてその劇性に寄与することになる。これはすでにグレゴリウス伝説自体がはらむものではあるが、トーマス・マン作品においてはそれがきわだっているというか、特徴そのものとなっている。

ハルトマンにはない特徴の一例をあげるならば、ジビュラの罪に対する自覚があげられよう。彼女はすでに幼少時から兄であるヴィーリギスの占有を祈念している。たとえば十一歳になり、ヴィーリギスの男児としての成長を侍女たちが喜んでいると、「私があなたのものなのよ、――この希望《レスポワール》の！　このお友だちは私のもの。彼に好意をよせる女性の目はかきむしってやるわ」と言う（23）。子どもの話といえばそれまでだが、こういう挿話をあえて導入する言説に注目すべきである。ちなみに目は自身のおぞましい所業を知ったかのエディプス王が、みずからを懲罰（去勢）するためにつぶした器官であり、先に述べたとおりトーマス・マンの言説はエディプス・コンプレックス以後のものなのである。

また寡婦となったのち求婚者たちをかたくなに拒否するのは、実は贖罪のためなどではない。彼女は神に対してこう宣言する。

「あなたは私に女を、罪ぶかい女をみていたことでしょう、きっと。だけど私にそもそも女をみることはもうないでしょう。そのかわりに永遠にかたくなで、うちとけずに強情な苦痛の花嫁をみることでしょう。あなたは驚かれることでしょう。」(61)

ここに改悛のかげはまったくない。むしろみずからの正当性の主張と神への反抗である。「(……)しかしこうしたことすべては神にひれふしたからではなくて、神をすっかりまいらせ、驚かせるために、逆らってのことだった」(63)。トーマス・マン作品においてはこのジビュラの挑戦的姿勢がのちの悲劇の動機づけとなる。

その一方で兄の面影を色こくのこすグレゴリウスの求婚をあっさりとうけいれることは、彼女の近親者志向をうらづけるものである。すなわちトーマス・マンの小説には近親相姦に対するジビュラの贖罪意識を否定するような言説が強調的に導入されている。[9] これが彼女の一族の新たな悲劇を生む動因となる。こうしたことをトーマス・マンのテクストの細部ははっきりとしめし、物語の劇性に寄与する。

すべてがあかるみにでたときのグレゴリウスとジビュラの対話は、強烈な悲壮感と同時にどうしようもない閉塞感をも喚起する。

彼は尋ねた。「父上はどこですか？」

彼女は生気をうしなった唇でこたえた。「贖罪の途上で亡くなりました、あなたの懐かしいお父様は。あなたに私はあの人をみました。」

「私は似ているでしょうね？」

彼女は頷いた。(177)

ジビュラは実に意志的な女性である。ここで彼女は率直にみずからの心境を吐露している。しかしこの絶望のなかに幸福感もはらんだ状況のなか、グレゴリウスは去らなければならない。

「ヴィーリギス！」と彼女は心の底から叫んで、我にかえった。(181)

これはおもわずでた本音というものである。彼女は後悔していない。彼女は苦悩しながらも常にヴィーリギスを愛しつづけてきた。まさに彼女はグレゴリウスをとおしてヴィーリギスを愛した（しかしこの場合逆でも同じことである）。

これはきわめて人間的である。人間とは罪ぶかい存在なのである。驚くべきことに教皇となったグレゴリウスとの謁見の場で、ジビュラはこうした状況を率直に告白している。

（……）むしろ彼女は一目見たときから、子どもと夫が同一人物であることがわかっていて、気づいていることに気づかずに、みずからの子どもを夫にしたのだという。（254）

ジビュラは一貫して意志的であり、みずからに対して実に素直である。自己の罪ぶかさ、すなわち尋常ではない姦淫を告白しながらも生じてくる彼女の清潔感・気品の淵源はそこにある。またこの彼女の思いつめた人物造形は作者が追求したこの小説の劇性にもつながる。何も知らずに教皇に謁見したジビュラは以下のような表情をうかべる。

それから彼女は目を神の代理人に向け、敬虔に彼の顔を見つめた。この老いた女性は！　彼女は瞬きも忘れて、彼を凝視した。（251）

その後のながい懺悔と教皇の説諭をへたのちの二人の会話。

「わかってください、ジビュラ、私はあなたの息子です。」
（……）彼女は笑みと涙をうかべて言った。
「それはとっくにわかっていました。（……）猊下、一目で。あなたのことはいつでもわかります。」（257）

古代のエディプスと違って、この現代のエディプスは幸福な終局をむかえる。それは中世のキリスト教化されたエディプスの場合でも同じだが、トーマス・マンにおいてはこの幸福な結末が強調されている。それは一つには劇性の強調であり、他方においては生の強烈な肯定である。

他者の欲望

無意識とは他者のディスクールである。
人間の欲望とは他者の欲望である。(10)

グレゴリウスは無意識のうちに母を求め、さすらう。そして罪があかるみにでた結果なした苦行と贖罪の末、ふたたび母を獲得する。それはあたかもそれが苦行の目的でもあったかのようだ。

そもそもの始まりはジビュラとヴィーリギスの罪である。しかしそれにはさらに前史がある。グリマルト公がジビュラに幼少時から尋常ならざる愛情をしめしていたことはくりかえし述べられている。ジビュラが適齢期に達すると、近隣の君主たちが求婚におしかけてくるようになる。「しかしグリマルト公はすべて断った。誰にもジビュラをやりたくなかったからである」(31)。そして死期がせまると、ヴィーリギスに遺言として、「しかしわしの魂同様、おまえにこの、おまえの美しい妹をゆだねる (*befehlen*) が、あれに騎士である兄としての実をしめし、できるだけ早く同等 (ebenbürtig) の夫君をみつけてやるまで、けっして離れるでないぞ (……)」(34) と言う。以後この ebenbürtig ということばは物語全体を通じてくりかえし用いられ、エディプス的罪のキーワードとなる。数日後グリマルト公は亡くなるが、兄弟はその日のうちに罪をおかす。ヴィーリギスの欲望はグリマルトの欲望である。彼は父親の命令（befehlen）――ebenbürtig な者と結婚させること、あるいは彼女のもとをけっして離れないこと――をただちに実現した。もちろんそれはいくぶんひねくれたかたちではあるが。しかし無意識＝欲望とはひねくれたかたちで――その代表的なものは夢だが――顕在化するものである。

一方同様の遺命をうけたジビュラのほうは、その後さらにこの ebenbürtig にとり憑かれてゆく。ヴィーリギス亡きあとこの ebenbürtig に該当するのは、当然グレゴリウスだけである。

またもや彼が唯一同等（ebenbürtig）な者だったから、彼女はみずからの子どもを夫にしたのだという（254）。

ジビュラは ebenbürtig な者を求めよというグリマルトの欲望に応えるために、反復強迫的にみずからの息子＝父親／兄の生まれかわりを求めるであろう。ジビュラの欲望はグリマルトの欲望である。この欲望＝他者の欲望はグレゴリウスに転移する。みずからの素姓にとり憑かれ、「貴族の生まれであるということが、自分にとってとても意味のあることであった」若者は（117）、唯一 ebenbürtig な者である母親＝グリマルトの欲望の対象を求めるほかあるまい。すなわちグレゴリウスの欲望はグリマルト／ジビュラの欲望である。

これは一種の循環構造を形成する。ジビュラは「ローマにいとも偉大な教皇が出現したという噂を聞」く。グレゴリウスは「ひょっとすると彼の名声がいたる所に、つまり彼女のもとにも達するように、いとも偉大な教皇になったのではなかったか」。「そんなわけでこの女性のなかに、老いの日々にローマの聖なる教皇のもとへ巡礼する決心が熟していった」（以上 246）。ジビュラのローマへの願望はグレゴリウスの母への欲望である。ジビュラの無意識には他者＝グレゴリウスのディスクール（母をローマにみちびくという企図）が書きこまれている。こうしてグリマルトに始まる欲望の連鎖は、ジビュラがかつてエディプス的関係をもった息子＝父親（Papst）のもとにたどりつくことに帰結する。

中世のエディプスはこうした構図をえがいてはいない。『選ばれた者』が発表された一九五一年当時は、ラカンが世界的注目をうけはじめた時期にあたる。彼の中心的テーゼである鏡像段階論が発表されたのは一九四九年、[11] さらに象徴界／想像界／現実界を提示した世に名だかいローマ講演は一九五三年のことである。[12] 中世のエディプスと違って現代のエディプスは、やはり精神分析以後の時代、精神分析の現代的問題が確立されつつあったころのエクリチュールである。

ファウストゥス

二人が互いの存在を確認するまえ、ジビュラの懺悔に対して、教皇としてグレゴリウスは言う。

「あなたの罪はおおきく、極端なものです。」（255）

知られているとおり、この作品は前作『ファウストゥス博士』から派生したものである。[13] 『ヨセフとその兄弟』、『ファウストゥス博士』、『選ばれた者』と、トーマス・マンの晩年の長篇のテーマは一貫して信仰と救済である。[14]

『ファウストゥス博士』の主人公であるアードリアーン・レーヴァーキューンの作品の一つに、ほとんどの中世文学の素材の源泉とされるキリスト教説話集『ゲスタ・ロマノルム』に取材した劇的作品があるが、そのなかの第五曲が「教皇グレゴールの出生」である。この物語について『ファウストゥス博士』の語り手ゼレーヌス・ツァイトブロームは、「出生の罪ぶかい異常さがすべてなのではなくて、主人公の驚くべき事情はすべて、彼が最終的にキリストの代理人にたかめられたことへの障害にならなかったばかりか、彼はまさにそれゆえに神の不可思議な恩寵によって、特に召命され、予定された(15)」と説明している。つまり罪の極端さが救済と天命の根拠となったという。

その後悪魔との契約の年限がきれたアードリアーンは、伝説のファウストさながらに友人・知人を集め、悲壮をきわめた贖罪と別辞を述べる。

「私の罪は赦されるにはおおきすぎたので、改悛しながらも、恩寵と赦しの可能性を信じないことが、永遠の善意への最高の挑発であるかもしれないと頭のなかで憶測し、自分の罪を最高のものにしましたが、こうしたあつかましい打算は、慈悲を完全に不可能にすることもわかっていました。けれども私はそれに基づいて、さらに憶測を続け、こうした極限の邪悪さが、かの善意にとって、みずからの無限性を証明することへの最大の刺激になると計算しました。その後もこの調子で、こうして私は天上の善意、あるいは私の憶測のどちらがとめどないのかという最低の競争をおこないました(……)(16)。」

アードリアーンの生涯は芸術活動という罪ぶかい行為を自負のみによって全うするという、彼のモデルとなったニーチェ的な神への挑戦である。一方でアードリアーンはやはりニーチェのように発狂するが、グレゴリウスの挿話がしめしているように、ここにはよわい人間の悔悟による神の救済が暗示されている。

『選ばれた者』においてこのことが前景化されるのは、やはりグレゴリウスとジビュラが自分たちが親子であって夫婦であるという絶望的状況を知った場面である。グレゴリウスは修道院での修行を想起して言う。

「私は主が真の後悔はすべての罪に対する贖罪としてうけとめてくださるということを学びました。」(179)

しかしそれには信じること、神への信頼感が必要である。全面的な信服には心の清澄さが不可欠だからだ。

「人間が自分自身に絶望するのは自由ですが、神とその広大な恩寵に絶望することは許されませんから。」(Ebd.)

そのためには罪にみあった贖罪が求められる。アードリアーンの場合、発狂をともなう懺悔によって彼の芸術と魂は救済された。グレゴリウスにも同様の苛烈さが要求される。

「しかし私はここを去って、贖罪に、しかも尋常ではない贖罪に身をささげます。この世で私ほど罪にそまった人間は、全然いないか、まったくまれでしたから――（……）。」(180)

グレゴリウスのこの確信――極端な罪の極端な贖罪による救済――は彼が教皇に選ばれたのちも一貫している。ジビュラとの再会の場面で彼は十七年前に彼女の前でおこなった主張をくりかえす。

「この極端な徹底性はよりおおきな贖罪になります（……）。主はすべての罪人《つみびと》に対して、真の後悔を贖罪としてうけとり、魂がまだどれほど病んでいる人間であろうと、――目が一時《いっとき》でも心からの後悔に濡れれば救われるのです。」（255）

この作品のプロット――罪人グレゴリウスの戴冠――自体がこの主張をうらづけようとしている。晩年の二つの長篇では罪の極限化の結果、それでもあるいはそれゆえに愚かな人間が救済されうるという罪と救済のダイナミズムと神の慈悲の無限さが問題にされている。

「アウシュヴィッツ以後」の「大きな物語」

このメタ言説（哲学）がはっきりとしたしかたでなんらかの大きな物語――「精神」の弁証法、意味の解釈学、理性的人間あるいは労働者としての主体の解放、富の発展――に依拠しているとすれば、みずからの正当化のためにそうした物語に準拠する科学を、我々は「モダン」とよぶことにする。（……）こうして、正義もまた真理とまったく同じ資格で、大きな物語に準拠するようになる。

極度の単純化をおそれずに言えば、「ポストモダン」とはまずなによりもこうしたメタ物語に対する不信感だと言えるだろう。(17)

リオタールがこうした理念あるいはドクサを「大きな物語」と比喩化しているのは、伝統的な物語作品というものがまさにそうした従来的価値観を体現している装置であるからだ。ここはリオタールを解説する場ではないが、たとえば「富の発展」を追求した結果人類が幸福になっているか、あるいは「アメリカの正義」と「イスラムの正義」が両立するか等を考えれば、現代人にとってこうした「大きな物語」を素朴に信じることが、いかにむつかしいことになってきているかあきらかであろう。したがって現代において従来的価値観によって作品を書くことは盲目にひとしいということになる。

しかしトーマス・マンは「非政治的」なデビュー当時からヒューマニスティックな晩年にいたるまで、この比喩的な「大きな物語」に則った、文字どおり「大きな物語」を書き続けた。一貫して彼の信条が保守的であり、その手法が伝統的であるということは否定するべくもない。もちろん彼の作品を革命的手法によって論じ、それがはらむ未聞の側面を顕在化させることには重大な意味があるが、たとえばトーマス・マンの革新性あるいは前衛性といったことをとなえることは議論のための議論といわざるをえない。

『ファウストゥス博士』執筆中ドイツは連合国に占領される。このドイツ史上空前のでき事をまえに、あたかもナポレオンの侵攻を目のあたりにしたヘーゲルのように（しかしまったく逆の意味での衝撃をうけて）、トーマス・マンは言う。

当初から無にとり憑かれていた無意味な支配のもとにあったドイツの拷問室の厚い壁は破られ、我々の恥辱は世界の進駐軍の目に曝されたが、その信じがたい光景をいたる所で見た彼らは、それを人間が想いえがきうるおぞましさをはるかに凌駕していると母国に報告している。（……）そもそも将来「ドイツ」が人間に関する事がらについて、なんらかのかたちであえて口を開くことが、いったい許されるべきだろうか[18]？

トーマス・マンといったが、ここで語っているのは実は『ファウストゥス博士』の語り手ゼレーヌス・ツァイトブロームである。しかしこの唐突で物語上きわめて不自然な時事的発言は感情を抑えられなくなった作家の生の声であるとみてまちがいない。

「アウシュヴィッツ以後、詩を書くことは野蛮である」[19]。芸術創作の罪ぶかさを問題にした『ファウストゥス博士』はアウシュヴィッツ時代の作品である。しかし現存在としての人間の罪が問われている『選ばれた者』はアウシュヴィッツ以後の作品である。トーマス・マンはアウシュヴィッツ以後も「大きな物語」を書きつづける。ここまで極端な罪を犯す人間に救いの余地はあるのか？　トーマス・マンは「ある」ことに賭ける。否、信仰に賭ける。信仰の本質は救いを信じることにある[20]。トーマス・マンは実に精神分析以後の時代、「アウシュヴィッツ以後」ゆえにこの信仰に賭ける[21]。その背景をなすのは生への信頼、つまり「物語」＝人間的価値観への信頼である。

（1）　Thomas Mann, *Der Erwählte. Roman*, in: ders., *Gesammelte Werke in 13 Bdn.*, Frankfurt/M. 1974 (GW), Bd. VII, S. 253. 以下この節における同作品からの引用は本文にページ数で記す。

（2）　この作品の語りの分析については、vgl. Benedikt Jeßing, *Der Erzählte. Roman eines Romans. Zu Thomas Manns „Der Erwählte"*, in: *Zeitschrift für deutsche Philologie* 108 (1989) 4, S. 575–596.

（3）　Hermann Kurzke, *Thomas Mann. Epoche – Werk – Wirkung*, München ^{3}1997, S. 285.

（4）ベアーテ・ミュラーはこの作品をエディプス伝説の末裔として、神話＝構造分析を試みている。Vgl. Beate Müller, „… *über den Sprache ist die Sprache*“. *Mythogene narrative Strukturen in Thomas Manns Roman „Der Erwählte“*, in: *Weimarer Beiträge* 42 (1996) 2, S. 207–230.

（5）もちろんトーマス・マンはフロイトを読んでいるほか、二人には交友関係がある。ソフォクレスの『エディプス王』、精神分析、聖書等、この作品のモティーフへの多様な影響関係についての資料分析は、vgl. Klaus Makoschey, *Quellenkritische Untersuchungen zum Spätwerk Thomas Manns. „Joseph der Ernährer“, „Das Gesetz“, „Der Erwählte“*（Thomas-Mann-Studien XVII）, Frankfurt/M. 1998, S. 123–235.

（6）これについては中高ドイツ語文学の専門家であるベルンヴァルト・プラーテが検討している。Vgl. Bernward Plate, *Hartmann von Aue, Thomas Mann und die „Tiefenpsychologie“*, in: *Euphorion* 78 (1984) 1, S. 31–59.

（7）この小説の特徴といえる厖大な素材・引用の典拠については、vgl. Hans Wysling, *Thomas Manns Verhältnis zu den Quellen. Beobachtungen am „Erwählten“*, in: Paul Scherrer und H. W., *Quellenkritische Studien zum Werk Thomas Manns*（*Thomas-Mann-Studien* I）, Bern, München 1967, S. 258–324.

（8）こうした資料の集積と独創性の関係については、vgl. Helmut Koopmann, *Der Erwählte*, 510 ff., in: *Thomas-Mann-Handbuch*, hrsg. von H. K., Stuttgart, ^{3}2001, S. 498–515.

（9）この辺の議論についてはこの小説を愛一般の讃歌ととらえるライヒ＝ラニツキの議論を参照されたい。Vgl. Marcel Reich-Ranicki, *Über den „Erwählten“ von Thomas Mann*, in: *Thomas Mann Jahrbuch* 4 (1991), S. 99–108.

（10）Jacques Lacan, *Ecrits*, Paris 1966, S. 814.〔ジャック・ラカン（佐々木孝次訳）「フロイトの無意識における主体の壊乱と欲求の弁証法」三二五ページ／『エクリ』（Ⅲ）弘文堂（一九八一）二九五―三四五ページ。ただし訳語は変更してある。〕

（11）ジャック・ラカン（宮本忠雄訳）「〈わたし〉の機能を形成するものとしての鏡像段階」『エクリ』（Ⅰ／一九七二）一二三―一二四ページ参照。

（12）ジャック・ラカン（竹内迪也訳）「精神分析における言葉《パロール》と言語《ランガージュ》活動の機能と領野」『エクリ』（Ⅰ）三二一―四四五ページ参照。

（13）コープマンは『選ばれた者』を『ファウストゥス博士』の Gegenroman と呼び、両者の関係を詳細に検討している。Vgl. Koopmann, a.a.O., S. 498 ff.

（14）この議論に関しては、vgl. Ruprecht Wimmer, *Der sehr große Papst. Mythos und Religion im Erwählten*, in: *Thomas Mann*

Jahrbuch 11 (1998), S. 90–107.

（15）GW VI, S. 422.

（16）GW VI, S. 666.

（17）ジャン＝フランソワ・リオタール（小林康夫訳）『ポスト・モダンの条件――知・社会・言語ゲーム』水声社（一九八六）八、九ページ。ただし訳語は変更してある。

（18）GW VI, S. 638 f.

（19）Theodor W. Adorno, *Kulturkritik und Gesellschaft*, S. 30, in: ders., *Gesammelte Schriften*, hrsg. von Rolf Tiedemann unter Mitwirkung von Gretel Adorno, Susan Buck-Morss und Klaus Schultz, Bd. 10, Frankfurt/M. 1977, S. 11–30.

（20）ゾンマーは『選ばれた者』に人間の救済志向を人道主義的に充たすものとしての文学の役割をみている。Vgl. Andreas Urs Sommer, *Neutralisierung religiöser Zumutungen. Zur aufklärungsträchtigkeit von Thomas Manns Roman „Der Erwählte“*, in: *Traches of Trancendency. Religious Motifs in German Literatur and Thought*, hrsg. von Rüdiger Görner, München 2001, S. 215–233.

（21）一方ノイマンは『選ばれた者』に野蛮に対抗する伝統的文化としての宗教の役割をみている。Vgl. Michael Neumann, *Thomas Mann. Romane*, Berlin 2001, S. 186.

第五章　現代神話の創出
――ヘルマン・ブロッホの社会批判小説――

ヘルマン・ブロッホは二十世紀前半というまさに「モダン」の真っただなかで、文学の使命ということを常に念頭におきながら、いささか時代錯誤的にひたすら長大な小説を書きつづけた。世界情勢・社会・モードが目まぐるしく変わるこの時代に、なぜ彼は長篇小説という伝統的なスタイルを選択したのか。

ここでとりあげるのは『夢遊病者たち』、『呪縛』、『罪なき人々』。この三つの小説には「現代社会批判」という共通した性質をみいだすことが可能だろう。もう一つの代表作『ヴェルギリウスの死』は現代における文学者の使命に関してブロッホがだした結論であり、いわば作家の綱領文というべきものである。

上記三小説それぞれにおいて「社会批判」は聖書のモティーフによって現代の神話を構築しようという意志にささえられている。

『夢遊病者たち』――モダンの弁証法

二十世紀前半のオーストリアの二人の作家ローベルト・ムージルとヘルマン・ブロッホは本人どうしが互いに意識していたこともあって、[1]よく比較の対象にされる。私はこの両者が実はあまり共通点をもちあわせていないというところを出発点とする。緊密な構成と綿密な心理描写を特色とするムージルに対して、ブロッホのテクストを特徴づけているのはいくぶん矛盾をはらんだ錯綜した思考形態である。すなわち巨視的な物語構成と黙示録を想わせる神秘的・預言者的身ぶり。さらにつけ加えるとすればきわめてスタイリッシュな嗜好にささえられた文体。これらが渾然一体となって、彼の小説世界は異様な迫力と緊張感をおびるにいたる。

たとえば『夢遊病者たち』。第一小説「一八八八年／パーゼノーあるいはロマン主義」、第二小説「一九〇三年／エッシュあるいはアナーキー」、第三小説「一九一八年／フーゲナウ、[2]あるいは即物主義」というきわめて図式的な表題がしめしているように、[3]ブロッホはこの三部作において世紀転換期のドイツから三つの切断面を抽出し、それぞれの時代相を体現する人物を設定することによって表題にかかげられた時代の特性を提示し、世紀転換期ヨーロッパの精神史を壮大に描くことをもくろんだ。こうした創作態度はいわばはじめから答えがあたえられた問いのようなものである。すなわち読者は読むまえからある程度小説の内容がわかってしまう、あるいは読後感を強要される。[4]これはむしろ伝統的・保守的な創作観念によるものであると思われる。たとえばよく実験的技法が云々される第三小説[5]はジョイスの『ユリシーズ』、ドス・パソス[6]その他の前衛小説の影響のもと、エピソード[7]・演劇的場面[8]・抒情詩[9]、そして「価値の崩壊」という自己参照的な論文[10]やアフォリズム[11]等を物語並行的に混入させ、さらに登場人物たちをこれらの部分にも登場させることによってパースペクティヴの相対化を図り、時代を多層的に描こうとする。[12]一方でそれが妙にちぐはぐな印象をあたえるのは、『ユリシーズ』とは対照的にそれぞれの部分が驚くほど写実的に書かれているからである。これは当初は小規模だった作品の構想がだんだんふくらんでいって、しだいに雄篇に成長してゆくという小説を書く際のブロッホのいつもの改稿癖にも関係している。[13]すなわち『ユリシーズ』その他を読むまえに書かれた三部作第一稿ではまだ実験的手法がとりいれられていない。[14]つまりこの小説は本来写実的作品として構想されたといっても過言ではない。[15]しかしブロッホの小説の現代性はまさにこの古風さにひそんでいると思われる。

第一小説の中心人物である陸軍中尉ヨアヒム・フォン・パーゼノーは、一見温厚篤実でロマンティックな性質のもち主である。また軍服や規律・秩序といった「因習」だけを生活のよりどころとする保守的な小市民である。この軍服のテーマは思考停止の象徴として作中執拗に分析されることになる。[16]パーゼノーは軍服を秩序と同一視し、それは彼のアイデンティティを保証する根拠となる。[17]それに対して市民生活においては「すべてが無秩序で、職階もなく、規律もなく、正確さもない」(68)としてこれを忌避する。それは現実社会すべてからの逃避を意味し、名目だけのものをよりどころとする権威主義である。また極端に潔癖な彼は婚約者エリーザベトを夫婦生活にまきこむことを躊躇するが、その実飲み屋の女ルツェーナとの色ざたにのめりこんでゆく。そしてエリーザベトとの結婚を打算から決意すると、絶望したルツェーナをあっさりとすてさる。ルツェーナは第二小説では見せ物小屋の女プロレスラーに応募するほどまでにおちぶれて登場する。パーゼノーは一方で軍籍離脱した友人のエドゥアルト・フォン・ベルトラントにコンプレックスを懐く。この市民生活を体現しているかのような人物は物語全体のアンタゴニストということができる。[18] パーゼノーは彼を自分にとってのメフィストであるとイメージしていて、[19] 彼によってみずからの罪が次々とあかるみにでることが神意であると信じこみ、彼を嫌いながらもはなれることができない。ベルトラントは帝国の植民地経営をロマン主義にすぎないと言いきるが、このことをパーゼノーはまったく理解できない。パーゼノーはルツェーナ、エリーザベトがそれぞれベルトラントの恋人であると思いこむが、ベルトラントは実際には悟られないように優柔不断なパーゼノーと慎ましすぎるエリーザベトとの結婚をおぜんだてし、ルツェーナに撃たれて重傷をおいながらも彼女との手ぎれにかたをつけてやっている。この一連のでき事にパーゼノーはまったく気がつかず、この期におよんでまだベルトラントを疑っている。こうして頑迷で利己的・偽善的である彼の本性《ほんせい》がしだいにあきらかになってゆく。第三小説ではこうした心性が結局は不正と暴力に荷担してしまうことが暴露される。このテーマはのちの『罪なき人々』でさらにふかくほりさげられることになるが、[20] こういう受動的人物に対するブロッホの批判の目は実に厳しい。

第二小説は労働者階級の世界。ここでの中心人物、会計係のアウグスト・エッシュは「母親の顔もろくにおぼえていない」「みなしご」(209) の身からはい上がったなり上がり者。彼は「人間の善悪ではなくて、なんらかの力関係の善悪によって世界は秩序づけられている」(270) という悲壮な人生観のうえにたち、金と出世のためには手段をえらばない酒と性欲におぼれる暴力的アナーキーであり、知りあいたちの労働組合運動や救世軍の慈善活動などを軽蔑している。彼の行動規範は見せ物小屋のハンガリー人女性イロナの「人間は皆平等であり、誰も他人に善意をほどこすことなどできない」(366) ということばに象徴されるもので、「人は孤児でありつづける」(377) というきわめてペシミスティックなものである。その一方で常に「良心の呵責」を感じていて、「愛による救済」(217 f.)、「善意」(241)、「愛とは巨大な無縁さだ」(296)、「未来のためのみずからの犠牲と、おきたことに対する贖罪」(326)、

「人はなによりも真の完全な愛への道をみいださねばならない」（377）といった想念にもつよく惹かれ、純粋な愛と誰もが平等で不正のない社会「秩序」を夢みる「正義」感のつよい理想主義者でもある。

　第三小説の舞台は第一次大戦末。物語は終末へとむかって求心力をつよめ、黙示録的世界が現出する。ここでの中心人物はエルザスの商人、ヴィルヘルム・フーゲナウ。彼はさしたる理由もなく戦線を離脱した脱走兵である。モーゼル地方のある田舎町にたどりついた彼は、不正と詐欺をくりかえし、今や反体制主義者となっているエッシュの新聞社をのっとり町の名士になり上がる。反動的・権威的な町の司令官として少佐に復帰したパーゼノーは、エッシュとともに聖書の信仰にひきこもり、フーゲナウに利用されるままになっている。即物的人間をまえにして、今や第一小説・第二小説の主人公はともにまったく無力化してしまう。戦争末期の混乱のなかフーゲナウは嫌悪感しか懐いていないエッシュの妻を凌辱し、衝動的にエッシュを殺害する。戦後はただ有利であるというだけの理由でフランス国籍を取得し、エッシュの妻を恐喝してさらなる金を奪いとる。また持参金目あての結婚のためにプロテスタントに改宗するという条件にあっさり応じる。彼の行動はきわめて合理的な計算に基づくものであるが、およそ感情というものを感じさせず、テクストで「業界のあいだでは評判もよく、良心的で慎重な商人であった」（693）と強調されているだけに、その無気味な冷酷さ、即物性がよけいにきわだつ。

　こうした職業や階級による類型的な人物設定をみると、ブロッホの世界構築がかなり図式的なものであることがわかる。一方においてこの三人の中心人物たちの性格づけが、それぞれ時代の特性を的確にとらえているかどうかにも疑問がのこる。彼らのうちもっとも強烈で印象的な人物は、おそらく現代の即物性を無気味に象徴するフーゲナウであり、読者にもっとも興味を懐かせるのは、作家自身を想わせるアンタゴニスト、ベルトラントであろうが、[21]さらに問題をはらみ、そしてまちがいなくブロッホがもっとも問題にしていたのは、実はパーゼノーである。たとえば第一小説でパーゼノーの兄ヘルムートが決闘で命をおとしたでき事について、ベルトラントはある問題を提起する。パーゼノーがヘルムートの死をごく自然に「名誉」(59 f.) ととらえているのに対して、ベルトラントは「ほんとうに変だよ。機械と鉄道の世のなかで生活していてさ、鉄道がはしって、工場がうごいている時代に、二人の人間が向きあって、撃ちあうなんて」(59) と言う。そして「生活感情というものはいつでも半世紀、時には一世紀くらい実際の生活からおくれてしまう。(……) 考えてみろよ、レッシングとかヴォルテールとかいった連中がさ、その時代に車裂きの刑が行われるのをたいして憤慨することもなくうけいれていたんだよ、みごとに下からひき裂かれるのをさ」(60) とつけくわえる。ベルトラントはこうした心性を新たな局面に対応もできなければする気もないという意味をこめて「感情の怠惰」(60) と定義する。これは「感情の因習」、「保守主義」、「ロマン主義」(60) と言い換えられ、人間がその属性として宿命的におびる思考停止傾向が前景化される。

ところでこの議論はこの小説におけるブロッホの構想にあきらかに矛盾する。というのもブロッホの意図は時代の切断面を抽出し、それぞれの時代相を描出しようというものであって、第一小説では一八八八年前後の時代的特性が「ロマン主義」の名のもとに象徴化されていたからだ。しかしここでテクストはロマン主義あるいは保守主義は啓蒙主義時代にも存在するといってしまっている。つまりパーゼノーは一八八八年前後の精神形態を象徴しているのではなく、むしろ時代をこえて存在するロマンティスト=保守主義者を代弁しているということになる。パーゼノーのロマン主義に徹底的にこだわるベルトラントは、別のところでは以下のような議論を展開する。

ヨアヒムとルツェーナはその性質に関していえば、自分たちの時代、年齢においついていない存在であって、むしろどこか別の所、ひょっとすると別の星や時代あるいは幼児期とよりふかい関係があるように思われた。

そもそも様々な時代の人間が同時にいりみだれて生きているばかりか同世代だったりすることが、ベルトラントには奇異にうつった。だからこそ人間はよるべないもので、互いに合理的に理解しあうことはむつかしい。(90)

ここでもブロッホの図式的思考、体系志向がはっきりとその姿をあらわす。そもそも「その性質に関していえば、自分たちの時代、年齢においついていない」とはどういうことか。これは時代あるいは年齢に特有のメンタリティが存在するということをはじめから想定した議論である。「むしろどこか別の所、ひょっとすると別の星や時代あるいは幼児期とよりふかい関係にあるように思われ」るという発言も、それぞれの星、時代、人間の人生過程にはそれにふさわしい性質があることを前提にした議論である。しかし実際にはそのようなものは存在せず、パーゼノーはまぎれもなく同時代、同世代の地球人だから、「ベルトラントには奇妙にうつ」る。「合理的に理解しあうことはむつかしい」のは、「様々な時代の人間が同時に入りみだれて生きているばかりか、同世代だったりする」からではなく、イデオロギーを異にする人間が共存しているからにすぎない。

『夢遊病者たち』でブロッホが提示してみせる人格の定義づけは現在も有効である、というよりも、この三つの人物類型は実は歴史的特性ではなくて現代人の三類型を抽出したものである。この小説の現代性は時代史を描きるという作家が追究した通時的問題意識よりも[22]、その優れた共時的分析にある。三つの小説に共通するのは、主人公以外の人物もふくめた現代人の「疎外」である。それをブロッホは「夢遊」の状態とよぶ。全篇をとおして「無縁(fremd)」、「不安(Angst)」、「孤独(einsam)」、「独り(allein)」といったことばが執拗にくりかえされる。だからたとえばコープマンが試みるこの小説の書かれた時代を反映し(ハイデガー)、そしてコープマン自身がうけてきた影響を反映した（サルトル）、まさに二十世紀を代表する思想の一つである実存主義的解釈というようなものも説得力をもつのである。[23] 一方ブロッホの意図は十九世紀転換期ドイツの社会相を図式的に叙述しようとしている点で体系的＝保守的歴史観に基づいたものである。その体系志向と彼がつよく意識した前衛的手法とのあいだにはおおきなずれが存在している。[24] この前衛的手法と意図が完全に融解し高い完成度をしめしているのは、晩年の長篇『ヴェルギリウスの死』[25]ということになろう。『夢遊病者たち』においては前衛的手法にみずから敵対するかたちで、十九世紀的＝ヘーゲル的な体系志向が創作理念の根幹を形成しているが、それがあざやかに分析しているのは実は現代社会の本質である。[26] 一方で前述のとおりここで駆使されている前衛的＝現代的手法をささえているのは、実は写実的＝伝統的文体である。またブロッホの通時的な意図はうらぎられているものの、描かれた世界はまさに二十世紀のディスクールそのものというべきものである。このように意図と手法を結果がうらぎる脱構築的な過程が、この小説をむしろ印象ぶかいものにしている。

さて現代史を小説で叙述するにあたってブロッホがイメージした形式は、またしても神話である。[27] 現代を神話という人類最古のナラティヴによって構成しようというのは、これもまた革命的なまでに保守的な創作姿勢といえる。この小説でブロッホが特につよく意識したのは「ヨハネの黙示録」であったと思われる。ブロッホは黙示録を語るヨハネさながらに預言者的身ぶりで時代の再構成を試みる。特に第三小説では「価値崩壊論」の執筆者と称する哲学博士ベルトラント・ミュラーというみずからが登場する「救世軍」のエピソードの語り手が、小説全体においても解説をくわえながら物語るという体裁をとって、[28] 価値の崩壊した世界の混沌状況が終末論的イメージにかさねあわせて提示される。ところでこの黙示録的イメージの中心を形成しているのは「アンチキリスト」のモティーフである。これが最初に登場するのは第二小説でエッシュがベルトラントのもとを訪れる、いわゆる「夢の章」[29]においてであるが、ここではかなり意図的に幻想的雰囲気がかもしだされている。ここでベルトラントは「認識し、愛をほどこす救済者に席がもうけられるためには、多くの者が死なねばならず、多くの者が犠牲にならねばならない。そして彼の犠牲死をまって、世界は救済され、新たな無垢の状態にいたる。しかしそのまえにアンチキリストがやってこなければならない――狂った、夢のない者が。まず世界が真空にならなければならない、排気鐘の中のように虚ろにされて……無に」(338)と言う。この神秘的なことばはファシズムとヒトラーを想起させずにはおかないが、そこにひそんでいるのは逃避的で実にロマンティックな思考形態である。私見によれば、これこそ作家としてのブロッホの特質であり、限界である。こうした思考様式は詩的芸術としては実に美しい。しかしそれは迫りくる現実の苛烈さをまえにしてあまりにも虚無的だ。ファシズムという現実はここでは西洋的価値観の崩壊という終末論的歴史観にすり替わってしまっている。一方でこの預言者的身ぶりがこの小説の異様な緊迫感をたかめていることも確かである。(30)

このモティーフは第三小説においても反復される。まずその第五十九章「饗宴あるいは救済についての会話」という、問題の戯曲形式による部分である。先の「夢の章」もそうだがこのモティーフをもちだすとき、ブロッホは意識的に小説上のリアリティを一時停止させる。この場面では散文に突然演劇的場面を挿入することによって、登場人物たちの発言がアフォリズム的効果をあげるように意識されている。ここでのエッシュの発言。「……それにはまずあやまちを一掃し、秩序を生みだす者がやってこなければならない……犠牲的な死をみずからひきうけ、世界を救済して、新たな無垢へと導く者が……」(553)。さらにこのモティーフは最終章において価値崩壊論と統合され、意識的にパースペクティヴの融解が試みられるなか小説全体が締めくくられる。世界が混沌状態におちいっても、ここで最終的にのこるものは希望である。最終章では民衆の「指導者への渇望」(714)というかなり具体的なイメージについて語られている。つまりアンチキリストたるヒトラーが登場するのは救済への準備にすぎないということになる。こうした黙示録的想念がこの小説を感動的なものにしているが、これは逆にブロッホ自身が糾弾する受動的姿勢につながり、結局ナチスを容認することになってしまう。すなわち結果的にナチスに歴史的必然性を付加することになる。しかしナチスに対して批判的であるならば、いかなる理由があろうともその存在を容認するような言説はさけるべきであろう。これは戦後の『罪なき人々』のモティーフである。この反大衆小説によってブロッホは戦前のみずからの「無責任な」姿勢を批判しているのだ。

こうした神話的＝終末論的イメージと抽象的に暗示される「希望」のモティーフは『夢遊病者たち』にかぎらずブロッホの小説をつよく特徴づけているものの一つである。この神話的手法が一つの極点に達しているのはブロッホの次の長篇『呪縛』[31]であると思われる。上掲の引用は『呪縛』の「ほんとうの救済者はいつも偽物を先によこして、机をきれいにさせる」というアンチキリストに関する記述とほとんどうり二つである。[32]『呪縛』においてはアンチキリストのイメージはかなりはっきりとヒトラーにむすびつけられている。そこでは西洋的価値観が崩壊した混沌状況にアンチキリストが現れ世界は大混乱におちいるという図式に、四季の循環を背景とするデメテルの再生神話がかさねあわされ、最後に希望が暗示されて終わる。一方『夢遊病者たち』においてアンチキリストを演じるフーゲナウは、『呪縛』におけるマリウスほどカリスマ性をおびるにはいたっていない。ここではナチズムの恐怖はまだ曖昧な不安として、それだけに無気味な予感としてブロッホの歴史観にその動機をあたえている。

『夢遊病者たち』はこうした神話的イメージによって独特の小説世界を構築することに成功しているが、それが決定的意味あいをになっている『呪縛』とは違って、ここでそれはあくまでも重要な要素の一つである。『夢遊病者たち』の巨大な小説空間を形成しているのは様々な要素の重層的効果である。それはたとえば前衛的・実験的関心に由来する多層的パースペクティヴの導入であり、これもこの小説に独特の色あいを付与している。しかし前衛的手法も『夢遊病者たち』の場合、決定的要因にはなっていないということは先に述べたとおりである。たとえば第三小説に挿入された様々なエピソード群、特に「左官屋・後備兵ゲーディケ」、「ヤレツキー少尉」のエピソードなどは実験的効果よりも結果的に詩的効果に貢献している。これらのエピソードは戦時下の名もない一個人に焦点をあてることによって、庶民の生活感をじかにつたえることに成功していて、それが感動をさそう。むしろ作家としてのブロッホに本質的なのは神話的イメージと図式的・弁証法的歴史観といった体系への意志、そしてそれをささえる叙事的＝写実的表現力のほうであると思われる。またそれが現代的というより伝統的・保守的な手法であることはいうまでもない。一方彼がとりあげるテーマはこのうえなく現代的なものであり、これを叙述するための題材の選択の的確さ、分析の鋭敏さはまさに二十世紀のディスクールとよぶにふさわしいものである。こうした相矛盾する様々な要素の交錯する状況が、ブロッホのこの小説の多層的世界を形成する源泉となっている。

ブロッホは『夢遊病者たち』執筆中の最初期から晩年にいたるまで、世界と学問が即物化・実証主義化してゆくなかで、文学の価値創出的機能ということにくりかえし言及している(33)。つまりかつて神話がになっていた役割をひきつぐことこそ、現代文学の使命であると考えていた。ところでブロッホが希望というかたちで暗示した新たな価値に基づく社会はもちろん現実化していない。むしろブロッホが終末的と考えた状況がそのあゆみを速めているようにすらみえる。しかし希望が実現せずに無限に遅延されることは、これもまた最後の審判を想起させ、逆にこの小説の神話的性質を強化するものだということもできる。こうした理念・体系・神話といったポストモダンが鼻じろむような古風な精神形態は、いわば価値崩壊時代の極致ともいうべきポストモダンの社会においてこそ、むしろ意味をもつように思われる。

「コルンさん、人は一度しか恋をしないものです。」――「ああ。」(238)

このようなことばがでてくるとき、我々はエルナ・コルンのように「ああ」と言う以外、どんな反応ができよう。小説においてこうしたことばにうちのめされるのはエッシュだが、価値の崩壊した黙示録的世界が描かれるなかで、突然こうした場面にでくわし、実際にふかい衝撃をうけるのは我々読者のほうである。

「救済は神のもとにあります。愛の恩寵をうけた者は、死を超えてそれをたもちつづけます。」(238)
「しかし我々を希望がささえてくれます。」(240)

トーマス・マンがそうであるように、ヘルマン・ブロッホの小説は十九世紀的叙事文学の総決算というべき位置をしめる。一方で二十世紀のディスクールを分析したこの壮大な構成と意図をもった小説は、伝統的なリアリズム小説の現代における正統的発展形態といえるだろう。

（1） Vgl. dazu Hermann Broch, *Kommentierte Werkausgabe*, hrsg. von Paul Michael Lützeler, Frankfurt/M. 1974–81 (KW), Bd. 13/3, S. 287.「いずれにせよ、私にはカフカやムージルと共通する部分がある」。
（2） Huguenau は従来「ユグノー」とよばれてきたが、山口光一氏によれば「フーゲナウ」が正しいとのことである。山口光一「ヘルマン・ブロッホ没後五十年」『ドイツ文学』第一〇五号（二〇〇〇）二二〇―二二二ページ参照。
（3） Der erste Roman: *1888. Pasenow oder die Romantik* (1931 [richtig: 1930]), Der zweite Roman: *1903. Esch oder die Anarchie*

(1931), Der dritte Roman: *1918. Huguenau oder die Sachlichkeit* (1932).

(4) 『夢遊病者たち』の受容美学的解釈として、vgl. John J. White, *Zur Struktur von Hermann Brochs „Huguenau oder die Sachlichkeit"*, in: *German life and letters* 40 (1987) 3, S. 186–199.

(5) 『夢遊病者たち』の研究史については、vgl. Michael Roesler, *Hermann Brochs Romanwerk. Ein Forschungsbericht*, in: *Deutsche Vierteljahrsschrift für Literatur und Geistesgeschichte* 65 (1991), S. 504–587 [S. 506–539: *Die Schlafwandler*].

(6) ブロッホはドス・パソスの小説『マンハッタン乗換駅』(*Manhattan Transfer*, 1925)、『北緯42度線』(*The 42nd Parallel*, 1930)を一九三〇年に読んでいる。

(7) Vgl. die Erzählungen vom Maurer und Landwehrmann Ludwig Gödicke, von Hanna Wendling und vom Leutnant Jaretzki, sowie die *Geschichte des Heilsarmeemädchens in Berlin*.

(8) Vgl. *Das Symposion oder Gespräch über die Erlösung* (Kapitel 59).

(9) In: *Geschichte des Heilsarmeemädchens in Berlin* (*2, 5, 8, 12*).

(10) Vgl. *Zerfall der Werte* (1915–1922, 1925–1929).

(11) Vgl. Kapitel 65.

(12) Vgl. dazu Stephen D. Dowden, *Viennese Baroque. Temporality and Allegory in „Die Schlafwandler" of Hermann Broch*, in: ders., *Sympathy for the Abyss. A Study in the Novel of German Modernism. Kafka, Broch, Musil and Thomas Mann*, Tübingen 1986, S. 27–56.

(13) 『夢遊病者たち』の成立史に関しては、vgl. KW 1: *Die Schlafwandler. Eine Romantrilogie*, S. 739–752. 以下この節における同作品からの引用は本文にページ数で記す。ちなみに第一―三小説それぞれにはNovellenfassung(初稿)と1–3. Romanfassungen(三部作第一―三稿)がある。

(14) Huguenau-Teilに前衛的場面が挿入されたのは2. Romanfassung (8.1930–1.1932) 以降。ブロッホは1. Romanfassung (1929) 脱稿後に『ユリシーズ』、ドス・パソスを読んだ。ただし*Das Symposion oder Gespräch über die Erlösung*だけはNovellenfassung (–8.1928) の時点ですでに存在している。

(15) Vgl. dazu Karl Robert Mandelkow, *Hermann Brochs Romantrilogie „Die Schlafwandler". Gestaltung und Reflexion im modernen deutschen Roman*, Heidelberg ^{2}1975, S. 208.

(16) 軍服のテーマに関しては、vgl. KW 1, S. 23 ff.

(17) Vgl. dazu Helmut Koopmann, *Der klassisch-moderne Roman in Deutschland. Thomas Mann, Alfred Döblin, Hermann Broch*, Stuttgart 1983, S. 138.

(18) Vgl. dazu Ulf Eisele, *Die Struktur des modernen deutschen Romans*, Tübingen 1984 [S. 60–113: *Die Schlafwandler*].

(19) Vgl. KW 1, S. 128, 139, 176.

(20) *Die Schuldlosen. Roman in elf Erzählungen* (1950).

(21) たとえばシュミット=ボルテンシュラーガーはラカンに依拠しながら、ベルトラントを主人公たちによる他者の欲望としてとらえている。Vgl. Sigrid Schmid-Bortenschlager, *Noch einmal. Die Figur Bertrand in den „Schlafwandelern“*, in: *German life and letters* 40 (1987) 3, S. 177–185.

(22) ちなみにアイゼレは、この小説をリアリズム的な全体性提示に対する「現代における語りの不可能性」をしめしているポストリアリズムのディスクールとして読んでいる。Vgl. Eisele, a.a.O. S. 69.

(23) Vgl. Koopmann, a.a.O.

(24) Vgl. dazu Lothar Köhn, *„Montage höherer Ordnung“. Zur Struktur des Epochenbildes bei Bloch, Tucholsky und Broch*, in: *Literaturwissenschaft und Geistesgeschichte. Festschrift für Richard Brinkmann*, hrsg. von Jürgen Brummack u. a., Tübingen 1981, S. 585–615.

(25) *Der Tod des Vergil* (1945). Roman.

(26) バートラムはモダニズム後の時代をポストモダンの時代ととらえる立場から、こうした問題を作品に描かれている時代（一八八八―一九一八年=モダン）と作品が書かれた時代（一九三〇年ごろ=ポストモダン）の対立と読む。Vgl. Graham Bartram, *Moderne und Modernismus in der „Schlafwandler“-Trilogie*, in: *Hermann Broch. Das dichterische Werk. Neue Interpretation. Akten des internationalen, interdisziplinären Hermann Broch-Symposions 30. Okt.–2. Nov. 1986, Akademie der Diözese Rottenburg-Stuttgart*, hrsg. von Michael Kessler und Paul Michael Lützeler, Tübingen 1987, S. 185–192.

(27) Vgl. dazu Koopmann, a.a.O., S. 119 f.

(28) Vgl. dazu Dowden, a.a.O., S. 29 f.

(29) „Traumkapitel“.

(30) Vgl. dazu Eric Herd, *Hermann Brochs Romantrilogie „Die Schlafwandler“*, in: *Hermann Broch*, hrsg. von Paul Michael Lützeler, Frankfurt/M. 1986, S. 59–77.

（31） *Die Verzauberung. Roman* (1935).

（32） KW 3, S. 175.

（33） 『夢遊病者たち』に関する一連の作家みずからによる解説参照。特に vgl. Hermann Broch, *Über die Grundlagen des Roman „Die Schlafwandler“* (1931), in: KW 1, S. 728–733.

『呪縛』の構図――伝統的社会基盤の崩壊とその再生

ヘルマン・ブロッホの二番目の長篇小説『呪縛』においてはその複雑な成立事情によって研究史上混乱が生じたが、(1) これは今後探求すべき問題を多くはらんだ異色作である。これまでこの小説はおもにナチス批判的側面と(2)神話的観点から解釈されてきた。(3) 以下においては上記二点を顧慮しながらこの小説の構図に注目し、それを再構築することによってうかびあがる作家のヴィジョンを抽出する。

クプロン――社会構造とその変質

まず作品の舞台となるクプロンというアルプスの谷間の架空の山村の社会機構とその人物間構造に注目してみる。ここでの人物配置・社会構造の設定はきわめて作為的であり、その構造から一見牧歌的なこの小説の戦略的企図がうかびあがってくる。

クプロンでは時間が止まったように近代的な産業構造・都市型生活とは無縁な伝統的慣習・社会形態が維持され、平穏な生活がいとなまれているかにみえる。村は山の上部クプロンと谷間の下部クプロンから成る。上部村の人々は昔栄えた鉱山で働いていた鉱夫たちの末裔であり、連帯感をたもち、一種の共同生活をおくっている。一方下部村の人々は広い土地をもつ農民たちである。両村を統括するのはいちおう近代的な議会政治とキリスト教会だが、伝統的な信仰の対象であるクプロンの山の奥義を知るギッソンのおふくろさんとよばれる神秘的な老女が精神的支柱となっている。彼女は一種の巫女であり、クプロンは彼女を中心とした共同体といえる。(4) そこへ放浪者マリウス・ラティがながれつくが、彼の登場はこの牧歌的光景に決定的インパクトとなる。彼は村に潜在する矛盾・利害関係、すなわちこの村も例外ではなかった近代的な即物的傾向を利用し、一種の新興宗教をひろめ、村人たちを「呪縛」してゆく。これによって村は騒然たる利害闘争の戦場の観を呈する。マリウスの来訪にギッソンのおふくろさんはある種の必然をみ、「その時がやってきたのかもしれない」(5)、「私の時代も終わりだ」(300, 311) といったせりふをくりかえし口にする。

上部村には両村の精神的支柱であるギッソンのおふくろさんがいるため、マリウスはまず下部村の「呪縛」に着手し、山から金がでると下部村の人たちにふきこむ。両村の信仰の対象であるクプロン山を擁する上部村の人たちは、下部村の人たちに優越感をもっている一方で、広い土地をもつ下部村の人たちは、上部村の人たちを小作農ほどの土地しかもたない無産者として軽蔑している。この両村の潜在的確執を利用して金の話をふきこむと、山を自由にできない不満が下部村の人々のあいだにわきおこる。これは下部村の政治的実力者で金銭欲旺盛なラクスの利害と一致し、彼は両村の政治的支配にマリウスを利用する。村人たちがマリウスの「呪縛」に次々と洗脳されてゆくなか、ラクスのマリウスに対する態度は一貫して合理的であり、まったくの実利的計算と政治的策略で行動する。彼は近代的な即物的功利主義者の典型ということができる。

マリウスは下部村の富農ミラントの家に下僕として住みこむ。上下クプロンに潜在する対立を憂えていたミラントは、両村の和合を願ってかつて上部村からギッソンのおふくろさんの娘を妻としてむかえたのだが、実母に反発する妻との夫婦生活は破局に瀕している。両村の和合と家庭の両方に失敗した彼は、マリウスに救いを求める。マリウスは当初山の信仰の正統性を継承するために、ギッソンのおふくろさんに山の奥義の伝授を請うが拒絶される。ミラントはギッソンのおふくろさんのあとを継いで村の和合をもくろんだが、彼の人道的なやり方ではもはや事態はなんら進捗をみない。彼のような人間は今や台頭してきた即物主義者ラクスや、混沌の権化であるマリウスのまえでは滅びてゆくしかないのだ。ミラントの人望を快く思っていなかったラクスにとってミラントの失意は好都合である。マリウスはこの二人の村の実力者をミラントの場合は精神的に、そしてラクスの場合は利害的にとらえる。

クプロンはギッソンのおふくろさん系の母系社会として構築されているといえよう。[6] ミラントが両村の和合の象徴として彼女の娘と結婚したのもこの枠内で考えられる。したがってギッソンのおふくろさんの息子マティアスは彼女の後継者にはなりえない。ミラントの娘イルムガルトはギッソンのおふくろさんの血をひいているから、当然後継者としての資格を有している。ギッソンのおふくろさんは異教的な全村の山の祝祭である「石の祝福」で、イルムガルトをかつてみずからがそうであったように、いわば巫女である「山の花嫁」とし、山の秘儀である薬草摘みを伝授するが、これは後継者としての認知を意味するものである。一方でマリウスがおなじく全村の祝祭である「山の教会開基祭」でイルムガルトを扇動死させたのは、ギッソンのおふくろさんの時代の終焉を印象づけるための象徴的犠牲としての意味がある。

マリウスに洗脳され愛を禁止されたペーターの子をやどしたアガーテなる少女は、彼と訣別する決心をし、ギッソンのおふくろさんに傾倒してゆく。イルムガルトを失ったギッソンのおふくろさんはそれをうけいれ、彼女に薬草摘みの秘儀を伝授しはじめる。

マリウスは村人の不満へのスケープゴートとしてヴェチーを選ぶ。機械・保険の代理人というそれまで村に存在しなかった職業に従事し、よくユダヤ人のアレゴリーとされるヴェチーは、騙して金をまきあげているという潜在的な不満を村人からもたれていて、しかもよそ者をきらう村の風土は都会人である彼をうけいれたがらないことをマリウスは利用し、彼をいたぶり、悪の権化として追放する。

語り手である「私」(「田舎医者」)がヴェチーの唯一の理解者になるのは、両者がともに都会出身の他者であるためであると考えられる。両者の違いはヴェチーが本質的に都会人で村人を軽蔑しているのに対して、「私」は都会に心底嫌気がさし、村の生活をむしろ称揚し、それに同化しようという都会人と定住者の違いである。

作中挿入された「バーバラ・エピソード」について、よく「私」の昔の恋人バーバラとマリウスの類似性が指摘されるように、(7)「私」はマリウスに対して両価的な感情を懐いている。ギッソンのおふくろさんは傍観者となり、村人が次々と「呪縛」されてゆくなか、彼はきわだった嫌悪感と反感をマリウスにぶつける。しかしこの奇妙なまでのマリウスに対するこだわりは、逆にマリウスへの理解を想わせるものである。くりかえしなされる「私」のマリウスに対する「小市民」という評価からもおなじ都会出身者という意識がうかがわれ、またその都会をすて農村に安らぎを求める点、ゆえに二人とも村では他者たらざるをえないところなど両者の共通点は多い。他者たらざるをえない彼らの村へのとけこみ方も類似している。村医である「私」は規定により村会議員であり村の要人としての地位を確保する一方で、ギッソンのおふくろさんと親密な関係をむすんで村の精神的中枢にも接近している。一方マリウスはギッソンのおふくろさんにはうけいれられなかったものの、村人たちから尊敬をうけているミラントの家に住み、ミラントに敵対する権力者ラクスにとりいり、最終的には村会議員の地位をえる。都会人でありながら近代文明をうけいれられない二人には共通の苦悩があり、マリウスはそれを克服するために原始共産制的な疑似農耕宗教を創造しようとし、「私」はそれに共感を覚えている。マリウスは「私」と同じ悩みを共有した分身であって、「私」はマリウスの悩みを全面的に理解できるゆえに、彼の解決のための術策・魔術に反発し嫌悪していると思われる。

最後にヴェンツェルだが、村の教化を全面的にとりしきり、ゲッベルスのアレゴリーとされる彼はマリウスの手さきにすぎない。彼の群衆操作がいかに巧みであっても、マリウスの底知れない無気味な「思想」のまえでは比較すべき人物ではない。彼もまた最初の、そしてもっとも深刻な洗脳をこうむった人物といえる。彼は村の人物間構造においては扇動者としての地位にあるといえよう。

かくして村人のほぼ全員がこのえたいの知れない訪問者の「呪縛」にかかる。ごくわずかの「呪縛」にかからなかった人々（ギッソンのおふくろさん、アガーテ、ズックなど）も彼の来訪によってすくなからず影響をこうむり、生活方針の変更を余儀なくされる。彼が村にもたらした衝撃とは、キリスト教の侵入によっても根本的に変わることのなかった村の伝統的社会機構が本質的に変わったことである。もはやギッソンのおふくろさんを中心とした山の信仰による一枚岩的連帯は瓦解した。ふるい社会秩序の崩壊をまえにして人々は右往左往して動揺し、マリウスのとりこになってゆく。前作『夢遊病者たち』のテーマもそうであったように、ブロッホは自己の生きた世紀転換期を「価値崩壊時代」と考える。中世以来のキリスト教を中心とする絶対秩序は、世界戦争によって徹底的に破壊され、旧態秩序を体現し衰退の一途をたどるハプスブルク帝国の崩壊においうちをかける。こうして世界は混沌とした「即物主義」の時代に突入した。マリウスの来訪は価値崩壊時代の到来を象徴し、クプロンの伝統的社会基盤はそれによって瓦解する。「私」は都会を席捲する即物主義を嫌ってクプロンに逃走してきたが、それが今や村にもおそいかかってきたのである。

一方で「死はいたる所にひそんでいて、(……)よそ者がもちこんだわけではない」(55)とミラントが言っているように、ここで「死」ということばで象徴化される価値の崩壊は、マリウスが来るまえからすでに村にあった。そうでなければミラントは村の共同体の崩壊と人々の利己主義に悩むことはなかったし、ラクスはマリウスの来るまえからすでに実利主義者であった。マリウスはこのような状況を顕在化し先鋭化する契機となる。そこで村の伝統的秩序の崩壊が始まっていることを察知していたギッソンのおふくろさんの「その時がやってきたのかもしれない」ということばがくる。誰も顧みなくなって廃れる一方の教会は、キリスト教的倫理観の衰退を象徴化するものである。

ブロッホは「価値崩壊時代」の人物類型をこのクプロンの人物たちに投影したのである。そしてそれを通じてその社会状況がうきぼりにされているのがこの小説の特質である。

さてそれでは村の伝統的社会構造に決定的衝撃をあたえ、新たな人物間構造を顕在化させたこのマリウスなる人物とは何者なのか？　今やこの呪縛者について語るときである。

マリウス――邪悪なる者

かくして村に潜在する近代的即物主義精神が一人のながれ者マリウスによって一気に噴出し、クプロンはよるべない混沌状態に突入する。このような状況において人々は固有の、あるいは共通の価値観を失うことになる。こうしてその基盤となっていた「理性」なる概念は神話となる。

（「私」：）「司祭さん、一人だけがやったら、気ちがいでしょうが、みんながやったら、それは理性で、逆もおんなじです。そういうもんなんですよ。」（238）

価値崩壊は決定的な相対主義をもたらしたようである。むろん今や「正義」、「信仰」なる概念も相対化されてしまう。

（ミラント：）「いったい連帯感なしに正義でいられるだろうか？（……）信仰は正義を必要とするけれど、それ自体は不正義であることもある。」（234）

指導理念を失って混沌状態におちいった世界が、何を待望するかはあきらかであろう。

（ミラント：）「人は道にまよってしまうと、導く手が、石から石へと導く手が必要になる。この世の兄弟が必要になる。」（227）

すなわち新たな価値観を体現したカリスマである。そしてその価値観は現世的なものである。

（ミラント：）「神は収穫の奇跡をなしたもうたといったところでなんになる。この奇跡を実際に自分で実感して敬うとき、はじめて神とよばれるものにたどりつくんだろう。」（227）

今や精神的支柱としての神から即物的事象へと信仰の対象は替わり、それを体現する指導者は待望されたカリスマとして神にとって代わる、もしくは神になる。

マリウスがヒトラーのアレゴリーであるというのは以前から頻繁におこなわれている議論である。(8) ブロッホは価値崩壊時代の最終段階において混沌状態におちいった世界が、新たな指導原理のにない手として強力なるカリスマを待望すると考える。そしてその過程をアルプスの一農村をおそう新興宗教という設定で反映させる。マリウスは異様な教祖として、そのカリスマ出現の過程の意味をになっている。『夢遊病者たち』では第一次大戦までの、ふるい価値観が崩壊し、即物主義の混沌時代が到来する過程が描かれているが、今や問題は新しい局面をむかえ、その後にくる狂気の独裁主義に論点がうつっている。両作品間にはドイツにおけるナチスの政権奪取という決定的事件がおきている。そしてその影はオーストリアにもしのびよってきている。ここではヒトラー出現の意味が寓意的に考察されているのだ。

ここで『夢遊病者たち』第三部の中心人物フーゲナウとマリウスの関係を考えてみる。フーゲナウは資産も地位もなくある町にのりこみ、その双方を手にいれ事実上町の支配者となる。そのやり方は詐欺と大言壮語、扇動で、第一次世界大戦で荒廃した町をたてなおすことを町の人々に信じこませる。民衆は彼に反感と猜疑の念を懐くが、その周到さと町の荒廃のまえにどうすることもできない。彼は世界が混沌におちいったときに暗躍する即物主義者であり、自己の利益のためには手段をえらばない倫理観のまったく欠如した機械のような人間である。『呪縛』は『夢遊病者たち』の続篇として構想されたものであり、マリウスはフーゲナウのあとにくる人物である。ラクスはフーゲナウの即物主義的性質を継承している。マリウスが来るまえに即物主義がめばえていたからこそ、ミラントらの悩みはあった。マリウスは価値崩壊時代の最終段階にこの即物主義に決定的活力をあたえる人物であって、彼自身は即物主義とは別の次元の問題をはらんだ人物である。そしてフーゲナウにはそのきざしがみられる。すなわち異常に肥大化したカリスマ性と卓越した扇動能力である。ブロッホは『夢遊病者たち』の時点ではまだ混沌を導く強力なカリスマの存在を予感していたにすぎない。フーゲナウはどちらかというと強力な即物主義者で思想とは無縁の男である。彼のカリスマ性と扇動はマリウスによってえたいのしれない思想を武器に今や民意を獲得するにいたった。

フーゲナウが民衆を屈服させ自己の利益追求の活動に動員するのに対して、マリウスはまず民衆の心情を呪縛することに全精力をそそぎこむ。すなわち相手を洗脳することによって民衆の集団的希望を確立する。ミラントは「彼は私たちが考えていることを口にするだけで、だからよくわかるんだ……」(226)と言って、彼に民衆の理解者・指導者としての希望を託す。そして達観の境地にあるギッソンのおふくろさんは的確にこう結論づける。

「みんなに何かを約束するのが重要で、それをまもることじゃないの……。人間は希望がなければ生きていけない。」(312)

「希望」を失った時代に、その夢をみさせるのがマリウスのやり方である。そして自己の理屈、行動を正当化するために、それらにいちいち「正義」だとか「純潔」だとかいう怪しげな用語でベールをかぶせ根拠をあたえる。むしろ支柱を失った民衆はこれらの規準を求めていたわけだから、納得してマリウスの呪縛に身をゆだねてゆく。

以上のようにマリウスはあらゆる手段をつかって人々の心をとらえ、自己の教説を正当化して扇動し、その結果巨大なカリスマ性を獲得するが、それは一種神秘的なものである。フーゲナウも強力なカリスマであったが、彼の権力獲得の経緯はよく説明のつくもので、いわば強引に民衆を支配下におく天才的な政治テクニックがその手法であった。しかしマリウスの場合は村人たちがあたかも競うように心酔してゆく。集団で殺人やリンチをおこなうわけだから、これはあきらかに集団狂気である。フーゲナウの支配下にあった民衆は正常で、むしろその圧倒的利己主義に困惑している。彼が詐欺、せいぜいのところ眩惑くらいしかしていないのに対して、マリウスは「呪縛」、すなわち魔術的な方法で洗脳する。マリウスは人のよわみ、悩みにつけこんで呪縛してゆくが、そこに宗教的ベールをかぶせて効果的なものにする。それは最終的にはわけのわからないものである。ヴェンツェルの言うように、とにかく「彼からはのがれられない」（169）。マリウスは怪しげな発言をくりかえすものの、最終的にはその思想の本質、全貌をあきらかにすることはない。それがかえって彼の教説に神秘性をあたえ、効果的に作用する。内実をまったくともなわずにカリスマ性だけが異様に肥大化した人物、それがマリウスである。

ここでカリスマとは何なのか問わざるをえない。ギッソンのおふくろさんはマリウスが不能であることを示唆し、「それもあって彼はひどい憎しみをもっているの」（174）と言っているが、彼の思想の出発点はまったく個人的な悩みであったことが予想される。山の教会開基祭でイルムガルトを宗教的犠牲に供する際にも、世界のみのりと再生を祈願するなかに不能の解消が暗示されている。個人的悩みを宗教的ベールによって増幅させ、他人をまきこむという極端な公私混同の誇大妄想がマリウスの思想の根本をなす。ヴェチーの迫害も同じである。ギッソンのおふくろさんが「彼はいつも憎しみの対象になる悪魔が必要なの……」（173）と言っているように、個人的な憎しみのはけ口としてヴェチーを選び、それを「正義」の名のもとに正当化し人々に浸透させる。マリウスのアレゴリーとして描出されているバーバラのマルクス主義革命活動の本質には、彼女自身の不遇な幼少時代の憎しみがあったことがしめされている。先に述べたように、都会からのがれ、農村に共同体的宗教をつくろうとしたことも、都会での疎外感という個人的悩みが背景にあったためと考えられる。

カリスマの根にはまったく個人的なエゴイズムがあるようだ。フーゲナウ型の即物主義的カリスマにしても、マリウス型の神秘的カリスマにしても、やはり根本にはエゴイズムがある。もちろん時代のひずみがエゴイズムを生みだす二次的要因となったか否かは別としてである。マリウスの苦しまぎれとうつる自己弁護的正当化や、最終的に自己の教説に反して民意掌握のために金の採掘に近代的機器を導入することなどを考えると、世界改良の夢ではなく、やはりエゴイズムとその目的達成のための権力志向が彼の原動力になっていると思われる。そしてその強力なるエゴイストが猛威をふるう時代が到来したのだ。これは戦後のカリスマたちを考えあわせると暗示的である。彼らに共通していることは、自己の利権保持にかける執念と世界改革を謳った曖昧なイデオロギーである。ブロッホはこれらのカリスマの実体をマリウスをとおして暴いてみせる。

しかしこの強力な邪悪なる者の克服は可能であろうか？

胎動への終末

最終章でギッソンのおふくろさんは山の奥ふかく、神秘的に死んでゆく。邪悪なる者はのこり、今や村会議員となっている。結果はあきらかなようだ。

しかしこの村の統率者はギッソンのおふくろさんの後継者としての正統性を保持していなくてはならないだろう。だからマリウスも当初ギッソンのおふくろさんに接近したのだが、それに失敗した。したがってたとえ目下村の権力を掌握しているとしても、彼は亜流者をまぬかれえない。

ギッソンのおふくろさんは自分の正統な後継者としてアガーテを選んだ。アガーテはその登場のシーンからしてすでに神秘的である（第五章）。恋人をマリウスにうばわれた傷心の乙女として「私」と対話するが、彼女はかなり作為的に脱人格化された象徴的女性として描出されている。もはやそれは対話とはいえず、まるで夢見るような、祈りをささげるような内的独白である。ブロッホが意図的にアガーテを超俗的な人物として創造したことは、彼女の夢見る独白が韻文で書かれていることからもあきらかである。彼女の現実ばなれした心の清らかさは、マリウスの邪悪さに対置されている。マリウスに対抗できるのは唯一アガーテである、というよりもアガーテの精神である。

彼女はこの小説中唯一成長する人物である。失意のなか子どもを孕み、母としての希望のうちに変容してゆく。そしてギッソンのおふくろさんに薬草摘みの秘儀を伝授され、次第に普遍的な母へと成長してゆき、ギッソンのおふくろさんの巫女性をおびるにいたる。ギッソンのおふくろさんが死期をさとり誰にも気づかれずに失踪したおり、彼女だけがそれを感じとる。ギッソンのおふくろさんの死と相前後して、彼女は時の趨勢を感じとるギッソンのおふくろさんの予知能力をひきつぐ。「私」の問いにこたえてギッソンのおふくろさんは言う。


（「私」：）「あなたの代わりはそう簡単にはみつかりません。」

（ギッソンのおふくろさん：）「いつかアガーテがそうなるでしょう、三十年後くらいには……。」（312）


ブロッホ自身ヒトラーをふるい宗教観が没落した価値崩壊時代が必然的に生みだすいわば「鬼っ子」とみていたようである。(9) ギッソンのおふくろさんは言う。

「真の救済者はものごとを一掃するために、偽者たちを先によこすものなの……。」(175)[10]

マリウスが山の奥義を請いにギッソンのおふくろさんを訪問して帰される場面で、「私」は彼を彼女の「放蕩息子」のようだと言う(45)。ふるい秩序がゆきづまり、新たな時代をよびおこすしか打開策がないとき、ふるい価値観にしばられないようにすべてを一掃するため、マリウスはこなければならなかった。

これは一見第一次世界大戦の開戦時に怪しげな言動を弄しはじめたウィーンの作家たちの態度に類似している。しかし彼らが戦争を歓迎していたのに対して、ブロッホはヒトラー主義を嫌悪している。彼はそれにある必然をみた。すなわちブロッホの歴史的枠ぐみのなかでヒトラー主義はその場所をみいだす。しかも同じくその枠ぐみのなかで、それは風のごとく過ぎ去るものである。

しかしここに属さず、いなくても誰も気がつかない彼は風であり、それがとまることはない。(51)

いくら彼が自己の信条の浸透に努めようとも、権力獲得に意欲的であろうとも、村人が営々とうけついできた伝統的アイデンティティを共有しえない他者のイデオロギーは、たとえ目下村を席巻しているとしても根なし草たらざるをえない。

「後書き」で「私」は今後の希望を、ないしは確信を語ってこの手記の筆をおく。

私にはアガーテの子どもの誕生とギッソンのおふくろさんの死という境界がすこしずれただけのように思われ

る（……）。そしてマリウスの演説よりもアガーテの子どもとともに新しい時代が到来するように思えてならない。（368 ff.）

ふるい時代は終わった。しかし嵐のような混乱のあとには、伝統にねざしながらも新しい精神にささえられた調和のとれた新時代がやってくることが暗示される。

ギッソンのおふくろさんがギリシャ神話の大地母神デメテルを重要なモデルにしていることはよく指摘されることである。[11] 山の教会開基祭は形骸化しているもののキリスト教侵入以前にはデメテルとペルセポネの神話を再現する重要な儀式であったと思われる。[12] すなわち収穫の終わった晩秋、来年実りがもどってくることを祈願して、処女を大地に犠牲として捧げるものである。マリウスは山の宗教の復興をもくろんで、世界を再生するための儀式を復活させ、イルムガルトを犠牲に捧げた。

この神話をブロッホの創作上の構図のなかでとらえると以下のようになる。世界が再生するためには犠牲が必要であった。すなわち母（ギッソンのおふくろさん＝デメテル）は娘（イルムガルト／物語上は孫＝ペルセポネ）の死（マリウス＝ハデス）を経験しなければならなかった。混沌におちいった世界は一度死と犠牲を経験し、そして恵みは再生する。これはこの作品が季節の循環を背景に描かれていることにも呼応する。いずれは恵みの季節がもどってくるのである。これをブロッホの歴史的観点からとらえれば、中世以来のキリスト教的価値観は第一次世界大戦でハプスブルク帝国とともに崩壊し、混沌時代に突入した世界はヒトラーによる狂気を経験するが、やがて伝統的精神から新しい世界が再生するという図式になる。

ブロッホはこの小説をとおして現代の神話を創造しようとした。他の神話から導入された様々のモティーフ、シンボルの分析はここでは手にあまる。しかしアガーテは聖母マリアを、そしてその子どもは最後にして最大の預言者キリストをイメージしていると思われることは重要である。アンチキリストであるマリウスが終末の世界を混乱させたのち[13]、真の救世主たるアガーテの子どもが世界を救済することを予言してこの小説は終わる。

　ジョンストンは世紀末ウィーンの思想家たちの特質として「治療ニヒリズム」をあげ、それをブロッホにも指摘し、ブロッホは現代文明を鋭く分析するものの問題の打開策は提出しないとしているが[14]、この小説でも打開策は希望というかたちをとる。しかもその希望は伝統的精神に対する追憶をにおわせている点で、マグリスがオーストリアの作家たちに指摘する「ハプスブルク神話」、すなわち失われゆくハプスブルク精神讃美のうちにあるといえる[15]。しかしこの小説の結末では追憶を超克した「希望」が悲壮な迫力をもってクローズアップされている。あるいは人間は聖書の昔からたえずこの「希望」によって生きてきたのかもしれない。その「希望」が共通のものとなったとき、希望は「価値」すなわち精神的共通基盤となる。そしてブロッホは哲学その他の学問までも即物化している現代こそ、それは文学しかになえない課題と考えていた。ブロッホはこの小説で同時代の問題からそれを寓意的に象徴化することによって、現代の神話というかたちでその希望を表現しようとしたのである。

　　人間は希望がなければ生きていけない。（312）

（1）『呪縛』の複雑な成立史については、vgl. Paul Michael Lützeler, *Hermann Brochs Roman „Die Verzauberung“*, S. 239–253, in: *Brochs „Verzauberung“*, hrsg. von P.M.L. Frankfurt/M. 1983, S. 239–290.

（2）徹底的にナチス批判的側面を考察した例としては、vgl. Paul Michael Lützeler, *Hermann Brochs „Die Verzauberung" im Kontext von Faschismuskritik und Exilroman*, in: *Broch heute*, hrsg. von Joseph Strelka, Bern, München 1978, S. 51–75.

（3）神話的側面を解釈したものとしては、vgl. Michael Winkler, *Die Struktur von Hermann Brochs „Verzauberung"*, in: *Brochs „Verzauberung"* (Anm. 1), S. 115–130.

（4）例えばシュミット＝デングラーは「ギッソンのおふくろさんは知、あるいは認識のアレゴリーであり、それが納得できない者でも、Gisson/Gnosis というアナグラムでそれに気づくことになる」と言っている。Vgl. Wendelin Schmidt-Dengler, *Hermann Brochs Roman „Die Verzauberung"*, S. 161, in: *Hermann Broch*, hrsg. von Paul Michael Lützeler, Frankfurt/M. 1986, S. 148–165.

（5）Hermann Broch, *Die Verzauberung. Roman*, S. 38, in: ders., *Kommentierte Werkausgabe*, hrsg. von Paul Michael Lützeler, Frankfurt/M. 1974–81 (KW), Bd. 3. 以下この節における同作品からの引用は本文にページ数で記す。

（6）Vgl. dazu Thomas Koebner, *Mythos und „Zeitgeist" in Hermann Brochs Roman „Die Verzauberung"*, in: *Brochs „Verzauberung"* (Anm. 1), S. 169–185.

（7）Vgl. dazu Ernestine Schlant, *Die Barbara-Episode in Hermann Brochs Roman „Die Verzauberung"*, in: *Brochs „Verzauberung"* (Anm. 1), S. 209–225.

（8）例えば Marius Ratti という名まえについて、スクールフィールドは Marius は古代ローマの独裁者 Gajus Marius、Ratti はヒトラーとコンコルダートをむすんだローマ教皇 Achille Ratti（ピウス十一世）からとられたものとする。そしてマリウスがイタリアの出身であるという設定は、ファシズムがその発祥地のイタリアからやってきたことを暗示するものであるとしている。Vgl. George C. Schoolfield, *Notes on Broch's „Der Versucher"*, S. 5 f., in: *Monatshefte* XLIII (1956) 1, S. 1–16.

（9）Vgl. dazu Hermann Broch, *Hitlers Abschiedsrede 1944*, in: KW 6, S. 334–343.

（10）シュテッシンガーはマリウスを「堕天使」、「聖書の誘惑者」と形容している。Vgl. Felix Stössinger, *Nachwort des Herausgebers*, S. 564, in: Hermann Broch, *Gesammelte Werke*, Bd. IV: *Der Versucher*, aus dem Nachlaß hrsg. von F. S., Zürich 1953, S. 555–595.

（11）Vgl. dazu Sigrid Schmid-Bortenschlager, *Naturideologie und matriarchale Erlösungshoffnungen in Hermann Brochs Bergroman*, in: *Literatur und Sprache im Österreich der Zwischenkriegszeit*, hrsg. von Walter Weiss und Eduard Beutner, Stuttgart 1985, S. 61–75.

（12）デメテルとペルセポネの神話については、マイケル・グラント／ジョン・ヘイゼル（西田実他訳）『ギリシア・ローマ神話事典』大修館書店（一九八八）のデメテル、ペルセポネ、ハデスの項参照。
（13）アンチキリストの観点については、vgl. Mark W. Roche, *Die Rolle des Erzählers in Brochs „Verzauberung“*, in: *Brochs „Verzauberung“* (Anm. 1), S. 131–146.
（14）ウィリアム・M・ジョンストン（井上修一他訳）『ウィーン精神』（2）みすず書房（一九八六）五三五―五三八ページ参照。
（15）このことについては、クラウディオ・マグリス（鈴木隆雄他訳）『オーストリア文学とハプスブルク神話』書肆風の薔薇（一九九〇）参照。

罪なき人々の罪──『罪なき人々』にみるブロッホの歴史理解

作品形態

ヘルマン・ブロッホの小説『罪なき人々』は、彼の他の作品の多くの場合と同様に複雑な成立過程をへて完成された。ブロッホはドイツにおいてヒトラーが政権を掌握するのと同時進行的に、すなわちあの忌むべき一九三三年前後に数篇の短篇を書いた。そしてこれをまとめて短篇集をだそうと計画したが、それは„Novellenroman“という統一的形態をもった作品の構想へと変貌していく。ところがその構想はこれもブロッホにありがちなことだがたちぎえとなる。しかし晩年のブロッホはBergroman（初稿『呪縛』*Die Verzauberung*）の場合と同じようにふたたびこの構想にとりかかり、数篇を加えて改稿しまとまった作品として完成させる。習作時代の一九一七年に実験小説として構想された第二小説「方法的構築で」は、スタイルの点でこの作品の他の小説と比較して多少の違和感はぬぐえないが(1)、作品全体としては一九一三年から一九五〇年まで書きつがれたにもかかわらず注目すべき統一感を保持している(2)。

物語は『夢遊病者たち』でなじみのやり方で一九一三年、一九二三年、一九三三年に始まる時代が設定された「前物語」、「物語」、「後物語」の三部十一小説から成り、一読するとAあるいはアンドレーアスなる人物をとおしてこの時代の不安な個人を描いた心理小説の印象をうける。しかし第十小説の「石像の客」という題や、ツェルリーネ、フォン・ユーナ、エルヴィーレといった登場人物名から、この小説が『ドン・ジョヴァンニ』を念頭において書かれたということがわかる。それによって読者は『ドン・ジョヴァンニ』終末の地獄おちから『罪なき人々』という題名の意味を問うことになり、第二部終結部がアンドレーアスの審判であると推察することになる(3)。

こうした印象に決定的影響をあたえるのが、本来の物語の外部に設置されたテクストである。十一の小説のほかに、巻頭には「声の寓話」、そして三部それぞれの冒頭には「声」なる韻文が配置され、過去の包括的意味づけが具体的になされる。まず「声の寓話」では、レーヴィ・バル・ヒェムヨー師とその弟子たちによる問答のかたちをとった天地創造に関する寓話をとおして過去とその意味を理解する際の姿勢が提示される。

「年老いてうしろのほうに耳をかたむけるようになれば、かすかな呟きが聞こえてくる。それは我々がのこしてきた時代だ。そしてうしろのほうに耳をかたむければかたむけるほど、それができるようになればなるほど、ますますはっきりと我々は時代の声を聞くことになる。(4)」

「声の寓話」は歴史の意味の同定に読者の注意を向ける。すなわち以後展開される物語では、ある特定の時代の意味が小説によって検証されてゆくということを読者は予期することになる。その予想をつよめるのがつづく「前物語」の冒頭にくる「一九一三年の声」である。ここでは父と子の対話をあしがかりにして、一九一三年ごろの時代状況が「歴史は進歩する」という思想のいきづまりとして寓意的に提示される。そして「さようならヨーロッパ、美しい伝統は終わったのだ」(19)という非常にペシミスティックな一節によって、伝統的なヨーロッパ社会の終焉が宣告される。また「物語」の冒頭におかれた「一九二三年の声」では、価値の多極化とその結果としてのファシズムへの道程がうたわれる。さらに「後物語」の冒頭にある「一九三三年の声」では、大量殺戮の時代に突入した様子が「即物的」な「小市民」への断罪というかたちで表現される。またこの本の初版ではブロッホの意向により巻頭に彼自身の「覚え書き」が載っていた。(5) そこではヒトラーの狂気に対する人類一人一人の重い罪についての言及があり、時代の総体的描出がこの小説の目的であることが示唆される。

このように断続的に挿入された本来の物語以外の部分では、ブロッホの歴史認識がかなり直接的に提示されている。(6) それは十一の小説のすじに直接は関係せず、読者は両者の間に一種のずれを感じることになる。「声」を挿入したことについて、ブロッホは「時代精神の声がきわだつのは、常に抒情的なものにおいてである」と述べ、(7) それに時代包括的機能を付与している。(8) 注意すべきは「抒情的なもの」がここでは作家の理念の直接的表出方法として利用されていることである。ブロッホは「声」で時代精神の一般的な描出をもくろみ、それをアンドレーアスの個人的な伝記におりこむ。この「声の寓話」、「声」、「覚え書き」からうける時代精神の総体的描写という印象と、すじそのものからうけるアンドレーアスの個人的生活の叙述という印象とのあいだのずれの説明づけが、読者にとっては最後まで課題となる。ここに整合性があるのか、まずはテクストにはりめぐらされた人物関係の構図を描出することによって以下検討してみたい。

エディプス的あるいはドン・ファン的葛藤

第一小説「そよ風を帆にうけて」は読者を多少混乱させる。ここで描かれていることは設定上実際におきたことなのか、それともアンドレーアスの妄想にすぎないのか。これは最後まであきらかにされない。ただ重要なことは、この幻想小説風の一篇がアンドレーアスの無意識の正確な描写であるということだ。このことは物語が進行していくにつれて次第にあきらかにされてゆく。つまりこの一篇は物語全体の総体的伏線となっているのだ。逆にいえば、以後展開してゆく物語は、アンドレーアスの無意識を具体化してゆく過程ということができる。第一小説はこの伏線としての機能を果たすとともに、他方において以後次第にあきらかになるアンドレーアスのこの小説が始まる以前の履歴も暗示する。この二つの内容を整理すると以下のようになる。

まずアンドレーアスのこれまでの履歴。アンドレーアスはギムナジウムの試験官に自己の弱点を暴きたてられることを極度に恐れ、父の反対をおしきってアフリカにわたり勘当される。アウトローの組織を転々とするうちに、ぬれ手にあわの金儲けのすべをおぼえ若くして金満家になる。父母のあい次ぐ死でとうとうアムステルダムに帰ったのち、パリのカフェーでこの白昼夢を見ている。

一方問題なのはアンドレーアスの白昼夢の内容である。彼はカフェーでであった男女のカップルの会話に聴きいる。金銭的な問題に直面している女に男は愛情ぶかく接するが、解決策をみいだせない様子である。二人はある男に追われているらしく極度に脅えている。そこに現れた男をアンドレーアスは彼らを追ってきた男と信じる。

実際に起こったことはこれだけだが、その過程でアンドレーアスの心には様々な想念がうかぶ。彼は金に困った女性から自分の母親を連想し、いくらでも金を提供したいと思う。それによって「いつか財産をつかいつぶすだろうといつも危惧していた」(22) 父親をみかえすことができるからだ。そして父親にこれから現れると思われる男を投影し、彼を「復讐者」、「試験官」、「裁判官」、「首切り役人」(24)、そして「騎士長」あるいは「石像の客」(25) と形容する。彼はこの男に裁かれて死ぬことを予感する。アンドレーアスは現れた男が新聞を逆さに読んでいると思う。「奴はすでに自分の裁判の、自分の殺人の裁判の新聞記事を見つけたのだ」(28)。そしてここでの幻想は実際その後のアンドレーアスの生涯の先どりとなっている。つまり彼は新聞記事をまえもって読むように、自己の運命をこのパリのカフェーで予感しているのだ。以後彼は失った母親をさがしもとめ、父親を象徴する人物の裁きに遭い自殺することになるだろう。以後展開される物語はアンドレーアスと見えない父親とのエディプス的闘争の隠喩ということができよう。この父親/アンドレーアス/母親の関係は幾多の錯綜したバリエーションによってしめされてゆく。その第一がカフェーのカップルとその追跡者である。すなわちここでは追跡者(父親)/男(アンドレーアス)/女(母親)というバリエーションとしてあらわすことができる。このエディプス的関係図は以後入念にテクストにはりめぐらされることになる。この執拗な隠喩的反復を前景化することがこの作品全体の統合的構造をさぐる鍵となる。

「物語」ではアンドレーアスがドイツの地方都市で下宿し、そこの住人の愛憎にまきこまれてゆく様が中心に描かれている。第三小説「放蕩息子」でアンドレーアスがそこの住人と初めて晩餐を共にする際の描写は、『ドン・ジョヴァンニ』の終結部がつよく意識されたものである。すなわち亡くなったこの家の主人だった元裁判長のW男爵の肖像画が彼らの晩餐を見はっている様子は、ドン・ジョヴァンニに殺された騎士長が彼の罪を裁きに石像の客として晩餐にやってくる場面を暗示している。第五小説「女中ツェルリーネの話」で、ツェルリーネの話を聞き終わったアンドレーアスは、裁判長に自分の父親の姿をかさねあわせる。ここでも父には裁く人としてのイメージが付与されている。一方アンドレーアスは未亡人エルヴィーレの事実上の養子となる。「今や彼はそれが帰郷であることを知っていた」(230)。「放蕩息子」の帰郷である。そして「彼女の面倒をみることが、ますます彼の日々の意義となって」ゆく(240)。ここでは第二のバリエーションとしてW男爵/アンドレーアス/エルヴィーレという関係がよみとれる。

しかしW男爵が裁くのはアンドレーアスではない。ツェルリーネの話から、むかしエルヴィーレがフォン・ユーナという男と不倫していたことがわかる。名まえからあきらかなように、このドン・ジョヴァンニの性質をひきついでいる好色漢は、エルヴィーレ以前の愛人を「旧狩猟小屋」で事実上殺害し裁判をうけるが、それを裁いたのがW男爵である。高潔な男爵はすべてを知りながら無罪の判決をくだすが、その後フォン・ユーナは消息を絶つ。法とは別に社会は彼を抹殺する。彼は事実上裁かれたのだ。一方アンドレーアスも旧狩猟小屋を買いとり、エルヴィーレと住むようになる。アンドレーアスはフォン・ユーナを後おいしている。(9) 彼ら二人は自分の行動に責任をもとうとしない。というよりも責任を回避しようとする。アンドレーアス自身ものちに述べる女性関係がもとで精神的に去勢され、父親を象徴する人物により死の裁きをうける。こうして上記のW男爵／アンドレーアス／エルヴィーレというバリエーションはW男爵（父親）／フォン・ユーナ（アンドレーアス）／エルヴィーレ（母親）という前世代のバリエーションにおき換えられる。

アンドレーアス自身の審判に焦点をあわせるまえに、この前世代の人々の関係が生むバリエーションに目をむけてみたい。ツェルリーネは自分がフォン・ユーナをめぐってエルヴィーレと競ったことも告白する。ここから父親／アンドレーアス／母親のエディプス的関係とは別に、ツェルリーネ（ツェルリーナ）／フォン・ユーナ（ドン・ジョヴァンニ）／エルヴィーレ（ドンナ・エルヴィーラ）というドン・ファン的三角関係が変奏しはじめる。ツェルリーネはフォン・ユーナとエルヴィーレのおとし胤であるヒルデガルトがW男爵に似るように教育し、エルヴィーレに罪を贖わせ復讐するようにしむけているという。彼女はヒルデガルトを自分の分身に育てあげ、復讐を代行させているといえる。ヒルデガルトはゆがんだ家庭事情のもとで育ったために複雑な性質をもち、心の内を表にださないが、アンドレーアスが町娘メリッタと恋仲になったとき本心を表す。すなわちメリッタに嫉妬し、彼女を事実上殺害する。ツェルリーネがエルヴィーレの行動を制限・監視し、最後には睡眠薬を多く飲ませて間接的に殺害するように、ヒルデガルトはメリッタを間接的に殺す。このようにフォン・ユーナをめぐる二人はアンドレーアスをめぐる二人に投影される。こうして前世代のドン・ファン的三角関係はヒルデガルト（ツェルリーネ）／アンドレーアス（フォン・ユーナ）／メリッタ（エルヴィーレ）という関係にかき換えられる。

ところでアンドレーアスは第十小説でメリッタの養父である蜂飼いの審判のまえにたち、自殺する。蜂飼いは「石像の客」もしくは「裁判官」としてイメージされ、第一小説の追跡者の反復として機能する。すなわち父親＝裁判官＝騎士長に裁かれ死をむかえるというパリのカフェーでのアンドレーアスの無意識的予感が成就されたことになる。このようにメリッタを介することによって、ヒルデガルト／アンドレーアス／メリッタのドン・ファン的三角関係の責任をめぐって、エディプス的関係が蜂飼い／アンドレーアス／メリッタというかたちをとってあらわれる。こうしてこの二種類の関係は統合され、唯一の暗示的局面、すなわち罪の探求に収斂してゆく。第一小説での夢想からあきらかなように、アンドレーアスは自己の運命を予感していた。彼は蜂飼いの言うように、「ずっとまえから覚悟していた」（271）。この裁かれるという強迫観念は、自己の生き方に対する罪悪感を意味する。しかもそれは常に父親への不安という観念にむすびついている。彼は蜂飼いとのソクラテスの産婆術を想わせる対話をとおして、自己の罪を想起する。父親を通じて自己の罪を自覚する。このように執拗にくりかえされるドン・ファン的あるいはエディプス的闘争のバリエーションは、アンドレーアスの罪の問題を前景化する。

それでは父親への不安にむすびついたアンドレーアスの罪とはいったい何なのか？

罪なき罪

『罪なき人々』は三つの物語層からなる。第一に蜂飼いの伝記、第二に教師ツァハリーアスの伝記、そしてアンドレーアスの伝記である。三層はそれぞれ別個に語り始められ、互いに交差し、最終的に中心となるアンドレーアスの伝記に合流する。すなわち蜂飼いは第四小説「蜂飼いのバラード」で初めて登場し、その養女メリッタは第六、彼自身は第十小説でアンドレーアスにであう。同じようにツァハリーアスは第二小説で登場し、第七小説でアンドレーアスにであう。彼ら三人を中心にこの小説は展開する。そのうち蜂飼いは上記のとおりアンドレーアスの罪を裁く父親としての役割をになう。以下ではしばらくツァハリーアスという男のもつ意味について考えてみたい。

ツァハリーアスは第二小説「方法的構築で」で作者により「方法的に」平凡な市民の典型としての機能を付与される。そのために地方都市の高校教師としての地位が選ばれる。第二小説ではもっとも平凡な人間のものとして考えられる思考様式と生き方が、ツァハリーアスの青春時代をとおして同定されてゆく。そして彼の社会的に一定の地位をえた後の属性を描出しているのが、第七小説「教師ツァハリーアスの四つの演説」である。

この第七小説は小市民に対するろこつな風刺であり、痛烈な皮肉がおどっている。ここではブロッホの小市民に対する見方がもっとも明瞭にしめされる。ツァハリーアスは「なんの疑問もなくその時々の権力者の思想をうけいれるのに慣れていて、民主主義者として多数派の知恵をまったく信頼していたので」(141)、当時政権を担当していた社会民主党に入党する。そのため比較的早く出世でき、「政治的な異分子を容赦なく教員団から排除することで、学校を有害な革命思想からまもり、鉄の規律によって少年たちをりっぱな民主主義者に教育」しているものと信じている（141）。彼は社会民主党員であるということだけで、自分が進歩主義者であると自負しているのだ。むろん一九三三年を描いた第十一小説で、彼はナチス党員として登場する。

第七小説では彼は当時論議をよんでいたアインシュタインの相対性理論の反対集会に出席する。数学教師であるツァハリーアスにこの理論は「難解すぎて近づきがたかった」が、社会民主党がこの理論に賛成していたのにもかかわらずこういう集会にでることに、彼は「専門家として反抗しているという誇りを感じずにはいられない」（142）。しかも反対する理由は、教師たるものはもはや新しい理論に煩わされる必要はなく、「生徒に生意気でやっかいな疑問をうながす契機をあたえる」（142）のはゆるしがたいというまったく権威的なものである。ここでの描写は風刺につきものの多少の誇張はあるものの、オポチュニストで権威的であり、思考力をもたないために反動的である俗物の属性をきわめてよくとらえている。また小市民は自己保存の本能だけはつよいから、自分、家族、故郷、祖国、外国と自分からの距離がおおきければそれだけ敵意をもつようになる。そこに国粋主義のきざしがある。ツァハリーアスがユダヤ人のアインシュタインを拒否するゆえんである。彼は集会であった男を相手に、居酒屋でドイツ人の伝統と連帯と優越性というとうてい社会民主党員とは思えない四つの演説をくりひろげる。その相手の男がすなわちアンドレーアスである。

アンドレーアスとツァハリーアスはべつだん信条的に共有するものをもっているわけではないから、意気投合しておおいにもりあがるものの、それは酔っぱらいに特有のもので会話の内容自体によるものではない。しかしその無意味な会話のなかでアンドレーアスの特徴も顔をのぞかせる。ツァハリーアスはアンドレーアスが集会に出席した理由など様々なことを聞こうとするが、アンドレーアスはすべて曖昧なこたえでお茶をにごす。話が進歩についておよぶと、

（アンドレーアス：）「ぼくは進歩については考えないようにしているんですよ。」
（ツァハリーアス：）「それは思考の怠慢だ。」
（アンドレーアス：）「ずぼしです。運命がさずけるものは甘受しますよ、進歩だろうがなんだろうが。どうせ運命に逆らうことなんてできっこないんですから、それを享受することにしてるんです。進歩を止めることなんて、できないんですから。」（147）

これはアンドレーアスの受動的姿勢をしめした会話である。ツァハリーアスの指摘はまさに「ずぼし」である。しかし右でみたように、「思考の怠慢」ということばはツァハリーアスの小市民的性質の本質を衝いたものでもある。信条的にも階層的にも相いれない二人は、社会の動向に対して「無関心」という点で共通点をもつ。

第七小説の終わりで、ツァハリーアスとのであいから思いいたったドイツ人のやりきれない性質に対するアンドレーアスの心情が語られる。「農民は自分たちがどんな政府をいただいているかということに対して無関心に、日々つらい仕事に勤しむ。しかし自分たちの心にどれほど地獄のように荒々しい衝動がやどっているかということにも無関心でいる」（171）。結局はアンドレーアスもツァハリーアスも、そしてその他の登場人物も民衆も「無関心」という意味で共通しているのだ。

その後語り手は「結局それが彼になんの関係があろう？　気にすることなどない」（172）と言ってアンドレーアスの心の内を代弁する。アンドレーアスにはツァハリーアスと違って状況認識能力がある。それにもかかわらず「無関心」なのは、しいて「無関心」であろうとする彼の信条に由来する。しかし認識力のある彼は、自己の生き方に対してなんらかの罪悪感をもっている。それが第一小説から一貫している彼の不安の源泉である。この不安の意味がときあかされるのが、第十小説「石像の客」である。

第十小説からは一九三三年と設定された「後物語」となる。この十年間アンドレーアスは「買いとった母親」(第九小説の題名)＝エルヴィーレの保護にのみ生きる目的をみいだす無為な日々をすごしている。メリッタを自殺においこんだことに関しても、「彼には女性を愛したことがあったかどうか、想いえがくこともできなくなって」いる(247)。これも彼の「世のなかとなるべくかかわりをもたないようにする」(249)という信条に由来している。しかしこの安逸な生活もメリッタの父親である蜂飼い＝石像の客＝裁判官によってさまされることになる。彼の産婆術によって、アンドレーアスは自分がこれまでやってきたことの意味を悟り、懺悔をはじめる。彼の生き方は「他人の悩みに対して、自分の運命に対して、人間の自我、思想に対して無関心だった」(269)。そしてそれが罪であったことを自覚する。彼はメリッタの自殺に直接関与したわけではない。しかしかたちのうえでの罪からのがれることで、彼は責任を回避してきた。これは彼の行いすべてに通じるもので、彼の罪は自分の身辺にとどまらない。彼は「この家でかつておこなわれたであろう殺人に対して責任がある。まわりでおそろしく増えている殺人に対して責任がある」(271)。なぜなら他者との心の共有を失った「我々は皆、無責任と無関心によって(……)、罪もその贖いも共有」しなければならないからだ(271)。自己の利害でのみ行動し、自分に直接かかわらない他人あるいは社会に対して(意識的にも無意識的にも)無関心である結果、社会が重大な犯罪を犯したならば、その責任は社会の構成分子である個人それぞれに帰せられるべきものとなろう。むろん「ヒトラーをほうっておいた」ことも、「我々」一人一人の責任である(269)。なにもアンドレーアスのみに責任があるのではない。アンドレーアスは一杯きげんでツァハリーアスと兄弟の契りをむすんだとき、「ぼくらはAからZまですべての名まえを共有してるんですよ」(154)と言う。まさにA(アンドレーアス)からZ(ツァハリーアス)まですべて罪ぶかいのだ。[10] ブロッホは覚え書きにこう書いている。

彼らのだれ一人としてヒトラーの悲劇に直接「罪がある」わけではない。(……)しかし政治的無関心は倫理的無関心に、したがって結局は倫理的倒錯にきわめて近いところにある。ようするに政治的に罪なき人々は、たいていの場合すでにかなりふかく倫理的罪の領域に足をふみいれているのだ。(11)

このようにアンドレーアスの伝記をおってゆくと、「罪なき」民衆一人一人の「時代」に対する「罪」がうきぼりになってくる。これによって三つの時代の包括的考察を時代の「声」というかたちで抽出した韻文と彼の伝記は総合され、「声の寓話」で表明された歴史の意味の同定という目的が達成されることになる。(12)こうしてアンドレーアスの履歴は時代の履歴となり、歴史が多層的にとらえられることになる。

ここでふたたびアンドレーアス個人に焦点をあわせてみる。アンドレーアスは時代の罪をになって死ぬ。なぜ彼のみが裁かれねばならないのか？　蜂飼いはこう「判決」をくだす。

「おまえは父親を欲しなかった。おまえはもっぱら、そして永遠に息子たろうと欲した。(……)おまえは自己の存在をおまえにとって母親のようになったものにむすびつけた」(258)。

ここで「父親」は「責任」の象徴として理解される。アンドレーアスの罪は庇護を意味する「母親」への逃避である。全篇を通じてこの凌駕すべき「父親」はアンドレーアスの脳裏に姿を変えて君臨し、彼の不安の源泉となる。

アンドレーアスのエディプス的闘争は彼の責任回避をめぐる葛藤のメタファーである。この構図がはっきりしてくる結末で、ブロッホは彼特有の終末論的あるいは再生論的な世界に足をふみいれる。

「二千年ごとに世界の循環は完遂されるのだ。（……）終末の時代は誕生の時代である（……）。転換期の世代は祝福され、呪われているのだ。」（266 f.）

アンドレーアスは自分のような生き方が罰せられるべきものであることを「ずっとまえから覚悟していた」（271）。彼は自分の罪を認識したゆえに、その当然の報いをうけねばならない。罪を自覚したもののみが罰せられるのだ。彼らは時代の罪をになって死なねばならない。しかしこうした数少ない「自己の罪を告白するものは、神に召されている」（273）。罪を認識したところでその重さはかわらないが、意識した分そこには贖いの契機がめばえることになる。「なぜなら贖罪は浄化によっておこなわれるからだ」（272）。アンドレーアスのうける裁きは両義性をはらんだものである。(13)

ドゥルザックはこの終結部に関して、ブロッホは思想家としては成功しているが、その描出方法に作家として失敗しているとする。(14)また全篇にちりばめられた父権的隠喩も、現代からみれば多少陳腐な印象をあたえる。しかし多層的な視点によってとらえられた歴史のなかにうかびあがるテーマ設定の深刻さは、(15)この小説のアクチュアリティをしめしている。

ブロッホは自己の時代を歴史の大転換期としてとらえ、それによって顕在化した社会の様々な現象の意味を問いつづけた。たとえば『夢遊病者たち』では伝統的な価値の崩壊が歴史的にとらえられ、『呪縛』ではその過程でカリスマ、具体的にはヒトラーが登場する意味が考察されている。これらの作品は歴史の流れの必然的な意味を巨視的に提示する。それに対して『罪なき人々』では視点が受動的に歴史を構成する側にうつされる。ここで流用される神話的イメージはエディプス的闘争と『ドン・ジョヴァンニ』を援用した宗教的「罪」の問題である。特に最終場面を神秘化＝神話化することによって、結果的に大量殺戮をゆるした民衆の「罪なき罪」が象徴化される。すなわちここではヒトラー独裁をゆるしながら「無関心」という口実のもとに「責任」を巧妙に回避し、戦後は被害者然としてあの狂気を容易に忘れさる民衆が断罪されているのだ。物語は一九三三年で終わっているが、現在においてもこの問題のもつ意味はおもい。

（1）ビールは「方法的構築で」を独立作品としてとらえ、その文学史的意味を受容美学的に論じている。Vgl. Jean Paul Bier, *Zur Rezeption von „Methodisch konstruiert“*, in: *Hermann Broch. Werk und Wirkung*, hrsg. von Endre Kiss, Bonn 1985, S. 52–64.

（2）ティーベルジェールは各Novelle間の関係を検討し、全体が精巧な構造のもとに構築されていることを指摘している。Vgl. Richard Thieberger, *Was den Novellenroman zusammenhält. „Die Schuldlosen“ in Leser-Perspektive*, in: *Hermann Broch und seine Zeit. Akten des Internationalen Broch-Symposiums, Nice 1979*, hrsg. von Richard Thieberger, Bern, Frankfurt/M., Las Vegas 1980, S. 133–145.

（3）ヴィンクラーは『ドン・ジョヴァンニ』との関係を詳細に検討している。Vgl. Michael Winkler, *Brochs Roman in elf Erzählungen „Die Schuldlosen“*, in: *Hermann Broch*, hrsg. von Paul Michael Lützeler, Frankfurt/M. 1986, S. 183–198.

（4）Hermann Broch, *Die Schuldlosen. Roman in elf Erzählungen*, S. 11, in: ders, *Kommentierte Werkausgabe*, hrsg. von Paul Michael Lützeler（KW）, Bd. 5, Frankfurt/M. 1974. 以下この節における同作品からの引用は本文にページ数で記す。

（5）Hermann Broch, *Entstehungsbericht*, in: KW 5, S. 323–328.

（6）例えばティーベルジェール、ケーンは「声の寓話」、「声」は作家によるコメンタールであるとしている。Vgl. Thieberger, a.a.O. (Anm. 2), S. 134, Lohthar Köhn, „*Leises Murmeln*“. *Zum Begriff der Schuld in Brochs „Die Schuldlosen“*, S. 63 usw., in: *Hermann Broch. Das dichterische Werk. Neue Interpretation. Akten des internationalen, interdisziplinären Hermann Broch-Symposions 30. Okt.–2. Nov. 1986, Akademie der Diözese Rottenburg-Stuttgart*, hrsg. von Michael Kessler und Paul Michael Lützeler, Tübingen 1987, S. 55–65.

（7） Hermann Broch, *Probleme und Personen der „Schuldlosen“*, S. 312, in: KW 5, S. 312–318.

（8） 「声」の時代包括的機能については、vgl. Alfred Doppler, *Die lyrischen Stimmen in Hermann Brochs Roman „Die Schuldlosen“*, in: *Das dichterische Werk* (Anm. 6), S. 45–53.

（9） ヴィンクラーも同様の見解にたつ。Vgl. Winkler, a.a.O., S. 190.

（10） Vgl. dazu Thieberger, a.a.O., S. 139.

（11） *Entstehungsbericht* (Anm. 5), S. 325.

（12） シュトレルカは「声の寓話」と相対性理論を比較検討し、その時間概念と小説全体を統括する機能を論じている。Vgl. Joseph Strelka, *Hermann Brochs „Parabel von der Stimme“*, in: *Hermann Broch und seine Zeit* (Anm. 2), S. 122–132.

（13） ケーンはアンドレーアスの浄化の場面を『ファウスト』との連関でとらえ、ブロッホによるメリッタ＝グレートヒェン、アンドレーアス＝ファウストの関係の暗示的操作について検討している。Vgl. Köhn, a.a.O.

（14） Vgl. Manfred Durzak, *Die Ungeduld der Dichtung. Möglichkeiten des Erzählers Broch in den „Schuldlosen“*, in: ders., *Hermann Broch. Dichtung und Erkenntnis*, Stuttgart 1978, S. 192–206.

（15） ちなみにペーターマンは多少強引に、この小説はバロック音楽のコンチェルト・グロッソの形式をもちい、対位法による時代の多層的描出を試みていると論じている。Vgl. Cornelia Petermann, *Epochale Unordnung – Epische Ordnung. Zur Komposition von Brochs „Die Schuldlosen“*, in: *Modern Austrian Literature* 22 (1989) 2, S. 33–43.

第六章　根源にむかって
――「教養小説」という神話――

懐疑の神学／人間学――詩的写実主義教養小説としてのケラーの『緑のハインリヒ』

万年雪をいただいたアルプスの山々と湖、その麓で働く素朴で勤勉な牧夫とその家族、改革派教会から響く鐘の音。この朴訥で少々風変わりな主人公をもった小説は、たおやかなスイスの国民性・風土を体現した作品である。そして『ドン・キホーテ』のピカレスクの伝統と、それをうけた『ヴィルヘルム・マイスター』ふうの不思議な挿話、また「伯爵の城のエピソード」にみられる『予感と現在』を想わせる幻想的展開、さらに新天地アメリカへの移住のテーマといい、これはまさにドイツ教養小説の写実主義的嫡流である。

その一方で芸術家小説、エディプス小説(1)という見方もある。そしてこれらを論じる者たちはそれぞれの立場を強硬に主張すると同時に、違う立場を論難しもする。しかし私にいわせれば、これらの読みはおそらくみな正しい。ただ排他的な解釈だけが（読みにはすべてこうした傾向があるが）、誤謬への道をあゆむことになる。

さらにこの小説はほとんど最初から最後まで信仰の問題をあつかった神学小説でもある。(2) しかもそれはその危機というネガティヴな意味でのものである。その背後にはやはりフォイアーバッハの無神論の衝撃と写実的な時代風潮の反映が確実にある。

そもそもきわめて細かく分けられた章のうち、父母の紹介につづく冒頭第三章の表題は「少年時代。最初の神学。学校の席」であり、以下第四章は「神と母の讃美。祈りについて」、第六章が「ふたたび神について（……）」である。第五章は「メレートライン」というある少女の名前を冠したものであるが、この章は全体が彼女の信仰の問題に関する教会のドキュメントから成る。(3)

さて第三章で語られるのは敬虔な改革派の家庭に育った子どもが漠然と神をイメージしていく過程であり、その少年時代の信仰形態はおもに御利益にすがるという素朴なものである。しかしこの主人公（彼の母親は牧師の娘である）に特徴的なことが語られるのはつづく第四章においてである。彼は「神をはっきりと意識し、その存在が不可欠で、有益に思えるようになっていくにつれて、神との交渉を恥ずかしく感じて、かくすようにな」る。ある時母親が食前の祈りを導入しようとすると彼は「突然黙りこみ」、「まったく音声を発せず」「黙りつづけ」る。これは翌日もくりかえされ、以後それはとりやめとなる。このことに関して母親は彼を称して「頑固 eigensinnig」(4) と言う。

これにつづいて母の実家の村で聞いたという「魔女の子」とよばれた「魔法」をつかう子どもの「伝説」が語られる。彼女は「敬神の念のあつい厳格な」牧師にあずけられるが、「いと高き三位一体の三つの御名を口にすることをかたくなに（halsstarrig）拒んだまま、惨めに死んでいったのだ」という。もちろんこれは伝説であって、実際の少女は「あらゆるたぐいの祈りや礼拝に強情な（haltnäckig）嫌悪をしめし、祈祷書をあてがうと、それをひき裂き、祈りが唱えられると、ベッドにもぐりこみ、暗く、ひんやりとした教会につれていくと、説教壇の黒い人が怖いといって、哀れな叫び声をあげた」のだという（以上 1, 45 ff.)。そしてあずけられた教会で衰弱して死んでしまったというのだが、その牧師による彼女メレートライン矯正のドキュメントがすなわち第五章ということになる。

この物語は上記のピカレスク的エピソードの一つであり、読みものとしての小説芸術の演出のために挿入されたものであるが、この小説にくみこまれた他のエピソード同様本篇の寓意的補完を企図したものでもある。むろんメレートラインは魔女でもなんでもない。しかしそのかたくなさによって破滅する。これはこれから始まる主人公ハインリヒの人生がその「かたくなさ」ゆえに多難なものになることを暗示している。一般に教養小説は主人公の性格的難点による神の試練を克服する過程である。しかも『緑のハインリヒ』の場合その性格的難点が、たとえばトーマス・マンの『ファウストゥス博士』同様そもそも「信仰」との関係で提示される。『ファウストゥス』の場合それは懺悔、すなわち主人公の死をもってあがなわれなければならない。『ファウストゥス』と同様に『緑のハインリヒ』においてはその「神の試練」、しかもそのネガティヴな観点からのその要素がきわめてつよい。以後ハインリヒは神もしくは信仰との格闘をつづけていくことであろう。

しかし神がハインリヒの「念頭からさったことはな」く、おりにふれて神に「赦しを乞うたり」「悔いあらためて贖罪」したのだという（以上 1, 58)。そこには常に神に対する純朴な畏敬の念がある。つづく第七章は実家の向いの古物商をとりまく集いに関する逸話だが、この魔女の厨を想わせる設定を通じて「天国」、「幽霊」、「小人」、「魔法」、「まじない」、「悪魔」（以上 1, 70 f.) といった迷信とむすびついた民衆の信仰のかたちが描出される。そのなかには「無神論者」もいて、一人は「人間は神のことを知りえないから、来生など信じられない」という「単純で素っ気ない指物師」だが、人生を終えるにあたっても「しずかに、穏やかに」死んでゆく。もう一人は人生がうまくいかなかったというので「信心を野卑な疑いや否定、下卑た冗談や冒瀆で汚し」、「神の存在を否定し、うちすてる」

仕立屋だが、「後年ひどくうちひしがれて、悔いあらため、祈りを求めて死んでい」く（以上1, 67 f.）。ここではつきつめた神学的対峙をまたずとも民衆の素朴な信仰のなかにすでに無神論の芽は偏在するということが、二つの代表的な事例を通じて提示されている。

＊

さて第二巻第十一章「信仰の努力」は堅信礼をまえにしたハインリヒによる壮絶な信仰危機の書である。彼はあくまで冷静沈着な口調を変えないが、その内容は深刻なものである。彼は「真と善について思いをめぐらせることは、欠くべからざることだと思ってい」る人間で、「キリストその人のことは愛してもい」る。しかし「キリスト教はあらゆる善の唯一の指標であるという主張には異議があ」り、みずからの立場を「反キリスト教主義」ともよぶ（以上1, 331 ff.）。その後は堅信礼の準備のための説教に対する批判的論評がつづく。彼は「罪ぶかさの認識と告白」、さらに「その罪からの救済としての信仰の教え」に納得ができない。そして創世記以来の神の所業を皮肉な口調で、つまり理不尽なこととして語りなおし、「これらすべては、みずからに絶大な自信をもった神が、ただ信仰されているという満足をあじわうために」なしたと説明づける（以上1, 337 f.）。

少年時代の想い出は謝肉祭――キリスト教進入以前の土俗信仰の記憶――へとつづく。ここでは『ヴィルヘルム・テル』が近隣の村々総出で――シラーを基にはしているが、これは民衆たちの想いに則って改変されている――演じられる。それは「ひじょうに厳粛に、そして厳かになされ」る（1, 373）。林檎を射貫く場面などは「民衆はみな息づまる想いで見まも」る（以上1, 373 f.）。これはまもなくニーチェが――彼はケラーを敬愛し、訪ねもしている――同じスイスで夢想する民族の祭典の現前である。民衆たちはディオニュソス的に酒を酌み交わしながらこの祝日をすごす。これは理念としての、あるいは切望としての宗教とは異なった、国の成りたちと民衆の生活感にねざした伝統的な信心のかたちである。

祝祭劇――これはほとんどまる一日を要する――の昼休み時、テルを演じる宿屋の主人、材木商である州議会議員、そして州知事のあいだに興味ぶかい議論がもちあがる。これは計画されている国道の敷設ルートをめぐるものだが、二つあるプランはそれぞれ当該の宿屋と材木屋の敷地を通るものであり、二人は自己の敷地を通るルートを主張して譲らない。彼らは主義も立場も違うが、双方ともに誰もがみとめる名望家である。材木商の方は「急進的」・「進歩的」（1, 377）で実利的であるが、簡単にいえばけちである。一方テル役の主人の方は人望ある伝統主義者だが、非効率的で保守的な人生観をもっている。「二人の男はそれぞれ自分の利益を頑固に主張して譲らない。彼らがけって席を立ったあとハインリヒは「気分を害」し、「公平であるべき国家と名望家に懐いていたイメージが、完全に覆されてしま」う。そして同席していた元小学校教師の親戚に「スイス人は度量がちいさくて、利己的で、了見がせまいとしばしば非難されるのは、だいたいあたっていると思う」と言う（以上 1, 382 f.）。

ケラーはここでスイス人の国民性を抽出してみせようとしているのである。もちろんそこにはキリスト教的信仰もふくまれるが、一個の国民あるいは人類がせおってきた民族のメンタリティはもっと複雑でねぶかく、たとえば改革派のそれにもとどまるようなものではない。この場面がスイスの国民的英雄『ヴィルヘルム・テル』を演じる謝肉祭に設定されているのは偶然ではない。

場面はこれで終わりではない。ここで論争を仲裁していた州知事が口をはさむ。

「あの州議会議員も獅子亭の主人も国難に際しては全財産をすすんでなげだすだろうということ、あるいはもしどちらかが不幸におちいれば、きょう道路のことで激しく言い争っただけに、なおさら相手のために犠牲になるだろうということは信じていい。それから将来のためにおぼえておいてください。自分の利益をみずからの手でかちとり、守れないような者は、隣人にすすんで利益をもたらすことなどできないということを！」（1, 384）

こう言って州知事がたち去ると、ハインリヒは「彼は業績にふさわしい幸せな人だと先生にむかって称讃」する。しかし場面はまだ続くのである。やはり地方の名士で知事とは知己でもある元小学校教師は、知事は「生まれつき激しい気性で、すばらしく頭がいい」のにもかかわらず、「自分が一種の諦めの人だから、諦めるということをあんなに攻撃するんだよ（……）。彼は時々あの人のあかるさと愛想のよさからはかんがえられないような試練の時をすごしているんだよ」と言う（以上1, 385）。

これは『ヴィルヘルム・マイスター』においてヴィルヘルムが先輩たちから人生に関する啓蒙をうける対話を想起させるものである。しかしここには二重三重の議論の展開があり、若いハインリヒは同一事象を多元的視点で観ることの重要さ、社会的要因の複合性を学ぶことになる。これは現実に生きていくうえでの信条をテーマとした教養小説でもあるのだ。

＊

転機は突然おとずれる。四巻から成るこの小説の後半が始まる第三巻冒頭は第二巻終結部の翌日のことを描いたものであるにもかかわらず、それまでとはまったく異なったただならぬ雰囲気が支配する。ハインリヒは古本屋が宣伝のためにおいていったゲーテ全集を、「それ以来安楽椅子からかた時も離れることなく、四十日間読みつづけ」ることになる。この体験の後、彼は「これまで経験したことのない純粋で、持続的な喜びを感じ」るが、「それは生起し、存在するものすべてに対する献身的な愛であ」る。そしてまるで啓示をうけたかのように芸術美学を展開する。「世界は内的に静穏であり、それを理解し、その構成する一部としてみずから反映させようとするならば、やはり静穏でなければならない」。また「不可解なものやありえないもの、冒険的なものや大仰なものは詩的ではな」く、「必然的で単純なものをその本質において力づよく、充実したものに描くのが芸術である」ということを知る(以上 2, 11 ff.)。

この緊張感にとんだ場面はあきらかな画期である[5]。画家の卵としてのハインリヒはもちろんのこと、読者もふつうは素直に読めば、悪戦苦闘をつづけてきたハインリヒの画家としての方向性もこれでようやく定まったと思うはずである。実際「頭の中にはもう、価値と内容にとんだすばらしい作品の宝の山がうか」ぶ。しかしはたして「この卓越したコレクションの一枚目にとりかかろうと」すると、「想像上は常に理に適ったすばらしい作品を想い描きながら、現実にはどうしようもないものができあがってしまう」。何日かのあいだ途方にくれたあげく「神に、祈りを、ささげ」ると、「突然膝に載せていた白い紙に影がさ」す(以上 2, 15)。真の画家レーマーの登場である。

それまでの二流の師匠にかわって、ゲーテ体験で得られた理念を具現化させる恩師がとうとう現れたのだ、と読者はやはり考えるはずである。しかしこの期待もみごとにうらぎられる。この師匠も哀れなたかりの狂人であることが次第に判明してくる。これは二重の逆転である。主人公はゲーテ体験からも真の画家の登場からも芸術的啓示をうけることはできない。この教養小説において主人公は人生の転機においてはけっして成長しない[6]。これがゲーテをきわめて意識したこの教養小説の新しい点、もしくはこの小説に表れた時代精神である。ゲーテにおいては主人公の失敗もその後の成長にとっておりこみずみというか、物語の展開上――実社会ではそうではないが――きわめて自然である。逆に『緑のハインリヒ』において主人公の挫折は読者の期待に反しておこる。つまり読者が主人公の転機を予想するまさにその時に彼の失敗はおこるのだ。さらにこの第二の逆転は主人公が絶望のなか神への祈りをささげた直後におこっている。これは皮肉な逆説である。ここで神は御利益を実現するための人間的願望として提示される。ここにはもはや啓蒙的な予定調和的＝目的論的理念もロマン派的な彼岸的＝唯心論的理念もないのだ。(7)

一方ここで芸術の理念が「詩的（poetisch）」ということばで象徴化されていることは注目していい。このやはり画家を志した作家自身をモデルとした小説は、すくなくとも主人公のレベルにおいては「詩（Poesie）」への適性をつよく意識させる。やがてこの主人公は小説のなかで、画家への不適性を自覚したまさにその時に『緑のハインリヒ』を書き始めることになるだろう。

＊

「ゲーテ体験」とそれにつづく師匠との出会い、そしてその幻滅ののちまた新たな転機がおとずれる。すなわちあきらかにミュンヘンを想起させる「芸術都市」での美術学校生活である。もちろんここでの多彩な体験も挫折におわる、もしくは主人公の成長という読者の予測はここでもやはりうらぎられることになる。

しかしそのまえに「ツヴィーハン・エピソード」が挿入される。この主人公によって語られる唐突な挿話はやはり『ドン・キホーテ』を想わせるアネクドートだが、主人公が肌身離さずもちあるくことになる頭蓋骨にまつわるものであるだけに読みの過程につよい影響をあたえることになる。すなわちストーリーからいってこの物語が小説本篇の内容を暗示していることにまちがいはないが、それがどの程度までふみこんで関連づければいいのかとなるとかなり曖昧である。物語の概要をしめすと――アルベルトゥス・ツヴィーハンは隣のあかぬけした娘コルネーリアと別隣の清楚な娘アフラのあいだでゆれうごく。彼は彼の財産を狙うコルネーリアの誘惑におちいりそうになったせつな、ヘルンフートに入会したアフラを追ってザクセンまでたどりつき、みずからも入会する。しかし彼女がアフリカに赴く伝道師の伴侶となることを知って途方にくれ、グリーンランドまで派遣されたすえ故郷にたどりつく。そこに家をのっとった異父兄と妻としてはいりこんだコルネーリアをみいだし、彼女の下僕にされてしまう――。

これには本篇の主人公ハインリヒが妖艶で快活なユーディットと清楚な美少女アンナのあいだでゆれること、画家を志したものの漫然と青年期をすごしているため失敗をくりかえしていることが関係していることはまちがいない（第一稿でハインリヒは絶望のすえ自殺するのだ！）。そしてハインリヒが頭蓋骨をもちあるいていることからもわかるとおり、彼がツヴィーハンにつよい共感をもっていることもまちがいない（ハインリヒは、ツヴィーハンがアフラに魅了されたきっかけが窓から見える彼女の後ろ姿であったことをとりあげて、「敬虔なアフラもこのだらしない男を、意図的に背中でさそって、惑わしたとかたく信じている」（2, 124）と言って、意外にもツヴィーハンへの同情をしめしている）。

＊

さて「芸術都市」にのりこんだハインリヒは二人の友人をえることになる。ここではこの二人の画家の卵を例に、画家を志した芸術家（作家）であるケラーらしい冷厳で説得力のある芸術家論が展開される。

一人目の北欧出身の「金髪」の「巨人」（以上2, 138）エリクソンに関しては、いきなり結論から語られる。「彼は少年時代から目のまえにあるものを巧みに画く洗練された器用さをしめし」、「わるい画家ではなかった（それどころか才気煥発でさえあった）が、本質的な意味においては、まったく画家ではなかった」。「初めの上達はとどおりのないめざましいものだった」。「しかし不思議なことに進歩は一定のところまでくると、残酷にも止まってしまう。「彼は土地をかえ、あらゆる手を尽くし、師匠も何度もかえた――しかしそれは無駄だった」。彼は画家になるのは諦め故郷に帰って裕福な実家を継ごうと考えるが、運わるく家業は倒産する。そこで「彼は慎重で徹底的な自己批判を断行し、彼の能力をあらゆる角度から検討した結果」、微温的な風景画を売ってくっていくことを決心する。その際「準備と仕上げは良心的に行うという主義に忠実だった」（以上2, 140 f.）のだという。

これは器用なだけで才能に欠けるために芸術家になれないという例である。もちろん芸術家としての能力に人間性はまったく連動しない。彼は人生においては引用でもわかるような誠実でまじめな性質によって周囲の人間の信頼を勝ちえ、のちに実業家として大成する。

今一人の友人はリースというオランダ人である。彼は裕福で下僕をもち、高級な調度品にとりかこまれた広大な住居に生活している。書棚には本がぎっしりつまっていて「著名なジャーナリストか大臣の書斎のよう」である（2, 145）。数少ない彼の絵はみな大作で、ソロモンとシバ、ハムレットなど聖書や伝説を題材とした大仰な群像画であり、耽美主義者・ナルシストである。エリクソンに言わせれば「結局彼もまったく画家ではない」。なぜなら「実際に画かない人間を画家とは言わないだろう」から（以上2, 143）。彼は地元に戻って政治家をめざすことになるだろう。

彼の作品は精巧で手がこんでいるが、結局厖大な知識に裏うちされた歴史＝物語（Geschichte）の再現であって、個性的な芸術創作ではない。すなわち技法的・様式的先端性と表現意欲に欠ける。これは芸術創作は理性だけではできないことをしめす例である。

さらにハインリヒのまったくの自己の想像による風景画を観たリースは、彼のことを「唯心論者」、「ロマン主義者、寓意論者」（以上 2, 158 f.）とよび、美術における自然の模倣のたいせつさを説く。理念・想像力先行のハインリヒはやがて「緑のハインリヒ」の著者になるだろう。

おもしろいことにこの三人はそれぞれ北欧国境地帯、オランダ、スイスという「かつての帝国の北と西と南のへりにふるさと」をもついわばドイツにとっての他者であるが、「共通の民族精神をもち、その中心部にやってきたとおい親戚で」もある（2, 161）。彼らはドイツ人であってドイツ人ではない。この二重性は国民性にとどまらない。彼らは画家であって画家ではない。実は上述のツヴィーハンは父親の唯一の実子であるにもかかわらず正嫡ではない。彼は息子であって息子ではないのだ。話はもっと複雑で、彼は死んだと思われた異父兄になりすまして実父の相続人となったあげく、みずからの実家で異父兄の下僕となるのだ。ツヴィーハンの内面的・状況的不確定性のハインリヒへの寓意は二人の女性に対する関係にとどまらない。もの心ついて以来ハインリヒには父親がいない。その父親は農家の生まれでありながら農村の牧師の娘と結婚し、都市にくらす。彼は都会人であって都会人ではないのだ。さらに少年時代学校を退学させられたハインリヒは生徒であって生徒ではない。そして——先述のとおり、彼はクリスチャンであってクリスチャンではない。こうした背景がハインリヒの人生をきめる、あるいはきめない。これらの状況は二項対立ではなく相互浸透的不確定性である。ここにはもはや『ヴィルヘルム・マイスター』におけるような単線的展開はない。これは自己同一性の決定不可能性に関する小説なのだ。

その後画家としての生活に破綻したハインリヒは「人生で初めて食事をぬ」く。そして「自分のおかれた状況と自分自身について、内面までほりさげて、真剣に考えてみようという気をおこ」し、「これまでの人生と経験を叙述しはじめ」る。いわば『緑のハインリヒ』執筆の時である。「人生というものを徹底的に肝に銘じるには、人間が食べずに飢え、もたないために食べられず、稼がないためにもたないときよりも適しているものはない」(3, 359 f.)。そんな時彼は執筆にはいる。極限の状況で人生について真剣に考えるとき人間の本性《ほんせい》はあらわれる。

この主人公による自伝の執筆の描写はロマン的イロニーめいた循環構造を現出させる。一人称小説のなかでみずからの生涯を叙述した本、すなわちその主人公が物語っている本を執筆するわけである――という話はしかも虚構なのである。実際にはこれは作家ケラーが書いた虚構＝小説である。(8) これはノヴァーリスの『オフターディンゲン』で主人公ハインリヒ(！)がまさにみずからを描いた『オフターディンゲン』のような本に出合うのを想起させる。これはやはり教養小説の伝統と直前のロマン派の時代をつよく意識した、しかもより近代的な写実主義小説なのである。しかしこのロマン的イロニー状況のなかで、物語はいくぶんロマン派的な幻想世界にあゆみ入ってゆく。

＊

画家としてのみずからの才能にみきりをつけたハインリヒはついに故郷スイスへの帰途につくが、あらゆることをほりさげて考える彼は直接的行動にでることに時間を要する。こうして帰郷の旅に出てすぐに物語は「伯爵の城のエピソード」にはいっていく。このメルヘン的な場面は、これまで述べてきたとおり、『予感と現在』を想わせる一種の奇跡譚である。偶然通りかかった城で、生活に困ったハインリヒがやむにやまれずに売りにだしていた絵を買いつづけていた密かなパトロンである伯爵に出会う。ここで彼は歓待をうけ、望外の報酬を得ることになる。またその絵をひきとっていた古物商が彼に財産を遺贈していたことが判明する。さらに伯爵の計らいで大々的に売りだされた絵のことを、故郷で事業に成功したエリクソンが知り、それを高額で買いとることになる。ハインリヒ自身「多くの不自然な幸運」(3, 242. 同様の表現他に多数)と言っているようにこの一連の経過はあきらかに不自然であり、これは虚構をつよく感じさせる場面である。この不自然さはロマン派の影響をつよくうけた設定であるにもかかわらず写実的に叙述されているために生じるものである。それが「詩的写実主義」とよばれるドイツ語圏の写実主義の個性の淵源でもあり、物語展開の冗長さとともにその欠点でもある。[9]

さらにハインリヒはこの城で、ついにはっきりとわかるかたちで人間的成長を遂げる。この城は『マイスター』における「塔の結社」――主人公が知らないうちに密かにその成長をみまもる善意の団体――の機能をも果たす。彼はここで画家としての能力を存分に発揮させてもらったうえ、その限界を最終的に悟る。またここで伯爵の養女である清楚と優美――アンナとユーディット――をかねそなえた女性――ドルトヒェン・シェーンフントと恋におちる。[10] ここで彼は真の恋を知ることになる。実は彼女はもの心ついて以来、つまり生まれつき無神論者である。さらに伯爵もフォイアーバッハの影響をうけた無神論者である。彼らをとおしてハインリヒは一回かぎりの人生をたいせつに生きる意味を知る。のちに棄児であるドルトヒェンは嗣子のない伯爵の姪であることが判明し、遠縁の男爵と結婚して伯爵家を継ぐことになる。この数奇な運命をたどった女性は『マイスター』のミニョンを想起させるが、ミニョンに比してあかるい結末におわる。これはやはりこの小説を童話めいたものにするが、その一方で『マイスター』への親近性をつよく喚起する。

やはりこれは嫡流の――『マイスター』〜『オフターディンゲン』〜『予感と現在』――教養小説なのである。

しかもロマン派をへて写実の即物性、唯物論の冷徹さをおびた人生観をともなう新時代＝詩的写実主義のそれである。失敗をくりかえしながら、様々な経験をへて、ハインリヒは人間として成長してゆく(11)。

そして物語は終結部にいたる。成熟したハインリヒは故郷近郊で官吏としての道をあゆみ、郡長となる。遂に分をわきまえた堅実な市民としての道をあゆむわけだが、そこにはどこか諦念の影がある。そこにユーディットがあらわれる。アメリカにわたり事業に成功した彼女は、ハインリヒが窮地におちいったと聞いて故郷に帰ってきたのだ。

「あなたが困っているというのに、ほうっておけるとでも思う？」（3, 276）

賢明に成熟したユーディットはふかい友情関係を提案する。こういう非現実的な「幸運」がおとずれるのも、「伯爵の城」と同様に主人公の成長をみまもる善意の人間の眼ざしという教養小説の伝統を想起させるとともに、この小説の虚構性を特徴づけるものであり、また理性的交友形態の提示とあいまって、これがロ、マ、ン、派、を、へ、た写実時代＝近代の教養小説であることをつよく感じさせるものである。

最後にハインリヒはみずからの手記を書き終えたことを告げて、つまり『緑のハインリヒ』を虚構上書き終えたことを告げて物語をとじる。このロマン的イロニーの状況のなか、虚構上の作者であり一人称の語り手であるハインリヒが物語を語り終える（書き終える）のと、現実の（ケラー作の）『緑のハインリヒ』の物語が終了するのが一致するところに、この作品の写実を超えたつよい観念性がある。すなわち現実と虚構の一種の観念的融解が生じる——つまり『緑のハインリヒ』はこの時代のドイツ独特の詩的写実主義——つまり理念化された写実主義の教養小説なのだ。

（1）エディプス的解釈の代表例として、vgl. Gerhard Kaiser, *Gottfried Keller. Das gedichtete Leben*, Frankfurt/M. 1981.

（2）信仰（無神論）の問題をほりさげた解釈としては、vgl. Ursula Amrein, *Atheismus – Anthropologie – Ästhetik. Der „Tod Gottes" und Transformationen des Religiösen im Prozess der Säkularisierung*, in: *„Der grüne Heinrich". Gottfried Kellers Lebensbuch – neu gelesen*, hrsg. von Wolfram Groddeck, Zürich 2009, S. 111–140.

（3）本稿は原則として決定稿である一八七九／八〇年の第二稿を論じたものである。稿の問題については、vgl. Dominik Müller, *Wiederlesen und Weiterschreiben. Gottfreid Kellers Neugestaltung des „Grünen Heinrich". Mit einer Synopse der beiden Fassungen*, Bern, Frankfurt/M. 1988.

（4）以上 Gottfried Keller, *Der grüne Heinrich*, S. 43 f., in: ders., *Sämtliche Werke. Historisch-Kritische Ausgabe*, hrsg. unter der Leitung von Walter Morgenthaler, Bd. 1, Basel, Frankfurt/M., Zürich 2006. 以下この節における同作品からの引用は、本文に巻数とページ数で記す。

（5）この「ゲーテ体験」がこの小説にとって決定的であるとする解釈として、vgl. Hartmut Laufhütte, *Wirklichkeit und Kunst in Gottfried Kellers Roman „Der grüne Heinrich"*, Bonn 1969.

（6）たとえばプライゼンダンツはその教養小説としての解釈のなかで、教養小説特有の発展性に対して、この小説独特の円環性を指摘している。Vgl. Wolfgang Preisendanz, *Keller. „Der grüne Heinrich"*, in: *Der deutsche Roman. Vom Barock bis zur Gegenwart. Struktur und Geschichte*, hrsg. von Benno von Wiese, Bd. 2, Düsseldorf 1965, S. 76–127.

（7）たとえばザウターマイスターはこうした状況を市場経済社会における教養小説の理念の不可能性としてとらえている。Vgl. Gert Sautermeister, *Gottfried Keller. „Der Grüne Heinrich"*, in: *Interpretationen. Romane des 19. Jahrhunderts*, Stuttgart 1992, S. 280–320.

（8）作家ケラーと『緑のハインリヒ』の虚構性の問題に関しては、vgl. Karl Pestalozzi, *„Der Grüne Heinrich" (1854/55). Komponierte Vielfalt*, in: *Interpretationen. Gottfried Keller. Romane und Erzählungen*, hrsg. von Walter Morgenthaler, Stuttgart 2007, S. 15–35.

（9）ドミニク・ミュラーはこの小説にとって「偶然」が構成的であるとして、そのアレゴリー性を分析している。Vgl. Dominik Müller, „*Der Grüne Heinrich*“ *(1879/80)*. *Der späte Abschluß eines Frühwerk*, in: ebd., S. 36–56.

（10）精神的・官能的統合としてのドルトヒェンの意味については、vgl. ebd.

（11）もちろん画家として破綻したハインリヒが故郷に帰り、母の葬列に遭遇し、絶望して自殺する第一稿にこれは該当しない。『緑のハインリヒ』は第二稿で成熟した教養小説に変貌する。

祝祭としての神話――ノヴァーリスの『ハインリヒ・フォン・オフターディンゲン』

無限あるいは断片としての『ハインリヒ・フォン・オフターディンゲン』

ノヴァーリスの『ハインリヒ・フォン・オフターディンゲン』において、神話は童話＝祝祭というかたちをとり、Poesie なるもので理念化される。ところでこの長篇小説を読み終えた読者は、様々な意味である種の苛だちを覚えることであろう。ここで問題にしているのは、この小説が背おいつづけなければならない「未完」という宿命である。その読者が、いわゆる「文学批評」などというものを眼中においていないとしても、問題になんら変わりはない。いや、文学批評という一種専門家集団を対象とする次元を超越したところにこの問題が生起すること自体、これがこの作品の本質にかかわることをものがたっている。かりに素朴な読者が第二部のジルヴェスターとハインリヒの対話を読み終え、ページがつきていることを知って、「もうこれでこの物語は終わりであろう」と素直にうけとったとしても、その対話の中途半端なのを怪訝に思い、はたしてほんとうにしまいなのかと、一応は疑ってみるはずである。だいたい第一部に比してこの第二部が異常にみじかいことも、この疑念をいっそうふかめることになるだろう。実際この作品が未完であること、あるいは第二部「成就」が第一部「期待」への回答としてシンメトリカルに構想されていたことは、文献学的に議論の余地のないところであるから、こういった反応は至極当然といえる。

ひとたび未完であることを知るや、たちまち続篇を知りたくなることは、また自然な反応であって、それはこの作品の研究史が、いわば続篇に関する詮索の歴史の様相を呈していることをみれば容易に理解できるが、それにもかかわらずこの断片小説はロマン派屈指の名作としての評判を獲得している。通例時代を代表するといわれているような文学作品は、かりに決定稿に問題があるにしても、一応の完結をみるか、大部分ができあがっているものである。『オフターディンゲン』のように半分もできあがっていないような作品は、きわだった例外といわざるをえない。ということはこの作品の名声に「完結」という要素はあまり関係がないことになる。読者は断片のままこの小説を評価してきた。他方で作品のほうもまた物語を「終える」ということに、あまり関心をもっていないように思われる。というよりも作品自体が完結を拒絶しているふしがある。永遠の彼方に向かって、どこまでもめぐりゆこうとするかのような、あるいは現在・過去・未来を永久に回帰することをことさら暗示するような傾向がこの作品にはある。おそらくこの作品を魅力的なものにしているのは、そういった「無限＝神話への意志」であろう。一方「永遠」あるいは「未来」といったものはけっして到達することのできないものであるから、もしそれをテーマにすれば、断片におわる可能性が著しくたかくなる。ようするにこの作品は本質的に「断片」を志向するような傾向をもっている。すなわち『ハインリヒ・フォン・オフターディンゲン』という小説の魅力はこの「断片性」とわかちがたくむすびついている。こうしてみると、この作品の続篇を詮索することは、あまり意味のあることではないように思われてくる。実際のこされた資料は、ノヴァーリスの思索のあととしては、きわめて興味ぶかいものではあるが、第二部の内容を再編成するには、不十分なものといわざるをえない。(1) F・シュレーゲルはA・W・シュレーゲルに宛てた手紙のなかで、「ノヴァーリスは死の直前、構想をまったく変えてしまった」と言っている。(2) これは生前のノヴァーリスの『オフターディンゲン』第二部の構想に関する最後の資料とされるが、無限を志向するこの小説が、永遠にその形態を変容させざるをえないことをものがたっていて暗示的である。第二部を再構成するというような試みは、結局は初版の後書きでティークがおかしたあやまちをくりかえすことにほかならない。(3) 断片というかたちで長年にわたって我々をとらえつづけてきたこの小説の魅力は、作品が本質的にはらむその断片性にかかわっている。

世界の内面化と永遠回帰

『ハインリヒ・フォン・オフターディンゲン』の創作様式は漸層法である。それは詩に対する理念（それをノヴァーリスはPoesieとよぶが）を、かたちを変えて、くりかえし表出する試みである。Poesieとは別の言い方をすれば、現実的世界と超現実的世界との融解である。ここでいう超現実的世界は内面にある。すなわち超現実的世界は他者、異次元への移行ではなく、自己の内面への回帰である。つまり現実的世界と超現実的世界の融解とは現実の内面化、言い換えれば、現実の象徴化・寓意化＝神話化の謂である。物語の進行と歩を合わせて、現実は次第に内面化され、壮麗な超現実的世界へと移行してゆく。内面が「日常的」に超現実的世界をくりひろげるのは、夢の世界においてであり、(4) また日常生活において超現実的世界を自然に受容できるのは童話の世界である。この小説が次第に童話の世界へ移行していくことをノヴァーリスがほのめかしているのは、そういう意味においてである。(5) だからこの作品では夢と童話が重要な役割をになう。小説はハインリヒのあまりにも有名なその「夢」から始まる。

彼には青い花以外目にはいらず、ながいあいだ名状しがたい情愛をこめて、それを見つめていた。しばらくして近づこうとすると、花が突然動きだし、姿を変えはじめた。輝きをました葉に覆われた茎が、ぐんぐん伸びてゆき、花が彼の方に身をかしげ、青い花びらをほころばせると、そこに可憐な顔がうかんだ。この奇妙な変容とともに、彼の快い驚きはつのっていった。(6)

花が動きだして、目にみえて成長し、花をほころばせ、人間の顔になるというこの奇想天外な情景も、夢におけるでき事であれば、そう不思議な話ではない。このような設定をくりかえすことによって、超現実的世界は次第に構成的なものとなってゆく。一方くりかえし提示されるこの冒頭の夢のような現実と超現実の融解がおこる場面、すなわち高度の内面化がおこる場面は、当然のことながら極度の内的緊張、あるいは文体上、読者への作用上における美学的緊張をともなう。こうした異様な内的高揚が現出する場面の存在が、この小説のきわだった特徴となっている。そしてこのような場面において頻出するのが、青い花のモティーフである。この青い花に対する憧れが、ハインリヒを旅へといざなう。ハインリヒの旅はこの青い花をさがしもとめる旅である。永遠の世界にたどりつこうというこの物語は、まずハインリヒに「青い花」に対する欲求をたきつける。すなわちこの「青い花」とは「永遠」を表すエンブレムである。「青い花」が登場するところ、上述の内的高揚がおこり、永遠の世界へのいとぐちがかいま見られることになる。このような場面をつみかさね、永遠の世界へとあゆみよる。冒頭の「青い花」の夢の設定は音楽的にいえば、主題提示部である。実際『オフターディンゲン』の構成は音楽の様式を想わせるものがある。冒頭で主題の提示があるというのも小説においては異例であるが、しかも主題は語り手の説明あるいは主人公の思想・行為でしめされるのではなく、あくまでも「青い花」というエンブレム（主旋律）に凝集されている。冒頭におけるモティーフの原型の大規模な提示をうけて、次第にこのモティーフは多面的に展開されてゆく。「青い花」のモティーフが作中ちりばめられているのは、ヴァーグナーのライトモティーフを想起させるものである。また「アリオン伝説」、「アトランティス物語」あるいは「クリングゾールの童話」といった美しい挿話は、永遠の世界の予示としてこの「青い花」のモティーフの変奏といってよい。「青い花」のモティーフはかたちを変え、永遠の世界へのいとぐちとして変奏されてゆく。

戦闘的喧噪はきえさり、明澄な映像による憧れだけがのこった。彼はなぜだかここにはリュートがふさわしいと思われた。しかし実際には彼はリュートとはどんなものなのか、どんな響きがするものなのかもしらなかった。壮麗な夕べによる爽快な光景が、彼をあわい空想へとさそった。胸に秘められていた青い花が、時おり電光のように彼の心をよぎった。(234)

旅の途上の山城で十字軍の世界にふれたハインリヒが、その熱狂にいくぶん息苦しさを覚え、戸外に出て、夕暮れの澄んだ情景にであう場面である。そして突然ほんとうにリュートが鳴り、不思議な歌声とともに東洋の女ツーリマが登場する。この場面も虚構上における現実なのか、あるいはハインリヒの想念なのか、判別が困難な場所である。ツーリマはハインリヒのことをそのリュートの本来のもちぬしで、詩人である自分の兄に似ているというが、(7)実際第二部の構想ノートをみると、ハインリヒはこの東洋の伝説的世界にひきこまれていくらしい。(8)のちにクリングゾールがハインリヒに詩人としての本性《ほんせい》をみとめ、この場面を「詩の国、ロマン的な東洋が憂愁をおびて、君に挨拶をおくったんだ」(283)と解説している。構想ノートには「東洋の女も詩(Poesie)である」とある。(9)またリュートは「アトランティス物語」の詩人が奇跡をおこす楽器でもある。青い花の登場はハインリヒにとって詩の世界、無限の世界への端緒となる。

世界の内面化、異様な高揚とともに超現実的世界への移行、無限の世界の暗示というこの小説の戦略がもっとも端的に開示されているのが、第一部のちょうど中間に位置する洞窟の場面である。

澄みきった暖かい晩であった。月は穏やかな輝きで丘にかかり、すべての生きものの心に奇妙な夢を懐かせた。そしてみずからも太陽の夢であるかのように夢の世界へと沈潜してゆき、無数の境界で分かたれた自然を、童話めいた太古の時代へとつれもどした（……）。ハインリヒにはまるで世界が自己の内面に開示されたように思われた（……）。彼は自分の華奢な居室が崇高な聖堂に隣接し、その石造りの床から厳粛な太古の世界がうかびあがってきて、一方円蓋からは快活な未来が黄金の天使となって、歌いつつ舞い降りるのを見た。（……）自然を熱心に観察し、王の継嗣としてむかえられたという、商人たちが語ってくれた若者の話が、ふたたび思いうかんできた。（252）

夜と洞窟は内面世界のメタファーとなる。洞窟奥ふかくへと入っていくことは、夜のように暗い、ふかい自己の内面をたどってゆくことでもある。ハインリヒはここで過去と未来、細分化された自然が渾然一体となった夢幻的世界が開示されることを予感する。事実ハインリヒは洞窟の中で一種の奇跡的世界、超現実的世界にであうことになる。この洞窟の場面はこの小説における一つのクライマックスをかたちづくっている。文体上の緊張感と物語における気分の高揚はピークをむかえることになる。

私がここで問題にしているのは、その洞窟に隠棲しているホーエンツォレルン伯に、ハインリヒがある奇跡的な本を見せられる場面のことである。このプロヴァンス語で書かれているという書物の挿画に、ハインリヒは自己の姿をみとめる。それだけではない。まさにこの場面が、洞窟でホーエンツォレルン伯と案内してくれた老鉱夫が自分と一緒にいるところが画かれている。また自分の近親者や知りあい、例の東洋の女などといる場面、さらには第二部の構想ノートにあるハインリヒが経験することになるであろう場面までもが記載されている。ここでは特にクリングゾールと思われる人物が、ハインリヒにいつもよりそっていることが強調されている。[10] この一見奇想天外と思われる場面も、実にすこしもリアリティをうしなってはいない。ここでいうリアリティとは、もちろん小説の設定上のリアリティのことである。読者は空想譚を読んでいるという意識をもつことはないだろう。あくまでもハインリヒは（小説上の）現実において不思議な場面に遭遇したととらえるはずである。ここがこの小説がロマン派の作家に散見される、いわゆる「お伽噺的な」童話と峻別されるべき点であり、力点は常に現実の内面による超現実化という点におかれている。ところでその書物に「題はなかった」（264）という。それはこの書物がこれからハインリヒ自身によって書きこまれるべき書物、すなわち我々が読んでいる『ハインリヒ・フォン・オフターディンゲン』であるからだ。この場面などはロマン的イロニーが根源的に機能した例であり、内面世界が永遠回帰的にめぐりだす。[11] 先の引用中ハインリヒが「アトランティス物語」を想起したのは、永遠回帰的無限の世界への予示である。すなわちハインリヒは「アトランティス物語」で王の継嗣となった若い詩人でもある。[12] そもそも有名な「クリングゾールの童話」でさえもが本篇である『ハインリヒ・フォン・オフターディンゲン』のアレゴリーとなっている。[13]「アリオン伝説」もふくめ、この小説ではすべてがハインリヒの内面において循環する。[14] ところで「その本の結末は欠けているようだった」（265）という。この文などは作家の、いわばやる気のなさが表れていて、私には実におもしろい。すなわち作品そのものを作中に登場させて、その未完を予言している。もちろんここでいう「やる気のなさ」とは積極的な意志のことである。内面は無限であるということ、無限の世界を描ききることは、矛盾であるというテーゼの表明である。

私がたえず問題にしていること、すなわち異様な内的緊張をはらみ、超現実的な世界が現出する場面が存在することが、この小説のきわだった特徴であるということだが、このような場面においては過去あるいは未来ということが常に問題にされている。この「洞窟の『オフターディンゲン』」とでもいうべき場面も、主人公が作品中その作品自体をみいだすという、そのもっとも先鋭化された例の一つである。このことは自己の内面世界がすこしずつときあかされてゆく過程であるというこの小説の性質に関係している。内面をたどってゆけば、これまで自我がどういう意志にしたがってきたのか、あるいはこれから何を志向するのかがみえてくるだろう。そもそもハインリヒの旅そのものが自己の内面をたどってゆく旅ではなかったか?

「洞窟の『オフターディンゲン』」の「未来」が描かれているという部分について、ハインリヒは「驚くべきことに、夢で見た人物たちがそこに載っていたのには、ほんとうに感激した」(265) という。ハインリヒの旅は夢につきうごかされることに始まった。夢はすでにハインリヒの未来、すなわち彼の内面の意志を知っていた。そのハインリヒが作品中最初に見た夢、彼が旅だつきっかけとなった夢は、こんな夢であった。

そしてまず気がとおくなるような遠方や、見知らぬ未開の地方の夢を見た。彼は不可解なほどかるやかに海をこえていった。不思議な動物たちを見た。あるときは戦争や荒々しい争乱で、またあるときは人里離れた田舎家で、様々な人々にであった。囚われの身となって、惨めな境遇におちいった。いまだ経験したことのないほど五感がたかぶるのを感じた。かぎりなく多彩な人生をおくった。死に、また生きかえり、情熱のかぎりをつくして愛したが、やがて永遠に恋人とへだてられた。(196)

この不思議な魅力をたたえた文章、みじかい時間に多彩なでき事が、めくるめくように継起している様のヴィジュアルな描写、この情熱的な文章は、人をはるかな物語世界へといざなう。それは第二部の構想ノートや作中ちりばめられた挿話との関係を想起させるものでもある。しかし具体的な照合など無意味なことであり、そもそもこの断片小説においてそれは不可能な作業である。重要なのは、むしろその暗示的な身ぶりである。この文章は初めて『オフターディンゲン』を読む者にも、ハインリヒのゆくすえを予想させるような書き方がなされている。こうした書き方、将来を暗示するような、あるいはすでに読んだことを暗示するような文章が、この作品には非常に多い。それは過去と未来が交錯し、内面ふかくへとあゆみ入ろうとするこの小説の永遠回帰的な性質のあらわれである。したがって青い花の夢へとつづくこの夢につきうごかされて旅にでるハインリヒが、その出発にあたって、まず「帰還」をイメージするのは、なんら不思議なことではない。

彼の目にはあの不思議な花がうかび、今まさにのりだそうとしている世界各地へのながい遍歴のすえ、故国に帰ってくるような、すなわち実は故国に向かって旅をしているかのような奇妙な予感とともに、たった今あとにしてきたテューリンゲンの方を見やった。(205)

旅だとうというハインリヒの目には、やはり「青い花」がうかぶ。彼はこの永遠の世界へのいとぐちを暗示するエンブレムとともに、「帰還」を予感する。ハインリヒにとって世界遍歴とはみずからの内面世界へ一歩一歩あゆみよることである。だから旅をつづければつづけるほど故国、すなわち自己へと回帰してゆくことになる。したがって旅、すなわち彼方への憧れ（Fernweh）と郷愁（Heimweh）は同一概念となる。旅は無限への憧憬を象徴し、一方「帰還」は無限の内面への回帰を象徴するから、この実は同一概念である無限の世界への旅だちのとき、それを象徴する「青い花」がイメージされるのは自然なことである。ハインリヒにとってこの旅を終えるということは、自己の内面世界との完全な合一を意味する。その時ハインリヒは世俗世界から完全に自由なポエジーの世界にあそぶことになるだろう。しかしそれは実際には不可能な仕業である。内面はふかく、そしてくらい。ハインリヒの帰郷の予感とともに始まったこの小説が、それを抽象化あるいは深化させた例の有名なせりふをふくむ場面でとだえているのは、私には偶然とは思われない。

「ぼくたちはいったいどこへ向かっているの？」
「いつも家に。」（325）

人生が常にくめどもつきぬ内面への旅路であること、すなわち永遠回帰的なさすらいであることをうたって、この小説はとだえる。それはこの小説の世界が無限につづくこと、あるいは永久に断片であるという背反的宿命を宣言しているように私にはひびく。この一見無限の世界を飛翔するかにみえる思考様式は、実は自家撞着的な袋小路の危険に常に瀕している。旅だちのときに帰還を中心に思念するといった心性、あるいは常に自己の内面に関心を集中しつづけるという姿勢は尋常ではない。それは思弁的というには、あまりに退嬰的な循環論的思考形態だ。ロマン派が「病的」、「非健康的」であるというハイネによって広く流布することになった議論は[15]、昨今ではあまり評判のいいものではないが、このような極度に内向きの傾向、厭世的気分はそうした主張を擁護してあまりあるものである。しかしそうした傾向がまったく逃避的なものにならないところに、ドイツロマン派の独自性がある。むしろこの徹底した虚無主義には、悲壮な孤高さが感じられる。積極的に世に背をむける姿勢、内面世界への異常な執着は、この時代のきわだった特殊性、あるいは十九世紀末へとつづき、近代的深層心理学＝精神分析を生みだすことになる傾向の第一波、しかも最初にして最大のものとみなすことができる。おそらくこれは「現代」という人類史上比較的最近生じた問題に関係することである。フーコー流にいえば、『人間』の終焉」にかかわる何かというところであろうか[16]。ここには一世紀をかけて「人間」が格闘した問題の痕跡がみてとれる。

青い花、そして祝祭

「それにしてもその青い花をぜひ見てみたい。その花がたえず心にかかって、ほかのことなど考えることもできない。(……)すばらしく気分がいいときもあるけれど、あの花をはっきりと想いえがくことができないときは、心の底からせつなくなる。」(195)

『オフターディンゲン』を印象的なものにしているのは、やはりこの「青い花」である。冒頭の青い花に対するハインリヒの衝動が、人を『オフターディンゲン』の物語世界にひきこんでゆく要因のすべてであるといっても過言ではない。この激しい切望感、純粋な憧憬を生みだす契機となった「青い花」は、まさにロマン的憧れの象徴となりうる巨大なエネルギーをはなつ。第一部第一章ではこの小説の魅力の源泉である「青い花」、そして「夢」についてのテーゼが凝縮されたかたちで提示されている。荒唐無稽なまでに夢想的な世界がくりひろげられるこの小説をささえているのが、きわめて明晰な思考形態であることは、この章の精巧な構造をみれば、容易に理解できることである。

さて冒頭には引用文にあるように、「見知らぬ人」の話によってかりたてられたハインリヒの青い花に対する切望感が描かれている。その後ハインリヒは先に引用した自己のこれからの人生を暗示するような夢を見る。そしてハインリヒの青い花の夢、目覚めたハインリヒと父親の夢についての議論、それから若いころに見たという父親の青い花の夢、これが第一章の単純化した構成である。ようするに第一章は「青い花に対する憧れ」というモティーフの提示と、青い花の夢をめぐるハインリヒと父親の立場の対象化というかなり意識された図式的構成がとられている。つまり第一章はもっぱら青い花の意味をめぐって展開されている。ここで二つの立場が対象化されているのには、もちろん理由があるわけで、どうやら「青い花」には正しい接し方があるらしいのである。正しいのは主人公であるハインリヒのほうであるようだが、むしろ父親の「青い花」に対する誤ったスタンスが、正当なアプローチというものをより鮮明なものにする。

まず目をひくのは、二人の見た青い花の夢の装置が酷似しているということだ。二人はそれぞれ森の中を一人で歩いてゆく。すると山の斜面にさしかかり、谷を上ってゆく。そして山の上で地下道を見つけ、そこから山の内部へと入ってゆく。洞窟をぬけ出ると、そこは緑野で、泉のほとりには花々が咲きみだれている。しかし二人を惹きつけるのは、その中心に咲く一輪の花である。このように二人の夢の設定はほぼ同じである。しかしハインリヒが惹かれたのが、青い花だったというのに対して、驚くべきことに、父親のほうはその花の色になんら関心をしめしていない。

「その花は青くなかった?」
「そうだったかな」と父親はハインリヒが妙にまくしたてるのを気にもとめずにつづけた。(201)

これが単に二人の対照的な性格を描いたものなどではなく、きわめて意識的な創作戦略上の差別化であるということは、「それが想いだせないんだよ。ほかのことはすべて心にやきついているというのに」(傍点斎藤)という父親のせりふにも表れている(201)。この父親は花の色だけが想いだせない。これは強調的にきわだたされた欠落である。「青い花」がテーマの第一章で、このもっとも重要な点が、ハインリヒの夢と異なるというのは、実に不自然である。

一方その青い花と不可分の関係にある「夢」に対するこの親子の考え方も対照的である。息子の夢に対する考え方は、端的にいってこういうことになる。

「夢というものは、たとえそれが支離滅裂なものであったとしても、やはり特別な現象で、神意とまではいわないにしても、幾千の襞で人間の内面を覆う神秘の帳に開いた意味ぶかい裂け目とはいえないかな。(……)きのう見た夢は、偶然なんかじゃなくて、きっとぼくの人生に何か関係があると思うな。」(198 f.)

ハインリヒは夢に特別な意味をみとめる。そして「神秘の帳」に隠された内面という、まさに精神分析でいうところの「無意識」の概念をもちだし、さらに夢をその無意識がかいまみられる媒体であるという、これも精神分析の夢理論そのままのきわめて近代的な見解をしめす。そして夢を自己の人生にむすびつける。それはいわゆる「運命論的人生観」などではない。夢には意味があるのだ。つまり夢は人間の内面の声、すなわち比喩的な意味での「夢」に関係がある。それで人は自己の希望を「夢」とよぶ。一方父親の考えは「夢なんかあぶくだ」（198）という実にそっけないものである。のちにジルヴェスターと知れる「老人」は夢のなかで父親にこう言ったという。

「君はこの世の奇跡を見たんだ。（……）ヨハネ祭の夕暮れにまたここへ来て、神にこの夢の意味をあかすよう心から願えば、最高の幸運にめぐまれるだろう。それからこの上の方にある青い花を忘れずに摘み取るんだ。」
（202／傍点斎藤）

父親はこの忠告を完全に無視する。しかも自分が魅惑された花とこの青い花との関係を疑おうともしない。この戦略的にしかけられた「夢」と「青い花」に対する対照的な反応はいかなる意味をもつのか。この小説が消えいるようにとだえる神秘的な場面のハインリヒとジルヴェスターの問答に、そのヒントがかくされている。

「ちょうど君ぐらいの年ごろだったお父さんに会ってから、もうずいぶん経つな。（……）私はお父さんに偉大な美術家のきざしを見てとった。（……）けれどもお父さんにはすでに現実の世界があまりにもふかく根をはっていた。もう自分の才能の呼び声に注意をはらおうとはしなかったんだ。」（326）

「すでに現実の世界があまりにもふかく根をはっていた」ために、父親は「才能の呼び声」、すなわち内面の声である夢に「注意をはらおうとはしなかった」。そして「青い花」への憧れに象徴される夢を追求しようという無我夢中の精神が、すでに止んでいた。前掲のジルヴェスターの忠告は夢の声に耳をかたむけ、精進を続けよということだ。花の色が想いだせない父親は、探求心・熱意が枯渇した精神を象徴している。それに対して「夢」、「青い花」の意味を正しく理解したハインリヒは、「才能の呼び声」に従って、着実に成長してゆく。

「人生最初で唯一の祝祭（……）。あの夢のときのような、青い花を見たときのような感じじゃないかしら。（……）あのうてなからかしげた顔、あれはマティルデの妙なる顔だったんだ（……）。そうだ、彼女は歌の精神の権化なんだ。（……）旅の終わりに彼女に会ったこと、人生最高の瞬間を至上の祝祭がかざったことは、偶然なんかじゃない。ほかになりようがなかったんだ。彼女の存在がすべてを祝祭的にするじゃないか。」（277／傍点斎藤）

旅の目的地であるアウクスブルクへの到着、そしてハインリヒを旅へとかりたてた青い花のイメージを人格化したマティルデとの出会い、以上をもってプロット上の第一部は終結する。それは教養小説としての『ハインリヒ・フォン・オフターディンゲン』の終わり、すなわち目的論的な物語の終結を意味する。(17) しかしここで終わらないのが、アンチ・マイスターとしての『オフターディンゲン』である。小説としての第一部がこの場面につづく「クリングゾールの童話」の寓意的世界で終わるのは象徴的である。そしてさらに夢幻的世界を暗示する第二部断章へと続いてゆく。「旅の終わり」、すなわち物語としての第一部の終わりを「祝祭がかざったのは偶然なんかじゃない」。

マティルデ、すなわち青い花の「存在がすべてを祝祭的にする」。私がくりかえし述べてきた永遠の世界のいとぐちとしての青い花、その世界はここでは「祝祭」とよばれている。マティルデとの出会い、すなわち夢の青い花の獲得ののち、小説は「歌の精神」が支配する祝祭空間へと移行してゆく。「クリングゾールの童話」は祝祭空間をアレゴリーとして表現したものである。そのテーマは愛と詩（歌）の精神（Poesie）による世界の救済だ。以後はこのアレゴリー的世界が次第に物語世界においても構成的になってゆくだろう。この祝祭空間を予示する場面は、第一部においてもいくつか存在する。それは私が「超現実的世界」とよんできたものである。そのうち特にノヴァーリスが想いえがく祝祭空間を色こく反映していると思われる場面がある。それはやはり作中挿入されたいくつかの童話のなかに存在する。童話こそ詩の精神による超現実的世界を提示するのにふさわしい。

「その歌は世界の起源、星辰、植物、動物、そして人間の生成、自然の全能の交感、太古の黄金時代とその支配者である愛と詩、憎しみと野蛮の出現と彼らが慈悲ぶかい女神である愛と詩に戦いを挑んだこと、そして女神たちの最終的な勝利、苦難の終わり、自然の若がえりと永遠の黄金時代の回帰をうたっていました。」（225）

これは「アトランティス物語」の大づめ、詩人が「祝祭」に登場する場面で歌ったという詩の内容だ。この童話を感銘ぶかいものにしているのは、栄華をほこる国の王女が失踪した春に始まり、国中が悲嘆にくれるなか、ふたたび希望を予感させる春がめぐってきて、王女が詩人である夫と世継ぎとなる乳児をともなって帰還するという劇的な物語展開である。それはこの詩人の歌の終末論的図式を反復したものでもある。すなわち壮麗な天地創造と楽園の喪失、苦難をへての黄金時代の復活というモティーフである。終末ののちは永遠の祝祭がやってくる。

「詩人たちはいっせいに歌いだし、その晩は国全体にとって聖なる序夜となって、それ以来ここでのくらしはまさにすばらしい祝祭そのものでした。」(229)

このモティーフは「アリオン伝説」、「クリングゾールの童話」においても正確にくりかえされる。このくりかえし提示される終末論的世界観は、もちろん小説そのもののモティーフでもある。したがって祝祭によるハインリヒの旅の終結と青い花、すなわちマティルデとの出会いとその喪失でとだえるこの小説が、問題の第二部で黄金時代の復活と永遠の祝祭の叙述をめざしたと考えるのは自然なことである。しかしこの黄金時代はどこか憂愁をおびている。「アトランティス物語」は以下の文章をもって終わる。

「この国がどこへ行ってしまったのか、誰一人知りません。伝説によればこのアトランティスは大洪水によって跡形もなく消え失せてしまったということです。」(229)

だいたいにおいて「終末論的救済」といったイメージがわきおこるのは、世を悲観的な風潮がおおっているときである。ここにハイネがロマン派を病的ととらえた理由もある。永遠への希望と終末の予感はたった壁一枚へだてたところにある。永遠の祝祭は現世では望むべくもないのかもしれない。それが人を夢幻の内面世界へとかりたてる。

その永遠の祝祭の観念的な側面を強調して表現したのが「クリングゾールの童話」である。[18] ここではこの祝祭劇がさらに大規模に、そして壮麗にくりひろげられる。この童話自体が世界の終末と黄金時代の復活を寓意的に叙述しているが、童話の内部においてもこの終末論的図式は反復される。それは月の宮廷の宝物庫でジニスタンとエロスが見るタブローである。(19) これは上掲の「アトランティス物語」の詩人の歌の終末論的図式の反復でもある。そうとうの量の紙数が費やされているこの場面は、おそらくノヴァーリスの想いえがいた終末論的図式と黄金時代のイメージが、かなり正確に再現されたものであると考えられる。すなわち平和で豊かな「ロマン的国土」に死者たちの軍勢が攻めこみ、一時は大混乱となるが、やがてそれもおさまり、アルクトゥール（生）とゾフィー（叡知）が君臨するなか、ゆりの花（青い花）にはエロス（愛）とフライア（平和）が休らい、その傍らでファーベル（詩）が甘美な歌を歌うというものである。一方でこれはやはり「クリングゾールの童話」をそのまま要約したものでもある。くりかえし述べているように、この小説は漸層法的創作様式によって執拗に理念（Poesie）の表出を試みる。「クリングゾールの童話」の大づめ、ファーベルの活躍によって世界は以下のように再生する。

「苦痛から新しい世界が生まれ、灰は涙に溶けて、永遠の命の飲み物になります（……）。」春が勢いよく大地にひろがっていた。（……）万物が霊化されたようだった。万物が語り、そして歌った。（312f.）

再生した世界では、「万物が霊化され」、自然がたがいに交感する祝祭空間が世をおおう。この小説ではすべてが祝祭を志向する。小説上の現実、すなわちハインリヒの物語は一連の童話によって漸層法的にしめされる夢幻的世界に徐々にとけいって、永遠の世界をかなでてゆく。それがすなわち第二部のもくろみである。しかしくめどもくみ尽くせぬ永遠の世界の叙述はやはり不可能である。この小説は永遠にロマン的イロニーの循環の世界をさすらいつづける運命にある。

高名な文学作品の例にもれず、この作品もうんざりするほどの解釈学的循環のうずのなかにまきこまれてきた。[20] 私はこの文学研究者による一種の寄生的系譜が、「テクストは過剰にゆたかである」[21] ということに起因しているなどとするいわくありげなもの言いに与するつもりはない。文学作品の解釈例のおびただしさは、その可能性の結果ではない。文学研究者の仕事はそれほど生産的なものではない。私にはこの解釈上の系譜はくめどもくみ尽くせぬ意味のゆたかさなどではなくて、むしろこの作品のもつ異様なまでの個性に由来しているように思われる。意味の多様性ではなく、人を惹きつける魅力のおおきさが、かたちを変えた同じ作業の反復へとかりたてるのだ。それは意味をときあかす作業の軌跡というよりも、作品に魅惑された者たちの意味の産出の系譜である。

さて『オフターディンゲン』の研究史を概観してみると、ポスト構造主義的解釈を別とすれば、伝統的には生活人としてのノヴァーリスの現実主義者としての側面を強調する実証的解釈[22]と、この小説の超現実的理念をそのものとして究明しようとする内在的解釈に大別されるだろう。この論考はその後者の系譜に上ぬりするものでしかない。しかし文学作品の価値はその作品のもつ類例をみない独自性によるものであって、作家の人品に由来するものではない。ならば『オフターディンゲン』の場合、それは堅実な官僚としてのノヴァーリスに由来するのではなく、作品に刻印されためまいをもよおすばかりの夢幻的世界によるものであろう。

ノヴァーリスはやはり『オフターディンゲン』に託したこの夢幻的世界を、かなり真剣に信じていたように思われる。ロマン派の仕事が真理の探究ではなく、思考的遊技としてとらえられることがあるが、たしかにそのような側面がないとはいえないが、この時代の作家たちはかなり深刻にその世界を追求していたように思われる。一方でロマン派の超現実的世界観が思想としての価値をもつとは思われないし、また文学作品の価値とは思想内容によるものでもない。そのスタイルとしての魅力である。いかに表現し、人を惹きつけるか。『オフターディンゲン』の場合、それはこの途方もない夢想的世界を信じた思考の純粋さに起因している。そしてそうした世界を信じざるをえなかったような時代状況もまた、実に興味ぶかいものがある。ロマン派とそれをもっとも純粋なかたちで体現した『ハインリヒ・フォン・オフターディンゲン』の祝祭的神話世界は、人をさらなる解釈の上ぬりへといざないつづけることであろう。

（1）　シュルツのようにのこされた資料から続篇ではなく、『オフターディンゲン』に託したノヴァーリスの詩的プロジェクトの理念を実証的に再構築しようという作業は意味ぶかいものである。Vgl. Gerhard Schulz, *Die Poetik des Romans bei Novalis*, in: *Jahrbuch des Freien Deutschen Hochstifts*（1964）, S. 120–157.

（2）　Brief Friedrich Schlegels an August Wilhelm Schlegel vom 17. April 1801, in: Novalis, *Schriften. Das Werke Friedrich von Hardenbergs*, hrsg. von Paul Kluckhohn und Richard Samuel, Stuttgart [1-3]1977 ff.（HKA）, Bd. 4, S. 683.

（3）　Vgl. *Tiecks Bericht über die Fortsetzung*, in: HKA 1, S. 359–369.

（4）　『オフターディンゲン』の「夢」のもつ意味の解釈で興味ぶかいものとして、vgl. Eckhard Heftlich, *Novalis. Vom Logos der Poesie*, Frankfurt/M. 1969［S. 70–115: *Heinrich von Ofterdingen*］. ここでヘフトリヒは夢を Poesie への通過儀礼としてとらえ、Poesie を夢と現実の同一化作用をもつものとして把握している。

（5）　Vgl. HKA 1, S. 343, 347.

（6）　Novalis, *Heinrich von Ofterdingen*, in: HKA 1, S. 197. 以下この節における同作品からの引用は本文にページ数で記す。

（7）　Vgl. HKA 1, S. 236.

（8）　Vgl. *Berliner Papiere*, in: HKA 1, S. 340–348.

（9）　Ebd., S. 342.

(10) のちにハインリヒはクリングゾールと初めてであったとき、「例の本でよく彼が自分の傍らにいるのを見たように思った」(270 f.) と言う。

(11) ノヴァーリスは構想ノートで „Metempsychose"(輪廻) ということを言っている。Vgl. HKA 1, S. 342.

(12) 同所ではクリングゾールがアトランティスの王とされ、「アトランティス物語」とハインリヒの物語の人物上・設定上の相互連関が示唆されている。

(13) やはり同所で、「クリングゾールの童話」の登場人物と本篇の登場人物との詳細な同定がなされている。

(14) 作中挿入された童話と本篇との関係については、vgl. Erika Voerster, *Märchen und Novellen im klassisch-romantischen Roman*, Bonn 1964 [S. 120–157: Novalis].

(15) Vgl. Heinrich Heine, *Die romantische Schule*, S. 193 f., in: ders., *Historisch-kritische Gesamtausgabe der Werke* (Düsseldorfer Ausgabe), hrsg. von Manfred Windfuhr, Bd. 8/1, Hamburg 1981, S. 121–249 [S. 192–197: Novalis].

(16) 『オフターディンゲン』に関するフーコー＝ラカン流のディスクール分析のなかでは、のちにあげるキトラーの論考が白眉であるが (注18)、物語全体を分析したものとしては、Jens Schreiber, *Symptom des Schreibens. Roman und absolutes Buch in der Frühromantik* (*Novalis/Schlegel*), Frankfurt/M., Bern, New York 1983 [S. 182–250: *Heinrich von Ofterdingen*] も注目に値する。これは聖書以来の壮大なディスクールの物語を叙述するというこの種の手法をとる論考にありがちな誇大妄想的饒舌をまぬかれてはいないが、『オフターディンゲン』にロマン派＝Poesie の歴史転換的含意を読みといている点で興味ぶかい。

(17) 『オフターディンゲン』の教養小説としての読みとしては、少々教養小説にとらわれすぎているきらいはあるものの、やはりこの分野の第一人者であるヤーコプスによる読解があげられる。Vgl. Jürgen Jacobs/Markus Krause, *Der deutsche Bildungsroman. Gattungsgeschichte vom 18. bis zum 20. Jahrhundert*, München 1989 [S. 102–117: Heinrich von Ofterdingen (Jacobs)].

(18) 「クリングゾールの童話」に関する論考のうち、もっとも注目すべきものとしてあげられるのは、Friedrich Kittler, *Die Irrweg des Eros und die „Absolute Familie". Psychoanalytischer und diskursanalytischer Kommentar zu Klingsohrs Märchen in Novalis' „Heinrich von Ofterdingen"*, in: *Psychoanalytische und psychopathologische Literaturinterpretation*, hrsg. von Bernd Urban und Winfried Kudszus, Darmstadt 1981, S. 421–470 であろう。ここでキトラーはフーコー＝ラカン流のポスト構造主義的知識を総動員して、「クリングゾールの童話」の女性的形象の配置から、他者の欲望による言語としての綿密な読解を試み、ロマン派に母系的イメージによるディスクールの成立をよみとる。

(19) Vgl. HKA 1, S. 298 ff.

（20）『オフターディンゲン』の研究史については、vgl. Herbert Uerlings, *Friedrich von Hardenberg, genannt Novalis*, Stuttgart 1991〔S. 398–519: *Heinrich von Ofterdingen*〕. この著作は『オフターディンゲン』にかぎらず、ノヴァーリスの研究史を詳細かつ明快に検討した労作である。

（21）J. Hillis Miller, *Fiction and Repetition. Seven English Novels*, Oxford 1982, S. 52.〔J・ヒリス・ミラー（玉井暲他訳）『小説と反復——七つのイギリス小説』新曜社（二〇〇四）〕

（22）実証的解釈として傑出しているのは、鉱山の実務家・自然科学者としてのノヴァーリスの経験と作品との関係を詳細に論じたシュルツの論考であろう。Vgl. Gerhart Schulz, *Der Bergbau in Novalis' „Heinrich von Ofterdingen“*, in: *Der Anschnitt* 11 (1959) 2, S. 9–13.

神話としての「教養」——ゲーテの『ヴィルヘルム・マイスターの修業時代』にみる特権的装置としての教養概念

教養小説——定義のあやうさ

ゲーテの長篇小説『ヴィルヘルム・マイスターの修業時代』の人物中、そのきわだった理知的思考形態によって異彩をはなつヤルノについて、語り手は以下のような論評をくだす。

しかし誰よりもヴィルヘルムにとって危険なのは、ヤルノであった。この男の明晰な頭脳は、目下の事がらについて適切で厳格な判断をくだすが、その際そういった個別の判断を一種の普遍性をおびたものとして語るという欠点があった。というのも、頭脳によるこういった判断は、実は一回かぎり、しかも特定のケースのみに有効であって、これを別のものに適用しようとすると、もはや不適切なものになってしまう。(1)

この小説において、神話は抬頭してきた市民が体得すべき「教養」というかたちで象徴化される。この作品はロマン派のフリードリヒ・シュレーゲルによって「フランス革命とフィヒテの知識学、そしてゲーテのマイスターはこの時代のもっとも偉大な動向である」と称揚されて以降、(2) 教養小説の祖型として後世絶大な影響力をほこってきたが、それをめぐって近年教養小説の再定義、あるいはその存在そのものを懐疑する議論が盛んである。(3)しかしその一連の議論からうきぼりになるのが、対象である教養小説の存立構造云々といった問題ではなく、それを論議する批評家個々の背景にあるイデオロギー的基盤である点は興味ぶかい。

イルムシャーは教養小説の定義を同定することに関して、「定義がより一般的に、そして包括的になればなるほど、それは空虚なものとなり、それが厳格に把握されれば、それだけいっそうその有効領域は限定的なものとなる」と言って、(4)そのむつかしさをうったえているが、こうした議論は文学ジャンルを厳密に定義づける試みそのもののいかがわしさを惹起する。

そもそも小説の定義自体可能であろうか？『詩学』でアリストテレスが小説の源流たる叙事詩の定義づけを試みて以来、(5)古来人はそれを様々な形で定義づけようとしてきた。かりにドストエフスキーの『罪と罰』をこのジャンルを代表する作品としてあげた場合、カフカの『城』を小説とよぶことができるだろうか？　この二つの作品には社会と人間について書かれているということ以外に、共通点らしきものはみあたらない。たとえば「散文で書かれた虚構作品」というような大雑把なくくり方で小説というものがわかった気でいるような人がいるとすれば、それはそうとう短絡的な人か単純な人であろう。このような言いまわしは当然定義としての機能を果たさないし、しいて定義づける意味もない。また戯曲作品を代表するものとして、シェイクスピアの『ハムレット』をあげた場合、ベケットの『ゴドーを待ちながら』を同じジャンルにふくめることができるだろうか？　当の『ハムレット』にしたところで、古来戯曲の模範とされてきたギリシャ悲劇以来の三統一の原則をまったく無視しているほか、伝統的な古典演劇の様式からおおきく逸脱している点で、もはや模範的戯曲とよぶことはできない。これもまた「対話体で書かれた虚構作品」などという誰でも知っているようなことを定義としてもちだすとしたら、それは権威主義以外のなにものでもない。小説あるいは戯曲の完全な概念など存在しない。しかし我々が、あるいは文学史上の作家たちが小説、または戯曲と認識してきた作品の系譜は、確かに存在し、その概念と形態は歴史的経過とともに変質をとげてきた。

かつてのイェール学派の精神分析批評家ハロルド・ブルームがその有名なテーゼで、強力な詩人は先行する強力な詩人と壮絶な対決（agon）をくりひろげ、その作品を意識的に誤読することによって、自己の詩的世界をきりひらくと言ったように、(6) ドイツ文学史上、いわゆる教養小説を生みだした作家たちは、その模範的作品とみなされたゲーテの『ヴィルヘルム・マイスターの修業時代』をはじめとする先行作品と対決し、それを意識的に誤読することによって、独創的な小説を提示してきた。その際独自色をうちだすために、先行作品のもつ詩的属性を意図的に修正したのはいうまでもない。新しい様式を創出し、時代を画する作品を生みだす作家は、先行する作品を積極的に改竄することによって、それをなし遂げる。このような過剰ともいえる自我の顕示闘争がなければ、文学史は退行的な亜流文学の系譜となりはててしまうだろう。

教養小説は存在する、あるいは教養小説という概念は存在しないが、『修業時代』からトーマス・マンの諸作品にまでつらなる影響関係の総体としての「教養小説」という歴史的事象は確かに存在する。(7) 教養小説の存在を懐疑するという一見斬新な議論は、時代をきりひらく作品というものが、独創的詩人が先行する詩人と対決し、その作品を意識的に修正して創出されるという文学史のメカニズムを結果的に拒否するという意味において、その保守的な文学的信条を吐露していることにほかならない。

冒頭にあげたヤルノの性質に関する語り手の論評、すなわち「個別の判断を一種の普遍性をおびたものとして語る」ということ、「一回かぎり、しかも特定のケースにのみ有効な」ものを「別のものに適用しようとすると、もはや不適切なものになってしまう」ということは、『修業時代』に特徴的である様式論的あるいは思想的形態を他の教養小説に適用することの不毛さに対する寓意的論評となる。しかしすくなくともゲーテがこの小説で「教養」なる概念にとり憑かれていたことは確かであり、この概念に彼がいかなる機能を付与しようとしていたかをさぐってみることは意味のあることである。ゲーテにおける個別的事例としての教養概念に特徴的なこととはどのようなものなのか？

ヴィルヘルム、ヴェルナー、「塔の結社」——教養の諸相

富裕な市民の子弟としての少年期をすごした故郷の町での日常的平凡から、ヴィルヘルムを修業の旅へといざなった契機は——これが物語の端緒ともなるが——、またしても失恋である、というよりも愛人からの逃走である。ヴィルヘルムは性急な判断に基づく誤解から、一人の女性を死においやることになるが、『ファウスト』でのグレートヒェンの場合と同様、ゲーテにおいては主人公の人間的成熟のためには恋人である女性の犠牲がぜひとも必要なようである。

行動へとのりだすにあたって、まずヴィルヘルムの目下の信条が「見知らぬ男」との対話を通じてたくみにくみこまれている。それは「ぼくはぼくをもっとも良い方向へと、一人一人をもっとも良い方向へと導いてくれる運命を崇拝しています」(71) というものである。この感動的なまでに受動的、楽天的、率直にいえば単純な人生観は、『マイスター』の先祖筋にあたる『パルツィファル』、『ジンプリツィシムス』をはじめ、ドイツの叙事文学において

才能ある主人公に好んで付与される属性であり、その純真さゆえに彼の成長に寄与もするが、一方において周囲に犠牲を強いるものでもある。それに対してそんな彼をなぜかあたたかく見まもる「塔の結社」から派遣されたこの「見知らぬ男」は、「この世界という織物は必然と偶然から形成されています。人間の理性はそのあいだにたち、それを統御します。理性は必然的なるものをその存在基盤とします。そして偶然的なるものを制御し、導き、利用する」(71)とこたえる。そしてヴィルヘルムの生き方を「人はよく考えもせずに漫然とすごし、心地よい偶然に身をまかせ、あげくのはてにはこのようなふらついた生活の結果を神の導きなどと称して、自分が信心ぶかいなどと思いこみがちです」(71)と言って批判する。

「見知らぬ男」はヴィルヘルムのきわめて単純な運命論的人生観に、啓蒙時代の残滓である理性信仰を対置する。ヴィルヘルムが「塔の結社」にみいだされた理由は、その素直で純粋な性質の可能性ゆえであると思われるが、この「パルツィファル」流の「清らかな愚か者」はそうした印象とはうらはらに、意外にかたくなに自己の信念をつらぬきとおす。こうして運命に身をまかせた結果、旅まわりの劇団のやくざな生活にまきこまれてゆくが、そこへふたたび「塔の結社」はその教育政策の立案者ともいうべき神父(Abbé)を派遣してくる。二人の演劇談義をきっかけに、またしても双方の人生観の違いが対照化される。

ヴィルヘルムはこたえた。「しかしめぐまれた素質こそが、他の芸術家同様俳優を、それどころか個々の人間を高邁な目標へ導く第一の、そして最終的なものではないでしょうか。」

(神父《アベー》:)「それは第一のものであり、最終的なものであり、最初で最後のものなのかもしれません。しかしそのあいだのところで教育が、芸術家がどうあるべきかということをひきだしてやらなければ、その芸術家に

は多くのものが欠けたままになってしまうことでしょう。」（120）

ヴィルヘルムは無意識のうちに自己が神の祝福をうけた「選ばれた者」であることを自覚している。彼の本性《ほんせい》はまたしてもその純真無垢な外観をうらぎり、自己に対する絶大な自信をしめす。彼はここでも「それゆえそれぞれの人間をそれにみあったやり方で教育する運命に心をかけられた者は幸福というものです」（121）と言って、あい変わらずの運命論者ぶりを発揮するが、自己に対する絶大な自信こそが、この一見受動的な人生観を保証する。一方アベーは素質を方向づけるものとして教育を対置する。そして「私はむしろ人間の師というべき理性に依拠したいと常に思っています。運命の叡知に対して畏敬の念をもつのはもちろんですが、運命はその基盤となる偶然にふりまわされすぎはしないでしょうか」（121）と言って、やはり人間の行動規範としての理性を強調する。「塔の結社」の成員の教育観は奇妙に一致しているが、ここでは彼らが代弁する啓蒙的理性信仰と、若きヴィルヘルムが信奉するシュトルム・ウント・ドラング流の「天才主義」という文学史的葛藤が再現されている。ヴィルヘルムが「塔の結社」の成員に成長してゆく過程は、シュトルム・ウント・ドラングが啓蒙的理性信仰をとりこみ、古典派へ移行していった経緯を説明するものでもある。

「天才」は順調に成熟してゆく。ヴィルヘルムは役者たちの虚栄心にみちた俗物的性向にそろそろ嫌気がさし、このやくざな生活から足をあらい、家業の商家を継ごうと考えはじめた矢先、俳優としての才能をかわれ、劇団にくわわるように請われる。以前のヴィルヘルムならば、一も二もなくこの話にとびついたであろうが、この時点の彼には迷いの影がただよう。

「しかしおまえの内的欲求が、善と美をめざして、おまえの内部にまどろむ素質を肉体的にであれ、精神的にであれ、発展させ、のばしたいという望みを生みだし、はぐくんできた。ぼくは知らぬまにぼくのすべての望みの目的地へと導いてくれた運命を敬わないわけにはいかないではないか。かつて想いえがき、もくろんだことが、ぼくが関与することもなく、偶然実現しようとしているではないか。」(276 f.)

ここでの彼は依然受動的な運命論者のままである。そしてそれが自己の素質に対する確信に基づくものであることにも変わりはない。しかし迷うということ、自己の生き方に対する迷いという現象自体が、以前の彼との相違をしめしている。彼は確実に成長している。しかしそこに「塔の結社」の関与はない。これはあきらかにアベーの教育思想に対するうらぎりである。アベーの信条は素質のある人間への教育こそが、有能な人間を形成する決定的要因であるというものだったのだから。例の「美しい魂の告白」の終わりの部分にアベーの教育観が要約されている。

ある人間を教育するにあたって、なんらかの成果をあげようと思ったら、彼の性向や望みのいきさきを見きわめて、それからその性向ができるだけ早く満足し、その望みができるだけ早く叶う状況においてやらなければならない。そうすれば、その人間は道を誤っても、すぐにそれに気がつき、自分にふさわしいものにいきあたれば、いっそう意欲的にそれにとりくんで、自己を熱心にみがくものだ。(419)

ヴィルヘルムの適性あるいは望みとはいったい何であろうか。すくなくともテクストのレベルでそれは提示されていない。また「塔の結社」のメンバーが彼をその適性、望みに合わせて、それにふさわしい境遇に導いたふしもない。またヴィルヘルムが自分にふさわしいものをみいだし、それに熱心にとりくんだとも書かれてはいない。しいていえば、それはフェーリクスの父親になることだろうか。

のちの修業証書授与の場面から考えて、おそらくは前掲のアベーの教育信条はゲーテの意図した「教養」形成のための教育観を色こく反映したものであると思われる。しかしヴィルヘルムの「修業時代」はこの教育観に対する反証である。「塔の結社」はヴィルヘルムの周囲を亡霊のように徘徊するだけで、彼を成長へと導くのはむしろ運命である。この意図と構造のあいだにずれを生じさせているのは、ゲーテの信条、すなわち神に「選ばれた者」たる「天才」が、あらゆる状況のなかでも自己の道をみいだし、成長してゆくということに対する確信であろうと思われる。

自己の意志に絶大な自信をもつ一方で、受動的な運命論者という、おそらくはゲーテが想いえがいたであろう若き天才のイメージは、次の文章に集約されている。

自分の信条は高貴であり、意図は純粋であり、意志決定は非難されるべきものではない。彼はこういったことを多少なりとも自負していた。しかし一方で自分が経験不足であることをみとめないわけにはいかない機会が十分あったために、他人の経験や彼らがそれから確信をもってみちびきだした結論に過大な価値をおき、ますますもってあやまちにおちいりがちだった。（284 f.）

ヴィルヘルムは運命にすすんで意志決定をゆだねているのではなく、結果的に運命に翻弄されている。しかも彼の意志決定に影響力を及ぼしているのは、「塔の結社」が期待するような見識ある教育者などではなく、むしろ彼らが忌避すべきであると警告する「わるい、とるにたらない仲間たち」(122)である。そしてそうした周囲の影響は彼を導くどころか、むしろあやまちにおちいらせる。こうしてヴィルヘルムの人生行路は才能ある若者に対する教育が優れた人間を形成するという「塔の結社」の教育理念にまっこうから反逆する。この反逆はひとり「塔の結社」に対する反逆のみにとどまらない。この小説の中心的理念である「教養」形成のための教育観への主人公のうらぎりは、小説構造の基盤そのものをゆるがす。『ヴィルヘルム・マイスターの修業時代』という小説は、作家の意図に反して、才能ある若者はあらゆる状況のもとで自己の意図に基づいて、かってに成長してゆくものだと言ってしまっている。こうした矛盾の背後にはゲーテの天才に対する確信、自負といったものがかくされている。文章は作家の意図はうらぎったが、作家の信条はぬけめなく暴露している。

『マイスター』研究史上伝統的にゲーテの教養概念を代弁するものとみなされてきた「一言でいえば、ありのままの自分を形成すること、それがおぼろげながら少年のころからのぼくの願いであり、ぼくの意図だったんだ」(290)というヴィルヘルムの有名なせりふは、ゲーテ自身の教育理念に相反する。ヴィルヘルムの「修業時代」の旅は自己の意図、ないしは意志を想起する旅である。運命に翻弄されながらも教育ではなく、まだ顕在化していない自己の意志に忠実に、天才は成長してゆく(8)。

ヴィルヘルムの修業時代はあっけなく終わる。

この意味において彼の修業時代は終わり、父親としての感情とともに市民としての徳もすべて身につけていた。(502)

しかしそれは良質の教育によるものではない。その辺の事情について、同じ場所で彼自身が感慨を述べている。

「厳格な道徳など不必要なものだ。自然は我々をこころよく、それにふさわしいものに形成してくれるから。」(502)

修業時代を終えた今でも、彼は実に単純な運命論者である。この説を現実社会に適用した場合、人殺しや泥棒の存在の説明がきわめて困難になる。あるいはヴィルヘルムの感慨は「どんな厳格な道徳をほどこしても、素質に劣るものは悪漢になってしまうものだ」ということを反語として語っている。素質のある者は、「厳格な道徳」など必要とせずとも、「市民としての徳をすべて身につけて」しまう。この見解そのものは一つの考え方ではある。しかし小説構造をとおして考えてみた場合、この見解でいくと、教育機関としての「塔の結社」の存在の意味は何であったのかということになる。

最終巻でナターリエはアベーの教育観のエッセンスを紹介するが、興味ぶかいことに、それは上述の才能に基づく教養概念と奇妙な一致をみる。

「人間にとって最初で最後のものは活動であって、そのための天分あるいはそれへとかりたてる本能をもっていなかったら、何もできやしません。(……)(自分の道をまよいながらあゆんでいる若者は、)自分自身によってであれ、他人の導きによってであれ、ひとたび自分の本性に適った道をみいだすと、もうけっしてそれをふみはずすことはありません。」(520／傍点斎藤)

この見解は先に引用したヴィルヘルムの素質至上主義の人間観に対するアベー自身の反論に著しく矛盾する。そこでアベーは素質があっても教育が導かなければ、多くのものが欠落すると言っていたのだから。ここにおいて実はアベーも素質至上主義者であることがあきらかになる、あるいはテクストにはりめぐらされた素質至上主義の網の目にまきこまれてゆく。もはや人間形成のための教育云々といった議論はしりぞき、「塔の結社」は教育機関としての自己認識とはうらはらに、有能な若者のスカウトをその活動内容とする「選ばれた者」の社交団体となる。

才能ある若者が、優れた教育によって教養を身につけ、有用な人間に成長してゆくという、おそらくはゲーテが意図したと思われる図式は、テクストがぬけめなくおりこんだゲーテ自身の信念によってつきくずされる。ヴィルヘルムの成長の経過に投影された教養概念と、「塔の結社」が体現するそのための教育理念とは結局のところ一致する。すなわち教養とは「選ばれた者」のみにゆるされた特権的装置であり、教育とはそのための理論機構であるという点において。そしてそのような教養の形成は当然最高の特権的社会形態である貴族を究極的理想とする。ヴィルヘルムは言う。「ある意味で普遍的な、あえていえば、人格的な形成は貴族にのみ可能なんだ」(290)。なぜならば「彼らは高いところにたっているから、その眼ざしは偏りのない公正なものになるにちがいない」からだという(154)。この暴論としかいいようのない見解は、貴族制度に対する信仰告白以外のなにものでもない。[9] ようするにヴィルヘルムは教養の形成は貴族にしか不可能だと言っている。しかし例外もある。それが才能という名の特権をもった「選ばれた者」である。教養とは特権を保持しているということの証明書である。こうした特権意識はヴィルヘルム、アベー双方の詩人感に典型的に表れている。ヴィルヘルムは言う。

「詩というものは傑出していなければ、存在してはいけないんだ。最上のものをつくりあげる素質のない者は、

芸術から身をひき、それにまつわるあらゆる誘惑に対しては、重大な用心をはらわなくてはならないんだ。」(81)

ヴィルヘルムに傑出していない詩を禁止する権利はない。それは詩を享受する読者の権利である。しかし特権を共有している者は、詩の認定権をぜひとも保持し、詩人に特権的地位を保証しなければならない。詩もまた特権的シンボルとして機能する。芸術という名の特権的サークルは、外部に対して排他的でなければならない。彼はつづけて、「詩人は自分というものを、そして自分が愛する対象の中に生きなければならないんだ。彼は内部に天からもっとも貴重なものを授かっているんだ」(82)という。これは詩人が自分というものを生きる権利を天から保証されていると言っている。詩人は天からもっとも貴重なものを授かった「選ばれた者」である。一方アベーも「詩人は生まれながらのものです」(520)と言って、その先天的特権を示唆する。

さてこの先天的特権の世界から除外されている者に、ヴィルヘルムの幼なじみのヴェルナーがいる。第一巻第十章で二人の性質が対照化されている。ヴェルナーは「真の商人ほど広汎な精神をもっている者、広汎な精神をもたなければならない者を知らない」人物であり、簿記を「人間の精神が生みだしたもっともすばらしい発明だ」と考えている男である(37)。そもそも商人の典型としての属性を付与されているヴェルナーに対するこの性格描写からして、おそらくは無意識の侮蔑、偏見をふくんだものであるが、ヴィルヘルムは商業そのものも詩で戯画化する。この「岐路にたつ若者」と題された習作で、彼は商業を「しなびた惨めな巫女」に擬人化し、芸術の女神に対置する(37)。そして最終巻で二人は再会し、それぞれの道で修業を終えた両者は、ふたたび対照化される。ヴェルナーは久しぶりにあったヴィルヘルムのことを、「大きくがっしりとしていて、すらりとした体格になったし、ものごしは洗練され、態度も好感のもてるものになった」(498)と言う。それに対して語り手はヴェルナーを「この善良な男は進歩したというより、むしろ後退したようにみえた。彼は以前よりずっと痩せていたし、尖った顔には拍車がかかり、鼻も長くなっていた。頭からは毛が抜け、声はかんだかく、きつい叫ぶようなものであった。そしてつぶれた胸、しおれた肩、青ざめた頬は、それが疑いもなく、よく働く心気症患者であることをつげていた」(498 f.)と描写する。そこまで言うかというほかない。このかりたてられたような語り口には商人あるいは庶民に対する嫌悪感すら感じられる。そもそも外観にこだわったこの言いまわしそのものが、それが偏見にみちた描写であることをものがたっている。ヴェルナーはヴィルヘルムに「君の眼ざしはふかくなり、額は広がり、鼻はほっそりとして、口元は柔和さをました。なんとまありっぱになったことだろう。すべてが調和しているじゃないか！　怠け者が成長したものだ！　それに比べてぼくは惨めな奴だ！」(499)と感慨ぶかげに語っている。ヴェルナーが身を粉にして働いているあいだに、「怠け者」のほうはりっぱに成長している。穀つぶしの成長である。ただぶらぶらしていても、「選ばれた者」は楽々と成長する。それに対して真面目に働くだけの者は「後退」する。二人の修業の結果の対比は「選ばれた者」の存在とその決定的優越性を公言するものにほかならない。

ヴィルヘルム、ヴェルナー、「塔の結社」この三者それぞれを通じて語られる教養の諸相には、「選ばれた者」の保持する特権を擁護しようとする作家の無意識の欲望が、市民の体得すべき教養を提示しようという作家の意図に反して刻印されている。この作家の意図そのものにも、実は彼の無意識の欲望はひそんでいる。彼の意図した教養を体得する権利からすら除外された人物と除外すべき根拠を、ゲーテは作品にくみこんでいる。「選ばれた者」が特権を有する根拠を提示するために配置された周縁的人物、すなわち女性である。

テレーゼ、そして「かたくなな魂」

「美しい魂の告白」についてはふるくから様々な議論がなされてきた。その多くはおもに本篇、すなわち「ヒーロー」であるヴィルヘルムの物語との整合性に関するものである。しかし本篇とのむすびつきがくりかえし論じられること自体が、むしろ問題の所在を明確なものにしている。それは多くの読者にとって、「美しい魂の告白」を本篇にむすびつけるのは、きわめてむつかしいということである。本篇との整合性を強引につけること自体は、それはそれで一つの読みではあるが、むしろ本篇とむすびつけることが困難なこの「半独立作品」が、なぜなかば強引に「混入」されたのかを論じるほうが、小説の戦略を議論するうえではより生産的である。

まず第一に「美しい魂」という呼称自体、問題をはらむものである。ゲーテは何を意図してこの精神形態にこう命名したのか。もちろん問題は単純ではない。このいくぶん気恥ずかしくなるような美称は、戯画化されたものであるかもしれないし、テクストは作者の想定をこえた効果を生みだす可能性もある。いずれにせよこの「美しい魂」とは以下のような性質のもちぬしである。

年ごろにおきた恋愛問題について、彼女は「けれども私の行動については完全な自由を要求します。私のやることなすことは、私の確信に基づいていなければなりません。けっして自分の考えにかたくなに固執しようとは思わないし、どんな意見にも喜んで耳をかたむけるつもりではいますが、私自身の幸福ということになると、それは私の決定によるものでなければならないし、どのような強制も甘受しないでしょう」（379／傍点斎藤）とかたくなに主張している。彼女は自分は人の意見はよく聞くつもりだが、それは自分の行動にかかわらない範囲においてだと言っている。しかし自己の行動、決定にかかわらないことで、人に相談することがありうるだろうか？　ようするに彼女は自分の意見にかたくなに固執すると言っている。実際彼女は死ぬまで自己の信念だけに忠実に生きる。同じ場所で彼女は叔母に「あなたはこの件についてどのような点に関しても発言権はない」(380)とまで言う。この強烈な自我に「美しい魂」という価値評価をくだすかどうかは主観にのみかかわる問題である。私はむしろこれを「かたくなな魂」とよぶ。

次第に敬虔主義にかたむいていった彼女は、内面での神との対話をふかめてゆく。

だんだんと多くの高名な人たちの考察が疑わしいものに思えてきて、私は自分の信条というものを密かに懐いていきました(……)。私は宗教的なことに関しては友だちの忠告や影響はうけまいと決心したことで、日常的な問題でも独自の道をゆく勇気を獲得しました。(389)

ようするに彼女はすべての点で他人の意見は聞かないと言っているが、今さらそういう性格になったのではない。もっともらしく自己の心の成長を誇示しているものの、彼女の生き方は最初から一貫している。彼女の独善性は新しい恋愛関係に関しての「私は以前から人の考え方に従うのに慣れていたとはいうものの、こんどばかりは自分の確信をまげる気はありませんでした」(391)というせりふにも表れている。結局この恋愛も破局をむかえることになるが、彼女は自分の生き方を「かたくなに」変えようとはしない。その後彼女はヘルンフート派に入信し、修道女のような生活のうちに神との対話、すなわち自己のみの世界に沈潜してゆく。彼女の生涯はとても幸福とはいえないものだが、最後にいたるまで彼女は「私は自由に自分の信条にしたがって、束縛や後悔といったものをほとんど感じたことがない」(420) と言いはなつ。このヒステリックなまでの自己肯定をまえにして、彼女の生き方に賞賛の意をこめて、「美しい魂」などとよぶことはほとんど不可能である。彼女は「私は自己の可能性や能力におごるような危険におちいることはけっしてないでしょう」(420) とたからかに宣言してこの手記を終えるが、こう言うこと自体がすでにそうした危険におちいっていることを露呈している。最終巻で「美しい魂」の姪であり、彼女に生き写しであるというナターリエが「美しい魂」の意味をときあかす。

「彼女はたぶん自分自身のことにいそしみすぎたでしょうし、道徳的・宗教的な過敏さが彼女を世俗的なことからとおざけてしまいました。」(……)「けれども美しい性質のもちぬしが、自己をあまりにも繊細に、あまりにも良心的にきたえあげると、こう言ってよければ、きたえあげすぎると、こうした人に世間は逆に寛容でも寛大でもなくなってしまうもののようです。でもこうした人々というのは私たちの外部にありながら、私たちの内部にある理想、模範であって、まねをするのではなく、みならうべきものです。」(517 f.)

まねのできない、みならうべき理想あるいは模範である存在はもはや人ではない。こうした礼讃・崇拝の対象は神をおいてほかにない。ある人間を神格化するとき、それは犠牲の対象である場合もある。この「自分自身のことにいそしみすぎた」「道徳的・宗教的」に「過敏」な女性は、その極端な内向性のゆえに社会的協調性がまったく欠如している。市民的な幸福のための理論機構である教養とは、経験を積んで、「社会的に」有用な人間になることではなかったか？　すくなくとも彼女はこの理論機構からは排除されている。彼女の悲壮な精神形態はこの教養概念にとって「理想、模範」などではなく、むしろわるい例である。[10]「美しい魂の告白」が小説の構成上唐突な印象をあたえるのはそこに起因する。彼女を「美しい魂」とよぶ逆説は、その性質を徹底的に禁欲的なものにし、それを美化することによって、特権的装置としての教養概念から排除されている者たち（女性）のあるべき生き方を提示し、教養概念の特権性・排他性を強化しようという論理に起因する。

教養概念は徹底的に父権主義的なものである。「塔の結社」から女性は完全に排除されている。「結社」の周辺にいる女性たちは、「塔」に近づくことすら禁じられている。女性の生き方の模範として称揚されているテレーゼは、将来の良人であり、これもまた教養を体現した高潔な人物として描かれている「結社」の中心人物であるロターリオの家庭に関する所見を紹介している。

「近所の奥さんたちが何人かうちにいらして、女性の教養とかいうことについてありきたりの会話をなさいました。私たち女性は不当に扱われている、男たちは高級な文化はみんなひとりじめにして、私たちが学問することすら許さない、がらくたか家政婦にでもしようというのかしら、とまあこんなぐあいです。（……）（ロターリオ：）『女がつくことのできる最高の地位につかせようというのに、男をわるくとるとは奇妙ですね。家政をとることより、いったい何が高級だというんでしょう。』」（452）

そんなに羨ましければ、ロターリオは家事に専念すればいい。自分の生き方を選ぶのは、かりにまちがっていたとしても、それは女性の権利である。男性が好きでもない義務を無理にはたしているとしたら、喜んで代わりたいと願っている女性にそれを譲るべきであろう。

教養はあきらかに男性の特権である。テレーゼはロターリオの意見に全面的に賛同する。彼女は相思相愛のあいだがらであるロターリオが、別な女性と刹那的な感情からおこした関係について、「かりに彼が彼女の良人になっていたとしても、このような関係が家庭内の秩序を乱さないのであれば、それにたえるだけの勇気は十分にもっていたかもしれない。すくなくとも彼女は所帯をちゃんときりもりしている主婦ならば、夫にちょっとした夢ぐらいはみさせてやり、いずれもどってくるのを信じてやれるようでないといけない」（461）という考えを懐いている。女性が夫婦関係についてそれぞれ考え方をもつのは自由であるが、ここでの問題はそれが男性の作家によって称揚されているところにある。模範的な教養人として造形されたロターリオに対して、やはり模範的な主婦像として造形されたテレーゼは、夫婦関係にこのような所見をもっている。男性だけにみとめられた特権をほこる夫は自由に行動する。

先に述べたとおり、ヴィルヘルムの「教養」獲得のための修業の旅は、一人の女性をすてさることに始まった。彼の子どもを産みおとして、人知れず死んでゆく心情をつづった彼女マリアーネの手紙は悲痛な感動をあたえる。一方で修業を終え、教養を獲得したヴィルヘルムの人生は全面的に肯定されている。彼女の悲痛な最後は、周囲に犠牲を強いざるをえない「選ばれた者」の父権主義的な宿命的英雄性をきわだたせることに寄与するものでしかない。

「遺産」としての教養小説

旅の一座からときはなたれたヴィルヘルムが、「塔の結社」から修業証書をうけとる第七巻から、文体は急にゆったりした時間のながれを感じさせる。これはヴィルヘルムの精神的成熟、充実を暗示するのに実に効果的である。しかし第八巻、フリードリヒがふたたび登場するや、物語は一気に祝祭的喧噪につつまれてゆく。その後の物語の展開はもつれにもつれたプロットに収拾をつけるために、終わりを急いだ感を否めない。どうみても本すじにむすびつけるのがむつかしいミニョン、竪琴弾きのエピソードが、突然現れる侯爵（Marchese）によって説明づけられるのは多少強引な印象をうける。またフリードリヒが極端に道化的人物として戻ってきて、古典的な喜劇の狂言まわしよろしく三組のカップルを結婚させ、物語におさまりをつけるのも唐突な印象をあたえる。[11] しかし近年とみに注目されているように、こうした喜劇的側面、抒情的側面がこの小説にえがたい魅力をあたえているのも事実である。[12] 竪琴弾きやドイツ文学に関心がある人なら誰でも知っている「君よ知るや、レモンの花咲く国」をはじめとするミニョン、[14] あるいは陽気なフィリーネの心にしみいるようなエピソードがなかったら、[15] この小説の魅力はどれほど減じられることか。[16] またフリードリヒによるあかるい幕ぎれも、勃興する市民社会の希望にみちた未来を感じさせる。市民社会の青春時代を背景にヴィルヘルムの青春時代が物語られる様は、まさに青春の文学にふさわしい爽やかな読後感をあたえる。

上で述べたように、概念としての「教養小説」の有効性がもはや存在しないのと同様に、ゲーテの反動的姿勢、特権的装置としての教養概念等を顧みるとき、この小説の思想的有効性も今日もはや存在しない。近年の教養小説という概念への懐疑は、この小説の今日的意味での思想的有効性への疑念に起因する。しかし一方においてヴィルヘルム・フォン・フンボルト、フィヒテ、シェリングらによるベルリン大学開設（一八一〇年）のうごきに象徴されるように、十九世紀においては、実に概念としての教養がドイツにおける社会的規範といえるほど、市民の「神話」として「教養市民層」なるものを醸成し、[17] その特権的装置として機能していた。『ヴィルヘルム・マイスターの修業時代』が近代の神話としての「教養小説」という十九世紀文学の偉大な伝統が生みだされる契機となりえたのもそのためである。この小説は市民社会の春を彷彿とさせる十八世紀転換期の思想的・文化的記念碑として、その価値を現在も保ちつづけている。[18]

（1） Johann Wolfgang von Goethe, *Wilhelm Meisters Lehrjahre*, S. 285, in: *Goethes Werke*, Hamburger Ausgabe in 14 Bdn., hrsg. von Erich Trunz, Bd. 7, München ^{10}1981. 以下この節における同作品からの引用は本文にページ数で記す。

（2） Friedrich Schlegel, *Athenaeums-Fragment* Nr. 216, S. 198, in: ders., *Kritische Ausgabe*, hrsg. von Ernst Behler, unter Mitwirkung von Jean-Jacques Anstett und Hans Eichner, Bd. II, München, Paderborn, Wien, Zürich 1967, S. 198 f.

（3） 近年『ヴィルヘルム・マイスター』の研究史を総括する労作が、清水純夫氏によって刊行された。清水純夫『「ヴィルヘルム・マイスター」研究』三修社（一九九六）参照。

（4） Hans Dietrich Irmscher, *Beobachtungen zum Problem der Selbstbestimmung im deutschen Bildungsroman am Beispiel von Goethes Roman „Wilhelm Meisters Lehrjahre"*, S. 135, in: *Jahrbuch des Wiener Goethe-Vereins* 86–88 (1982–84), S. 135–172.

（5） アリストテレス『詩学』、特に「叙事詩について」（1459a–1460b）参照。

（6） Vgl. Harold Bloom, *Anxiety of Influence. A Theory of Poetry*, New York, Oxford ^{2}1997.〔ハロルド・ブルーム（小谷野敦／アルヴィ宮本なほ子訳）『影響の不安』新曜社（二〇〇四）〕

（7） 『ヴィルヘルム・マイスター』と教養小説の系譜については、vgl. Jürgen Jacobs, *Wilhelm Meister und seine Brüder. Untersuchungen zum deutschen Bildungsroman*, München 1972.

（8） コープマンはその刺激的な『マイスター』論のなかで同じ箇所を引用して、このせりふの教養概念としての有効性に疑問を呈する。彼はヴィルヘルムの成長は自己実現の過程ではなく、自己の社会に対する馴化の過程であるとし、『ヴィルヘルム・マイスター』を教養小説ではなく、彼の市民としての成長をとおして、脱貴族的な市民社会の成熟の過程と理想像を描いた社会小説であるとする。この見解は洞察にとむものではあるが、結果的にレッテルのはり替えにおわっているように思われる。Vgl. Helmut Koopmann, „*Wilhelm Meisters Lehrjahre*", in: *Goethes Erzählwerk*, hrsg. von James Mcleod, Stuttgart 1985,

S. 168–191.

（9）シュタドラーはヴィルヘルムが「塔の結社」へ参加し、教養を獲得する経緯を、ヴィルヘルムの貴族志向と彼の父親の彼に対する市民としての成長への期待の融和の過程ととらえ、この対立と融和をゲーテのフランス革命に対する態度の投影とみる。Vgl. Ulrich Stadler, *Wilhelm Meisters unterlassene Revolte. Individuelle Geschichte und Gesellschaftsgeschichte in Goethes „Lehrjahren"*, in: *Euphorion* 74 (1980), S. 360–374.

（10）コープマンもこの矛盾を指摘している。彼はゲーテが内向的な独善性のゆえに非社会的人格となることに対する比喩として、「美しい魂の告白」を挿入したと論じているが、これもまた少々極論であるといわざるをえない。Vgl. Koopmann, a.a.O., S. 179 ff.

（11）たとえばライスはこの小説の喜劇的技法の採用に着目し、それをとおして、『修業時代』の魅力が十八世紀末の文化様式を彷彿させることにあるとしている。Vgl. Hans S. Reiss, *Das „Poetische" in „Wilhelm Meisters Lehrjahren"*, in: *Goethe-Jahrbuch* 101 (1984), S. 112–128.

（12）ちなみにキュールはこの小説が現実的なものをとおして理想的なものを提示していることを指摘し、それが „poetisch" なものとして機能している点に注目している。Vgl. Hans-Ulrich Kühl, *Das „Poetische" in Goethes „Wilhelm Meisters Lehrjahren"*, in: *Goethe-Jahrbuch* 101 (1984), S. 129–138.

（13）フィックはヴィルヘルムの修業時代を内向的芸術家から行動的市民への成長の過程ととらえ、竪琴弾きがそれに失敗した否定的実例として提示されていると論じる。Vgl. Monika Fick, *Destruktive Imagination. Die Tragödie der Dichterexistenz in „Wilhelm Meisters Lehrjahren"*, in: *Jahrbuch der Deutschen Schillergesellschaft* 29 (1985), S. 207–247.

（14）たとえばブリットナッハーはこの小説が勃興する市民社会を忠実に描写したものととらえ、その即物的社会形態・芸術に対する批評的形象としてミニョン、竪琴弾きをとらえる。Vgl. Hans Richard Brittnacher, *Mythos und Devianz in „Wilhelm Meisters Lehrjahren"*, in: *Leviathan* 14 (1986), S. 96–109.

（15）フィリーネに光をあてた研究のうち、注目に値するものとして、vgl. Yahya A. Elsaghe, *Philine Blaitē. Zur Genese und Funktion mythologischer Reminiszenzen in „Wilhelm Meisters Lehrjahren"*, in: *Jahrbuch des Freien Deutschen Hochstifts* (1992), S. 1–35. ここではフィリーネの母性・官能性が神話批評的に分析されている。

（16）近年のこうした周縁的人物に光をあてる傾向は、なんといってもハンネローレ・シュラッファーが神話批評に基づいてヴィルヘルム＝「塔の結社」＝教養概念というこの小説の定式をつきくずそうとした研究の影響がおおきい。Hannelore

Schlaffer, *Wilhelm Meister. Das Ende der Kunst und die Wiederkehr des Mythos*, Stuttgart 1980.

（17）この点に関しては、野田宣雄『ドイツ教養市民層の歴史』講談社学術文庫（一九九七）参照。

（18）ちなみにイルムシャーは上掲論文でゲーテの概念である「調和」をもとに、精神史的にこの小説の時代精神を映しだすものとしての意義を考察している。Vgl. Irmscher, a.a.O.

終わりに

以上は基本的にドイツ近代小説の神話性を叙述したものであるが、祝祭としての神話をめぐってその結実としてのオペラ＝悲劇、さらにドイツ的神話のあり様において決定的要因となったエディプス的なものにふみこまれている。以下この思想的脈流を概観することによってむすびとしたい。

カントや啓蒙思想が出現した十八世紀後半、すなわち「神」に代わって「理性」が信仰の対象となったいわゆる近代とよばれる時代の始まりにおける新たな価値の拠りどころとしての神話樹立（再興）の試みは、「序」そして本文で詳説したように様々な形態をとってきた。

一つには規範としての神話である。それはゲーテの『ヴィルヘルム・マイスターの修業時代』の「教養」という、新興上流市民のための規範的価値観に典型的にみられる試みである。ここで神話は規範付与的な要請を充たすべきものとしてイメージされる。しかしその規範は唯物論的・写実主義的風潮のなか、早くもゴットフリート・ケラーの『緑のハインリヒ』によってそこで中心となるべきキリスト教精神への懐疑というかたちで、教養小説のあり方とともに根本的に問いなおされることになるだろう。

第二に神話は「祝祭」としてたちあらわれる。これは作品を一つの祝祭空間として、超現実的異次元のファンタジーとしての神話を芸術作品に要請するものである。それはたとえばノヴァーリスの『ハインリヒ・フォン・オフターディンゲン』に顕著であり、ここでは「アンチ・マイスター」としての立場から特権的「教養」に対して内面的「ポエジー」が対置され、規範としての神話に対して祝祭としての神話が提案されることになる。この系譜は実はヴァーグナー／ニーチェの民族の祝祭としての神話の模索やホフマンスタール／R・シュトラウスの『影のない女』の創作神話の試みにみられるように、十九世紀転換期の総合芸術としてのオペラ（楽劇）の試みにつらなるものである。ここで非日常的祝祭空間は舞台芸術として現実化されることになる。

三つ目の、そしてドイツ文学においてもっとも特徴的な神話形態は、例のエディプス王の伝説にまつわる心的傾向である。これはとくに十九世紀ドイツ語圏の精神構造において構成的といえるものであって、ロマン派において最初の開花をみ、ノヴァーリスにもその萌芽がはっきりとみてとれることは本文でしめしたとおりだが、それはホフマンの小説においてとくに顕著である。そこで詳述したように、まさにそのホフマンをとりあげたフロイトは、二十世紀初頭この精神形態をエディプス・コンプレックスと名づけ体系化し、これをもとに現代文明を診断することになる。

四つ目は現代における伝説／神話創出の試みである。これはトーマス・マンとヘルマン・ブロッホの作品においてきわだっているが、そこで伝説／神話は長篇小説という近代的叙事形式によって特に社会批判の寓意化のための形式となる。たとえばトーマス・マンの三つの小説では十九世紀ドイツ市民社会の心性として（『ブッデンブローク家の人々』）、中世から第二次大戦にいたるドイツ文化の総括として（『ファウストゥス博士』）、そして精神分析／アウシュヴィッツ以後の信仰のあり方を問うものとして（『選ばれた者』）、それぞれ上流市民と天才作曲家、聖者の伝説創作が試みられることになる。一方ヘルマン・ブロッホの小説群においては小説による社会批判が神話的＝聖書的モティーフによって寓意化されることになる。すなわち『夢遊病者たち』においては十九世紀転換期が、『呪縛』においてはヒトラーが、そして『罪なき人々』においてはナチス時代の民衆が黙示録的イメージによって叙述される。

結論めいたことを述べるならば、ドイツ文学は文学に社会批判的機能を期待し、さらにそれを寓意化することによって同時代的価値観の総体としての神話を希求したということになろうか。

さて、本書はもともと二〇一二年に東北大学大学院文学研究科に提出した学位論文に幾篇かを加え、改稿・修正したものである。博士論文では通時的・系譜的体系性を前面にだしたが、刊行するにあたって文学的エクリチュールの断片性をきわだたせるよう論考として再構成した。

これは私のこれまでの研究における一つの回答であるが、当然のことながらそこには個人史的「修業時代」が反映されている。すなわち最初の師でドイツ文学研究の核心的部分——古典作家のフィロロジカルなアプローチ——を伝授してくださった中村史朗先生と、その後私がたどるべき方向性へのヒント——世紀転換期ウィーンと散文研究——をしめしてくれた原研二先生のもとでの研鑽である。お二人からは研究者としての矜持といったものを学び、その後の私の学者生活にとってはかり知れない影響をうけたことはいうまでもない。本来ならば第二の師である原先生に論文を提出するはずであったが、先生は二〇〇八年に若くして急逝されてしまった。それをひき継いでくださったのが後任の森本浩一先生であった。私には兄弟子にあたる先生は、信じられないほどの誠意と原先生ばりの綿密さで私を狼狽させた。ご指導いただいた時間は私にとってかけがえのないものであった。今回内容・体裁ともに博士論文とはだいぶ異なるものとなったことに関して、これは先生の本意にそれることを蛇足ながらつけ加えさせていただくとともに、あらためて感謝申し上げる次第である。

また博士論文をまとめていた二〇一〇／一一年、私はウィーン大学で在外研究中であった。ここでうけいれてくれたヴィンフリート・クリークレーダー教授の文学者的「神経過敏さ」からはほどとおいお人がらとご厚情は、ウィーンでの心にしみいるような時間とともに私にとってかけがえのないものであった。

同学社の藤城敦さんと本をつくるのは、もうこれで四冊目になる。初めてお会いしたときから、二十年にもなろうか。お互い年をとるわけだ。今後ともどうかよろしくお願い申し上げる。

最後にまったく不遜ではあるが、原先生の御霊前に本書を謹んでお捧げするものである。

二〇一五年　九月

斎藤　成夫

著　者

斎藤　成夫（さいとう　しげお）

1965 年盛岡生まれ。1994 年東北大学大学院文学研究科博士課程満期退学（ドイツ文学専攻）。博士（文学）。現在，盛岡大学文学部教授。専門はドイツ近代小説，文学理論，ドイツ文化・思想史。著書：『世紀転換期ドイツの文化と思想――ニーチェ，フロイト，マーラー，トーマス・マンの時代』（2006），『楽都の薫り――ウィーンの音楽会から』（2011），『価値崩壊と文学――ヘルマン・ブロッホ論集』（2003，共著），訳書：ヨースト・ヘルマント『ドイツ近代文学理論史』（2002）以上同学社他。

検印廃止

エディプスとドイツ近代小説
ドイツ的言説にみる神話志向

2016 年 2 月 25 日　初版発行　　**定価　本体 3,800 円（税別）**

著　者　　斎藤　成夫
発行者　　近藤　孝夫

発行所　株式会社　**同 学 社**

〒112-0005　東京都文京区水道 1-10-7
電話　03-3816-7011
FAX　03-3816-7044
振替 00150-7-166920

Printed in Japan　　印刷・研究社印刷株式会社
製本・井上製本所

ISBN978-4-8102-0323-3